HORST BOSETZKY
Unterm Kirschbaum

AUF FONTANES SPUREN Hansjürgen Mannhardt, pensionierter Leiter der 12. Berliner Mordkommission und nebenamtlicher Dozent an der Fachhochschule für Verwaltung und Rechtspflege, besucht mit seinen Studenten die Justizvollzugsanstalt Tegel. Dort wird er von dem Häftling Karsten Klütz angesprochen, den man wegen Mordes zu einer langen Haftstrafe verurteilt hat. Mannhardt erkennt ihn wieder und erinnert sich dunkel an den Fall: Klütz war einmal ein prominenter Zweitliga-Fußballer. Er sei damals – 1998 – zu unrecht verurteilt worden, und bittet den Ex-Kommissar, dass er sich die Akten noch einmal vornehmen möge.

Mannhardt und sein Enkel Orlando, der gerade sein Jurastudium begonnen hat, machen sich auf die Suche nach der Wahrheit. Der Fall liegt zehn Jahre zurück und die Beweise waren erdrückend, doch dann liefert ihnen ausgerechnet Theodor Fontanes Roman »Unterm Birnbaum« einen entscheidenden Hinweis …

Horst Bosetzky, geboren 1938, lebt in Berlin. Er ist emeritierter Professor für Soziologie und veröffentlichte neben wissenschaftlichen Beiträgen, Romanen, Drehbüchern und Hörspielen seit 1971 unter dem Pseudonym -ky zahlreiche, zum Teil verfilmte Kriminalromane. Für seine schriftstellerische Arbeit wurde er mehrfach ausgezeichnet: 1980 Preis für den besten deutschsprachigen Kriminalroman, 1988 Prix Mystère de la Critique für den besten ausländischen Kriminalroman in französischer Sprache, 1991 Kultur-Bär der BZ, 1992 Ehren-Glauser des »Syndikats« für das Gesamtwerk und die Verdienste um den deutschsprachigen Kriminalroman, 1995 Berliner Krimi-Fuchs, 2005 Bundesverdienstkreuz. Nachdem -ky zu verschiedenen Gmeiner-Anthologien Kurzgeschichten beigetragen hat, erscheint jetzt mit »Unterm Kirschbaum« sein erster Kriminalroman im Gmeiner-Verlag.

HORST BOSETZKY
Unterm Kirschbaum
Kriminalroman

Original

GMEINER

Besuchen Sie uns im Internet:
www.gmeiner-verlag.de

© 2009 – Gmeiner-Verlag GmbH
Im Ehnried 5, 88605 Meßkirch
Telefon 0 75 75/20 95-0
info@gmeiner-verlag.de
Alle Rechte vorbehalten
2. Auflage 2009

Lektorat: Claudia Senghaas, Kirchardt
Herstellung / Korrekturen: Katja Ernst / Katja Ernst, Doreen Fröhlich
Umschlaggestaltung: U.O.R.G. Lutz Eberle, Stuttgart
unter Verwendung eines Fotos von aboutpixel.de /
Eingeklemmt © chhmz
Druck: Fuldaer Verlagsanstalt, Fulda
Printed in Germany
ISBN 978-3-8392-1025-3

Personen und Handlung sind frei erfunden.
Ähnlichkeiten mit lebenden oder toten Personen
sind rein zufällig und nicht beabsichtigt.

I. TEIL

(2008)

1.

Geelhaar und Schulze Woytasch, schon von Amts wegen auf
beßre Nerven gestellt, hatten inzwischen ihren Abstieg bewerk-
stelligt, während Kunicke, mit einem Licht in der Hand, von
oben her in den Keller hineinleuchtete. Da es nicht viele
Stufen waren, so konnt' er das Nächste bequem sehn: unten
lag Hradschek, allem Anscheine nach tot, ein Grabscheit in der
Hand, die zerbrochene Laterne daneben. Unser alter Anno-
Dreizehner sah sich bei diesem Anblick seiner gewöhnlichen
Gleichgültigkeit entrissen, erholte sich aber und kroch, unten
angekommen, in Gemeinschaft mit Geelhaar und Woytasch
auf die Stelle zu, wo hinter einem Lattenverschlage der Wein-
keller war. Die Tür stand auf, etwas war aufgegraben, und man
sah Arm und Hand eines hier Verscharrten. Alles andere war
noch verdreckt. Aber freilich, was sichtbar war, war gerade
genug, um alles Geschehen klarzulegen.

(Theodor Fontane, ›Unterm Birnbaum‹)

Seit er als Leiter der 12. Berliner Mordkommission pensioniert worden war, hätte Hansjürgen Mannhardt bis in die
Puppen schlafen können, doch die innere Uhr ließ sich nicht
so leicht umstellen, und so erwachte er auch an diesem Morgen pünktlich um 5.30 Uhr. Missmutig und müde wie immer.
Die Botenstoffe, die Glücksgefühle auslösen sollten, schienen sein Gehirn für immer verlassen zu haben. Er lag da und
wartete auf seinen Wadenkrampf. Auf den war Verlass. Da
war er auch schon. Er war schmerzhafter als ein Schuss in
die Wade. Mit einem leisen Aufschrei schwang sich Mannhardt aus dem Bett und suchte mit wild rudernden Armen

nach einem Halt. Schwer atmend lehnte er schließlich am Kleiderschrank. Das Blut pochte in den Schläfen. Er fragte sich, ob das ein Anzeichen für ein Aneurysma oder eine Gehirnblutung war. Auch der Brustkorb wurde ihm eng. Das deutete eher auf einen Herzinfarkt hin. Sein Elend lastete schwer auf ihm.

Heike stand in der Tür, die Gefährtin seines Lebens. »Ist dir nicht gut?«

»Doch. Aber ich habe nachts zweimal auf die Toilette gemusst – die Blase mal wieder.«

»Inkontinenz ist keine Krankheit, lass dir vom Osterhasen Windeln bringen.«

Mannhardt murmelte, dass sie lieber nicht in die Küche gehen solle, weil dort Messer herumlägen und die meisten Morde Beziehungstaten seien.

So leise er gesprochen hatte, es war ihr nicht entgangen. Schließlich war sie Journalistin.

»Wenn du mich mit dem Messer erledigen willst, dann bitte bald, eh du einen solchen Tatterich hast, dass du mein Herz nicht mehr triffst. Und schade um den neuen Küchenschrank. Wegen der Spritzer.«

Der allmorgendliche Kampf um den Platz im Bad begann. Heike, jetzt beim rbb festangestellt, musste ins Büro, Silvio, ihr gemeinsamer Sohn, ebenso dringend in die Schule. Dass er, Hansjürgen, noch dringender musste, interessierte keinen.

Er hämmerte gegen die Badezimmertür. »Wenn ich jetzt nicht auf die Toilette kann, pinkele ich vom Balkon!«

»Bitte zertrampele aber nicht wieder die Blumen dabei!«

Familie war etwas Herrliches. Die Wissenschaft hatte ja herausgefunden, dass man in ihrem Schoße viel älter wurde, als wenn man ein ödes Singledasein fristete.

Endlich saß er mit seinem Sohn am Frühstückstisch. Heike stand noch vor dem Spiegel.

»Papa, was machen wir an Ostern?«

»Zu Ostern!«, rief Mannhardt. »Wir sind hier in Berlin, und da heißt es zu Ostern und nicht an Ostern.« Wahrscheinlich hatte der Junge Lehrerinnen, die aus dem deutschen Süden oder Norden kamen und diese Unsitte mitgebracht hatten. Die sagten ja auch Samstag zu Sonnabend, Reibekuchen zu Kartoffelpuffern und Berliner zu Pfannkuchen. Das war doch abartig.

Ostern war zwar längst nicht so nervig wie Weihnachten, zumal Osterbäume noch nicht in Mode gekommen waren, und dennoch hatte Mannhardt auch unter diesem Fest erheblich zu leiden.

»Papa, warum fällt denn Ostern immer auf einen anderen Tag?«, fragte Silvio, der an sich Silvester hieß, dies aber als peinlich empfand.

Natürlich wusste Mannhardt die präzise Antwort nicht auf Anhieb und suchte Bedenkzeit zu gewinnen. »Wieso, es fällt doch immer auf einen Sonntag …?«

»Aber der ist mal im März und mal im April …«

»Das liegt am Mond.«

»Ah!« Silvio strahlte. »Ostern ist immer dann, wenn der Mond fast wie ein Ei aussieht.«

»Nein, aber …« Wie sollte er im Lexikon oder im Internet nachsehen, ohne dass sein Sohn das merkte? »Ostern feiern wir Christen die Auferstehung Jesu Christi vom Tod und …« Endlich hatte er es: »Der Ostersonntag ist immer der erste Sonntag nach dem ersten Vollmond im Frühling.«

»Hat Jesus als Kind auch schon Ostereier gesucht?«

»Nein, bei ihm zu Hause hatten sie weder Aldi noch Lidl, und Osterhasen gab es in Bethlehem auch nicht. Im Heiligen Land ist der Boden so hart von der dauernden Hitze, da können sie sich keine Höhlen bauen.«

Silvio gab es auf, die Welt verstehen zu wollen. »Mama hat

schon Ostereier gekauft, wollen wir die jetzt mal zur Probe verstecken?«

»Meinetwegen.« Das ersparte ihm, weitere Bildungslücken eingestehen zu müssen. Immerhin hatten sie noch zehn Minuten Zeit.

Beide waren gerade fertig mit dem Verstecken und wollten sich ans Suchen machen, da kam Heike ins Wohnzimmer.

Sie war einer Herzattacke nahe, als sie in die Küche kam und sich auf ihren Stuhl setzte, nicht ahnend, dass Silvio unter ihrem Kissen eines der ungekochten Eier versteckt hatte. Kaum hatte sie sich von diesem Schock erholt, berichtete ihr der Sohn, was er von seinem Vater gelernt hatte.

»Du, Mama, Jesus hat noch keine Ostereier gesucht, weil sie da noch keinen Aldi und keinen Lidl hatten und Osterhasen auch nicht, weil im heimlichen Land der Boden so hart ist, dass sie sich keine Grube bauen können.«

Heike fauchte Mannhardt an. »Was hast du denn dem Jungen da wieder für einen Unsinn erzählt? Und heimliches statt Heiliges Land! Wenn er das in der Schule wiedergibt, kriegt er doch 'ne Fünf.«

»Aber später ist er fein raus: Unsinn wiederzugeben, ist doch die beste Garantie für eine große Karriere in der Politik.«

»Mit dir kann man nicht diskutieren!«

»Das ist ja das Gute an mir.« Er stand auf. »Ich muss ins Gefängnis.«

»Pass bloß auf, dass sie dich nicht gleich dabehalten«, murmelte Heike.

»Mein Vater kommt in den Knast!« rief Silvio. »Cool.«

*

Mannhardt stand am Eingang zum U-Bahnhof Alt-Tegel und hatte Schwierigkeiten, sich zu entscheiden. ›Schnell entschlossen zögerte er‹, spottete Heike mehrfach am Tage. Aber es war auch schwer … Bis zur JVA Tegel waren es nur zwei Stationen, und das Laufen hätte seinen Blutdruck gesenkt, aber die Berliner Straße führte durch eine langweilige Gegend, und Auspuffgase wie Feinstaub waren Gift für seine Lunge. Für die U-Bahn sprach, dass er in drei statt in dreißig Minuten sein Ziel erreichte, gegen sie die Gefahr, Zeuge eines Suizids zu werden. Sich vor die U-Bahn zu werfen, wurde bei Selbstmördern immer beliebter, denn wenn dann ein bis zwei Stunden lang kein Zug mehr fahren konnte, war es auch ein Stück Rache an der Gesellschaft, die an allem Schuld hatte.

Ewig hier zu stehen, war aber auch keine Lösung, und so kam er nach einigem Hin und Her mit sich überein, dass ein Kompromiss das Beste war: Halb laufen, halb fahren, und so legte er das Stück bis zum Bahnhof Borsigwerke, auf dem es immerhin noch ein paar hübsche Schaufenster gab, zu Fuß zurück und stieg erst dort in die U-Bahn hinab.

Im engen Zugang lärmte ein Trupp Jugendlicher mit und ohne Migrationshintergrund, und er hätte gern eine Dienstwaffe bei sich gehabt, denn es gehörte nicht gerade zu seinen Hobbys, sich niederschlagen zu lassen und auf dem nächstbesten Friedhof zu landen. Tapfer ging er weiter, um dann doch noch umzukehren und bis zum Bahnhof Holzhauser Straße zu laufen. ›Lieber ein lebendiger Feigling als ein toter Held‹, hatte sein Vater immer gesagt.

Im Vorhof der Justizvollzugsanstalt stand der Trupp seiner Studierenden und fror. Alle kamen sie vom Fachbereich 3 der Fachhochschule für Verwaltung und Rechtspflege, an der sich Mannhardt noch immer als sogenannter Nebenamtler um Lehraufträge im Fach Kriminalistik bewarb. Einmal besserten die Honorare ihre Haushaltskasse auf, und zum anderen ersparte es ihm, zu Hause zu sitzen, Trübsal zu blasen und der allgemeinen Verkalkung anheimzufallen. Die jungen Menschen, allesamt Anwärter und Anwärterinnen für die Kommissarslaufbahn, hielten ihn geistig auf Trab, und manche Studentin sorgte dafür, dass er sich an unzüchtigen Gedanken erfreuen konnte. Mit anderen Worten, es war ein Job, den er gerne machte, und die ersten Semester führte er immer durch die Berliner Gefängnisse.

›Dies aus zweierlei Gründen. Einmal sollen Sie die Menschen kennenlernen, die meine Kollegen und ich schon zur Strecke gebracht haben, jeder Knacki ist ja ein Erfolgserlebnis für uns, zum anderen aber auch die Stätte erleben, wo der Verbrechernachwuchs ausgebildet wird, denn unsere Rückfallquoten sind immens. Und drittens, das ist immer das entscheidende Erlebnis, werden Sie bemerken, dass die Strafgefangenen ganz normale Menschen sind, zum Teil sogar außerordentlich sympathische Zeitgenossen. Da gibt es Mörder, meine Damen, die Sie gern zum Freund haben würden, so nett sind sie – und so ungemein männlich.‹

Mannhardt, zu Hause immer unter Beschuss und wegen seiner kommunikationstechnischen Fehlleistungen vielfach getadelt, genoss den Beifall der Menge. Auch hier vor der JVA wurde geklatscht, als er um die Ecke bog.

»Tut mir leid, meine Damen und Herren, dass ich ein paar Minuten zu spät komme, aber ich musste erst noch einen Amokläufer überwältigen.«

»Womit denn?«

»Mit meinem Mundgeruch«, antwortete Mannhardt. »Ich hatte mir extra zwei Tage lang nicht die Zähne geputzt. Ich musste ihn nur anhauchen, schon hat er aufgegeben.«

»Dann schreiben wir also die nächste Klausur über den Mundgeruch als Waffe?«

»So ist es.«

Die gute Laune verging ihnen aber schnell, als man Mannhardt und seine Gruppe an der Pforte ebenso durchsuchte und mit der Sonde abtastete wie jeden x-beliebigen Besucher. Auch wurden ihnen alle Handys abgenommen und eingeschlossen.

»Gott, ich bin EPHK a. D., und das hier sind alles werdende Kriminalbeamte!«, rief Mannhardt.

»Tut mir leid, wir haben unsere Vorschriften.«

»Schon gut«, sagte Mannhardt. »Dann kaufen wir uns unser Rauschgift nicht hier bei Ihnen, sondern irgendwo draußen im Park. So wäre es aber bequemer.«

Nachdem sie alle ihre Ausweise abgegeben und dafür Plastikkarten in Empfang genommen hatten, kam der Vollzugsbeamte, der für Führungen zuständig war, und begann, sie durchzuschließen. Es ging durch endlose Flure und über diverse Höfe, und immer wieder gab es Türen, die auf- und wieder zuzuschließen waren.

»Die Damen halten sich nachher besser die Ohren zu«, sagte Mannhardt. »Und alle passen auf, wenn Spritzen auf sie zugeflogen kommen, die mit Blut von HIV-Positiven gefüllt sind.«

Immer wieder kam es vor, dass empfindsame Gemüter nahe am Kollabieren waren, wenn sie dies hörten.

Natürlich gab es Gefangene, die von den Galerien spuckten, brennende Kippen durch die Fangnetze warfen und sich an den Studentinnen aufgeilten, indem sie drastisch ihre sexuellen Wünsche kundtaten, aber die meisten grinsten nur, wenn sie die junge Kripo anrücken sahen.

Bei jedem Besuch in Tegel traf Mannhardt auf Langstrafer, die er durch seinen persönlichen Einsatz hinter Gitter gebracht hatte. Man gab sich die Hand und plauderte miteinander, als würde man durch eine alte Freundschaft verbunden sein. Da war keiner, der ihn hasste und ihm die Schuld daran gab, dass er lebenslänglich bekommen hatte.

So erschrak Mannhardt nicht im Geringsten, als ein eher unauffälliger Knacki auf ihn zukam und ihn am Jackett festhielt.

»Kann ich Sie mal einen Augenblick sprechen …?«

»Ja …« Mannhardt kam der Mann irgendwie bekannt vor, er hätte aber schwören können, keinen seiner speziellen Klienten vor sich zu haben.

»Ich bin der Karsten Klütz.«

»Ach ja …« Mannhardt hatte die Daten schnell parat: Der Fußballer, der den Mann seiner Geliebten umgebracht hatte. »Aber ich war doch nicht der, der Sie hierher …?«

»Nein, das war Ihr Kollege Schneeganß.«

»Oh …« Mannhardt mochte Schneeganß nicht besonders. Im inneren Monolog war er im Ordner Arschloch abgespeichert.

Klütz faltete die Hände wie zum Gebet und flehte Mannhardt an. »Bitte, Herr Kommissar, Sie haben doch jetzt Zeit genug: Gehen Sie meinen Fall noch einmal durch. Ich schwöre Ihnen bei Gott und bei allem, was mir heilig ist, dass ich den Mord damals nicht begangen habe. Ich habe alles aufgeschrieben, und stecke Ihnen meine Aufzeichnungen nachher schnell zu … Dann können Sie alles rekonstruieren. Es war ein riesiger Irrtum damals. Bitte, retten Sie mich!«

Mannhardt nickte zwar, verstand das Ganze aber nicht, denn er konnte sich deutlich daran erinnern, dass Klütz damals vor Gericht ein umfassendes Geständnis abgelegt hatte.

»Bitte weitergehen!« Der Vollzugsbeamte, der sie durch die Teilanstalten, die Werkstätten und die Küche führte, schien es entweder eilig zu haben oder zu fürchten, gegen irgendwelche Vorschriften zu verstoßen.

Mannhardt wagte dennoch eine Frage. »Wer ist denn der zuständige Sozialarbeiter hier?«

»Frau Minder-Cerkez.«

Wie der Mann den Namen aussprach, verbarg er kaum, wie sehr er Frauen hasste, die Doppelnamen im Ausweis stehen hatten, und dass er diejenigen, die auch noch mit einem Türken verheiratet waren, am liebsten sofort nach Anatolien ausgewiesen hätte. Überhaupt, diese ganze Sozialarbeiterscheiße.

»Kann ich Frau Minder-Cerkez mal sprechen?«

»Sie ist gerade in einer Sitzung.«

Mannhardt war alt genug, um sich in solchen Fällen nicht mehr aufzuregen. Als sie an der Zelle vorbeikamen, die als Beratungszimmer diente, prägte er sich den Namen ein: Margrit Minder-Cerkez, Diplompsychologin.

Im selben Augenblick stand Klütz hinter ihm und übergab ihm seine zusammengerollten Bögen wie einen Staffelstab. Der Vollzugsbeamte merkte nichts oder wollte nichts merken.

II. TEIL

(1998)

2.

*Der kaum vom Winde bewegte Rauch stieg sonnenbeschienen
auf und gab ein Bild von Glück und Frieden. Und das alles war
sein! Aber wie lange noch? Er sann ängstlich nach …*
(Theodor Fontane, ›Unterm Birnbaum‹)

Rainer Wiederschein ging über die Frohnauer Brücke und
genoss es, von vielen erkannt und mit Respekt begrüßt zu
werden. Hier war er wer. Von daher war es richtig gewesen,
die alte Villa am Graben der S-Bahn zu kaufen und den Umbau
zu wagen. Gute Restaurants gab es viele im Berliner Norden,
aber keines, das so war wie sein ›à la world-carte‹. Der Grund-
gedanke war frappierend einfach: Biete den Leuten unter
einem Dach all das, was sie auf ihren Reisen rund um die
Welt genossen haben. Seine Speisekarte war nach Art einer
Weltkarte gestaltet und man konnte das bestellen, was für aus-
gewählte Metropolen, Küsten und Landschaften typisch war.
Sein Lebenslauf war so exotisch, dass man ihm ohne Weiteres
abnahm, dabei authentisch zu sein. In jeder Tageszeitung hatte
es Porträts von ihm gegeben.

Wiederschein war am 14. April 1963 im Berliner Bezirk
Schöneberg auf die Welt gekommen und hatte die ganze Jugend
und Kindheit darunter gelitten, dass alles um ihn herum so
furchtbar langweilig war: die Wartburgstraße, seine Eltern,
seine Verwandten, seine Mitschüler. Alle waren zwar nett, aber
eben furchtbar nett, das heißt, ungemein bürgerlich und bieder,
spießig und langweilig. So hatte er sich zu seinem 16. Geburtstag
an die Tür seines Zimmers ein selbst gemaltes Plakat angeheftet:
›Langeweile kann tödlich sein‹. Seine Eltern, ehrbare Beamte in

der Bezirksverwaltung, hatten das als Affront empfunden und sich fürchterlich darüber aufgeregt, weil sie meinten, er würde damit ihr Leben entwerten. Der Streit mit ihnen war im darauffolgenden halben Jahr derart eskaliert, dass er beschlossen hatte, das Gymnasium zu verlassen und auf das Abitur zu pfeifen. Stattdessen hatte er eine Lehre als Koch begonnen, aber auch die nicht zu Ende gebracht, denn jeden Tag von frühmorgens bis spätabends Gemüse zu putzen und am Herd zu stehen, war auch alles andere als spannend. Die Insel West-Berlin hatte ihn angewidert, und so hatte er seinen Rucksack gepackt, um rund um den Erdball zu trampen und das große Abenteuer zu suchen, sprich: das berühmte Glück am anderen Ufer, obwohl er sich sehr wohl darüber im Klaren war, dass es allein der Weg war, der zählte, nicht das Ziel. Mit dem Erreichen des Zieles begann immer schon das Unglück, das heißt, die Langeweile.

Das Aufzählen all seiner Stationen langweilte ihn, und er nannte, fragte man ihn, nur Indien, Nepal, die Fidschi-Inseln, Brasilien und Kentucky. Mal hatte er als Koch, mal als Kellner sein Geld verdient, manchmal auch Touristen geführt oder ganz einfach Geld geschnorrt, hin und wieder auch einer reichen Lady als jugendlicher Lover gedient. Damen dieser Art gingen nicht zur Polizei, wenn ihnen nach einer Nacht mit ihm ein paar 100 Dollar fehlten.

Er galt als liebenswerter Filou, wusste aber auch, dass ihn ein Schulfreund, der Psychologie studiert hatte, als einen Soziopathen bezeichnete, also als einen Menschen, der über einen oberflächlichen Charme und eine überdurchschnittliche Intelligenz verfügte, selbstzentriert und launisch war, weder Reue noch Schamgefühl aufzubringen vermochte und es nicht schaffte, tiefere Bindungen einzugehen und seinem Leben auf Dauer irgendeine Ordnung zu geben.

Wie auch immer, Wiederschein war 1994, im Alter von 31 Jahren also, nach Berlin zurückgekehrt, um an der Beerdigung seiner Eltern teilzunehmen. Sie waren bei einem Autounfall ums Leben gekommen. Beim Leichenschmaus war er Angela Grabowski begegnet, einer jüngeren Bekannten seiner Mutter, von allen Äinschie genannt.

Äinschie war geschieden und hatte einen ziemlich schlechten Ruf, was ihm natürlich gefiel. Sie wohnte oben in Frohnau, und sie verabredeten sich für den nächsten Tag zu einem kleinen Spaziergang. Wiederschein war bis dahin noch nie in Frohnau gewesen, es fiel bei ihm in die Kategorie langweilig hoch drei. Als er aber mit Äinschie im Arm vor der halb verfallenen Villa an der S-Bahn stand, erging es ihm wie zu Zeiten Moses' oder Paulus', und er hörte eine Stimme, die ihm sagte, was er zu tun hatte: Hier erfülle dir deinen Traum, eröffne ein Restaurant und biete den Leuten all die Speisen an, die du auf deiner Reise um die Welt gekocht und gekostet hast.

So war die Idee zum Restaurant ›à la world-carte‹ entstanden. Das Startkapital hatte ihm Siegfried Schulz, ein Cousin seines Vaters, zu einem vergleichsweise geringen Zinssatz geliehen.

Als Wiederschein in seiner Straße angekommen war, ließ ihn das Aufheulen einer Kreissäge zusammenfahren. Auf einem der Nachbargrundstücke wurde gebaut, und die Arbeiter waren gerade dabei, die Bretter für die Verschalung des Kellergeschosses zurechtzusägen. Die Bodenplatte war schon gegossen, nun ging es langsam in die Höhe. Der Bauherr stieg gerade aus seinem BMW, um den Leuten auf die Finger zu sehen. Ein bisschen sah er aus wie der Chef der Deutschen Bank, war aber nur Volkswirtschaftsprofessor, wenn auch einer, der auf dem Sprung war, mit dem Titel ›Wirtschaftsweiser‹ geadelt zu werden. Noch war der Name Bernhard Schönblick nicht in aller Munde, aber lange konnte es nicht mehr dauern, bis die Fernsehteams anrückten und er das in die Mikrofone sprach, was ihm seine Hintermänner zugeflüstert hatten. Wiederschein hielt den Mann, so wörtlich, für ›ein gekauftes Arschloch, das auch nicht mehr weiß als ein Student im ersten Semester‹, begegnete aber Schönblick mit ausgesuchter Höflichkeit, denn wenn der mit seiner Familie und seinen vielen Freunden auch nur zweimal im Monat ins ›à la world-carte‹ kam, dann trieb das den Umsatz steil in die Höhe. Man kam schnell ins Gespräch.

»Sie haben da einen wunderschönen Birnbaum in Ihrem Garten«, sagte Schönblick.

Wiederschein schmunzelte. »Tut mir leid, Herr Professor, aber der Birn- ist in Wahrheit ein Kirschbaum.«

»Schade«, sagte Schönblick. »Sonst hätten Sie Ihr Restaurant ›Unterm Birnbaum‹ nennen können und damit alle Berliner Fontane-Fans angelockt.«

Wiederschein sah da keinerlei Zusammenhang. »Wieso denn das?«

»Na haben Sie denn nie Fontanes Kriminalroman gelesen: ›Unterm Birnbaum‹?«

»Nee«, bekannte Wiederschein. »Ich kenne nur die Birnen des Herrn von Ribbeck zu Ribbeck im Havelland.«

»Ach, diese Bildungslücken!«, stöhnte Schönblick. »Da fällt mir wieder ein, dass ich um eins Prüfungsausschuss habe.«

»Hoffentlich verwechselt da keiner Äpfel mit Birnen«, sagte Wiederschein. »Oder Birnen mit Kirschen.«

Schönblick verabschiedete sich, um seinem Polier noch ein paar inquisitorische Fragen zu stellen, hätte aber auch sonst den Dialog nicht fortsetzen können, weil in diesem Augenblick Pfarrer Eckel dicht vor Wiederschein bremste und bei diesem gewagten Manöver fast vom Rad gefallen wäre.

Wiederschein lachte. »Sie hätten bei Don Camillo Rad fahren lernen sollen: Der konnte das besser, trotz seiner Soutane.«

Pfarrer Eckel hatte inzwischen seine Balance wiedergefunden und sah sich suchend um. »Ist meine Frau bei Ihnen?«

»Ihre Frau isst leider selten bei mir«, antwortete Wiederschein.

Pfarrer Eckel verzog das Gesicht. »So viel verdient ein Kir-
chenmann nun leider nicht.«

»Trotzdem betet *meine* Frau Sie an.«

»Sie soll nicht mich anbeten, sondern ... Wo steckt sie
eigentlich?«

Wiederschein zuckte mit den Schultern. »Äinschie? Keine
Ahnung. Wahrscheinlich wieder auf dem Friedhof. Aber
wenn's ihr hilft ...«

Pfarrer Eckel schwieg einen Augenblick und kam ihm
dann mit Hiob: »Siehe, selig ist der Mensch, den Gott straft;
darum verweigere dich der Züchtigung des Allmächtigen
nicht. Denn er verletzt und verbindet; er zerschlägt, und seine
Hand heilt.«

Wiederschein wusste nichts damit anzufangen. Er hielt
Eckel für einen geilen Bock, der sich nur so intensiv um Angela
kümmerte, um sie ins Bett zu bekommen. Aber wenigstens
war er kein Langweiler und machte außerdem viel Reklame
für das ›à la world-carte‹, auch wenn er sich selbst nur selten
im Gästeraum niederließ.

Pfarrer Eckel schwang sich wieder aufs Rad und ent-
schwand in Richtung Fischgrundbrücke, während Wiederschein sein Gartentor öffnete und sich von hinten der Küche
näherte, um zu sehen, ob seine Leute auch wirklich fleißig bei
der Arbeit waren. Weit kam er nicht, denn seine Nachbarin
zur Linken, die pensionierte Lehrerin Carola Laubach, stand
am Zaun und tat das, was ihr bei Wiederschein den Spitznamen ›Mrs. McKeif‹ eingebracht hatte.

»Sie haben ja Ihre Birke noch immer nicht gestutzt!«, keifte
sie los. »Die Zweige ragen so weit auf mein Grundstück hinüber, dass sie meinen Pflanzen alles Licht nehmen.«

Vor drei Jahren war Carola Laubach pensioniert worden.

Die Amtsärztin hatte ihr ein ausgewachsenes Burn-out-Syndrom attestiert, aber auch einen nicht ausgeheilten Bandscheibenvorfall, eine beachtliche Migräne, ein beginnendes Asthma, eine ausgeprägte Arthrose in den Kniegelenken und noch einiges andere. Was nicht in ihrem Gutachten stand, war die Tatsache, dass Carola Laubach unter einer pathologischen Verbitterungsstörung zu leiden hatte, denn nie hatte sie dem Herrn, dem Schicksal, ihrem Leben oder wem auch immer verziehen, dass sie es nur bis zur Grundschullehrerin gebracht hatte und nicht zur Professorin für Germanistik oder auch für deutsche Literatur. Schon früh hatten ihre Schülerinnen und Schüler bei privaten Dialogen von ihr nur als der ›alten Hexe‹ gesprochen, und in der Tat nahm ihr Gesicht auch mehr und mehr die Züge einer Hexe an, wie man sie in gewissen Märchenbüchern findet. Progressive Eltern verboten ihren lieben Kleinen zwar, von Frau Laubach als der ›Hexe Laulau‹ zu sprechen, doch das hatte nur eine verstärkende Wirkung. Als ihr Mann mit 49 Jahren gestorben war, hatten ihn viele posthum zu diesem Schritt beglückwünscht, denn dadurch habe er sich nur verbessern können. Vielleicht hätte sie sich selbst therapieren können, wenn sie in die Politik gegangen wäre, denn dort konnten Charaktere wie sie sogar Senatoren werden, aber die Parteien waren ihr allesamt zuwider. Sie als Nachbarin zu haben, konnte jedem den Spaß am Grundstück verleiden.

›Wenn ich meinen ersten Mord begehe, dann trifft es mit Sicherheit Carola Laubach‹, war eine von Wiederscheins stehenden Wendungen, doch in Wahrheit ärgerte er sich über die verbitterte Lehrerin nur wenig, denn sie war nicht langweilig, und alles durfte bei ihm ein Mensch sein, nur nicht langweilig. Die Dialoge mit ihr machten ihm Spaß, und er suchte sie so zu gestalten, dass sie eine Chance gehabt hätten, für ein gutes Drehbuch zu taugen.

»Tut mir leid, Frau Laubach«, erwiderte er nach ein paar Sekunden des Nachdenkens. »Aber die Birke ist bei mir ein heiliger Baum, weil sie mich immer an Jane Birkin erinnert.« Und damit begann er, ›Je t'aime‹ zu summen.

»Das ist ja krankhaft bei Ihnen!«

»Gott, was soll ich machen, doch Sie wissen ja: Unter jedem Dach wohnt ein Ach, unter jedem Laub aber auch.«

»Ich werde zur Polizei gehen!«, schrie sie daraufhin.

Wiederschein grinste. »Ja, tun Sie das, Frau Laubach, Arbeit soll ja therapeutisch sehr sinnvoll sein, aber Sie haben bestimmt keine Chance, bei der Polizei genommen zu werden, und beim Ordnungsamt auch nicht. Bei Ihrem Alter und Ihren vielen Krankheiten …«

Carola Laubach verschwand in ihrem Haus und warf die Eingangstür krachend hinter sich ins Schloss.

Wiederschein erinnerte sich an das, was ihm verfeindete Klassenkameraden immer hinterhergerufen hatten: ›Wiederschein, Wiederschwein!‹ Wieder Schwein zu sein, machte ihm Spaß. Penetrant gute Menschen waren ihm zuwider, das Morbide und das Böse fand er wesentlich anziehender, und er war sich durchaus bewusst, dass er eines Tages auch einen Mord begehen konnte, es steckte halt so in ihm drin. Und wenn dem so war, dann gehörte es zu seiner Selbstverwirklichung. Das war ja inzwischen das höchste Ziel eines modernen westlichen Menschen, obwohl das Beispiel Adolf Hitler gezeigt hatte, was das für katastrophale Folgen haben konnte.

Von der Straße her hörte er laute Stimmen, es wurde gelacht und gelästert. Das konnten nur die drei Tennisspieler sein, die vom Match oben am Poloplatz kamen und ein bisschen essen und trinken wollten, ehe sie in ihre Büros zurückkehrten. Und richtig, es waren Robert Orth, Inhaber einer mittelständischen Firma, die mit ihrem Autozubehör gut im Geschäft war, Arne

Quaas, Professor für Steuerrecht an der FHW, und Thomas Mietzel, Rechtsanwalt mit großer Kanzlei in Tegel. Zu ihnen hatte sich noch Werner Woytasch gesellt, Exstadtrat und bekannter SPD-Politiker.

Man begrüßte sich mit großem Hallo. Wiederschein wusste, wie wichtig solche Multiplikatoren waren, und suchte ihnen das Gefühl zu vermitteln, sie als Persönlichkeiten wie als Freunde ungemein zu schätzen, zu mögen und zu lieben. So etwas gehörte zum Geschäft, und alle durchschauten diese Show, ließen sich aber gerne täuschen. Vielleicht steckte ja doch mehr dahinter …

Wiederschein eilte ins Haus, um Denise zuzurufen, sie möge sich beeilen, denn die Herren seien am Verdursten. »Das Übliche!« Dann setzte er sich zu ihnen, um ihnen zuzuhören. Sie brauchten stets ihr Publikum.

Orth freute sich, dass in London der größte Deal der letzten Jahre zustande gekommen war: die Fusion der Chrysler Corporation mit der Daimler Benz AG.

»Das treibt ja auch deine Aktien in die Höhe«, sagte Quaas. »Ich hoffe, du hast selbst keine gekauft, denn bei Insidergeschäften verstehen die Staatsanwälte keinen Spaß.«

»Seit wann gibt es bei Einmannbetrieben auch Aktien?«, fragte Woytasch.

»Na, hör mal!«, protestierte Orth. »Ich habe schließlich 21 Arbeiter und Angestellte.«

»Mehr Mitglieder wird die SPD in ein paar Jahren auch nicht mehr haben«, fügte Mietzel hinzu.

Quaas rätselte, wie viele seiner Studentinnen morgen in der Vorlesung fehlen würden, weil in Freiburg im Breisgau unter dem Motto ›Lesben und Lesben lassen‹ das Lesben-Frühlingstreffen stattfand.

Woytasch verzog das Gesicht. »Hör auf damit: Meine Frau ist gerade mit ihrer besten Freundin für ein paar Wellnesstage nach Bad Saarow gefahren, und ich warte jeden Augenblick auf einen Anruf, dass sie sich von mir trennen und zu Sarah ziehen will ...«

In diesem Moment klingelte das Telefon, und der Jubel war groß. Quaas rief, er solle freudig zustimmen und dann mit ihm zusammen alt werden.

»Es war nur Müntefering«, sagte Woytasch. »Ob ich nicht Minister werden wolle.«

»Ja, für die Ministergärten an der Wilhelmstraße«, spottete Orth. »Wo du so gerne Rasen mähst.«

Mietzel erzählte vom dritten Europäischen Jugendchor-Festival in Basel.

»Da muss ein alter Päderast wie du ja hin«, lästerte Woytasch.

»Mensch, mein Sohn singt da mit.«

»So 'n schönes Alibi hat nicht jeder«, fügte Wiederschein hinzu.

Woytasch selbst ließ sich lang und breit darüber aus, wie einmalig in der deutschen Fußballgeschichte das Jahr 1998 doch sei.

»Wird der 1. FC Kaiserslautern deutscher Meister – als Aufsteiger!«

»Und wann sehen wir dich als Bundeskanzler?«, fragte Quaas.

Alles lachte schallend. Wiederschein liebte fröhlich-spöttische Runden wie diese. Seine Stimmung schlug aber schnell wieder um, denn vorn am Zaun stand Axel Siebenhaar, der Polizeibeamte vor Ort, und klingelte Sturm.

Siebenhaar war der Meinung, dass das ›à la world-carte‹ mit seinem Multikulti-Image nicht in diese Gegend passte, und gab sich alle Mühe, Wiederschein aus Frohnau zu vergraulen. Man konnte schon sagen, dass er Rainer Wiederschein hasste, weil der ihm zu sehr nach Penner und Anarchisten roch. Dass der Wirt des ›à la world-carte‹ einmal in diesen alternativen Welten gelebt hatte, wusste er aus der Zeitung, und er behauptete, so etwas würde nie aus einem Menschen herausgehen und er könne es noch immer riechen. Kurzum, er hielt Wiederschein für einen Kriminellen, irgendwie vernetzt mit der italienischen oder russischen Mafia, und sein Restaurant für einen Ort, schmutziges Geld zu waschen. »Wiederschein«, war seine stehende Wendung. »Den kenn ich, der muss ans Messer.«

Wiederschein hatte davon gehört, fürchtete Axel Siebenhaar aber nicht eigentlich, dazu hatte der Mann einen zu niedrigen IQ, er war nur einfach lästig. Und wieder nervte er ihn mit einer Bagatelle.

»Ihre Hausnummer ist nicht beleuchtet.«

»Meine Lichtreklame ist doch hell genug«, wandte Wiederschein ein.

»Aber die wird um 24 Uhr ausgeschaltet, und dann ist Ihre Hausnummer nicht mehr zu erkennen. Zum Beispiel für die Feuerwehr.«

Wiederschein lachte. »Wenn's brennt, ist es eh hell genug.«

»Das wird Sie einiges an Ordnungsgeld kosten«, sagte Siebenhaar.

Wiederschein winkte ab. »Macht nichts. Seit ich keine Polizisten mehr besteche, habe ich genug Kleingeld in der Portokasse.«

»… der muss ans Messer«, murmelte Siebenhaar.

*

Angela Wiederschein hatte zehn Minuten vor dem Schultor gestanden und auf Kevin gewartet. Endlich schrillte die Klingel, und kurz danach kamen die ersten seiner Klassenkameraden auch schon angewetzt. Als ihr Sohn sie sah, kam er auf sie zugesprungen, und sie musste ihn auffangen und einmal um ihre Achse wirbeln. Dabei juchzte er wie auf der Achterbahn. Dann nahm sie ihm den schweren Ranzen ab und warf ihn sich selbst über die Schulter.

»Na, wie war's?«

»Ich kriege auch eine Eins in Mathe, Mama!«

»Wahnsinn! Du bist ja besser als ich.« Sie hätte ihn am liebsten auf offener Straße abgeküsst, wusste aber, dass er das peinlich finden würde. »Was wünschst du dir denn?«

»Dass wir nach München fliegen und ich Bayern spielen sehen kann.«

»Die spielen doch auch hier in Berlin ...«

»Bitte, Mama!«

»Schön, aber nicht, wenn sie gegen Hertha spielen, ich kann Hertha nicht verlieren sehen.«

Kevin sprang jubelnd vor ihr her, und sie war so glücklich wie lange nicht mehr.

Dies alles war allerdings nicht wirklich geschehen, die kleine Szene hatte es lediglich als diffusen Film in ihrem Kopf gegeben. Seit einer halben Stunde saß sie schon an Kevins Grab und wartete auf Bilder wie diese. Hier kamen sie immer, zu Hause nie.

Ach, wenn Kevin noch lebte ... Ein Tumor im Kopf, nicht zu besiegen. Wäre Kevin nicht gestorben, hätte sie sich nicht von Michael getrennt, wäre sie nie Frau Wiederschein geworden. Wenn und hätte ... Sie war von Hause aus Filmkauffrau, wie sich der Abschluss im Studiengang in Babelsberg jetzt nannte, hatte aber auch Schauspielunterricht genommen und auf einigen Bühnen gestanden und etliche Filme gedreht. Man hatte ihr eine große Karriere vorausgesagt, doch nach Kevins Tod und der Trennung von ihrem ersten Mann war sie schwer erkrankt. Depressionen, bipolare Persönlichkeitsstörungen ... Die Seelenklempner hatten immer neue Krankheitsbilder entdeckt. Als sie dann Wiederschein begegnet war, hatte sich ihr Zustand deutlich gebessert, und sie war sozusagen die Geschäftsführerin im ›à la world-carte‹, das heißt, sie erledigte die Buchführung und war für den Einkauf, die Personalangelegenheiten und das Marketing zuständig. Dennoch, wenn sie einen Film über sich gedreht hätte, wäre ›Das Leben ist eine Sackgasse‹ der Titel gewesen, der alles auf den Punkt brachte. Wiederschein war eine Sackgasse, und das ›à la world-carte‹ war eine Sackgasse. Sie standen kurz vor der Pleite, denn so gut sich die Idee auch anhörte, den Leuten die Speisen anzubieten, die sie im Urlaub so gern gegessen hatten, so schlecht ließ sie sich umsetzen, denn im Zweifelsfall ging man lieber dorthin, wo man Authentisches erwarten konnte, aß also sein Tandoori Chicken beim Inder und sein Masapam beim Thai und nicht bei ihnen in Frohnau.

Ja, sie liebte Wiederschein noch immer, weil sie ihm vertraute, doch eines Tages einen Weg aus ihrer Sackgasse zu finden. Irgendetwas fiel ihm sicher ein, was ihrem Leben wieder einen Sinn gab, etwas Außergewöhnliches. Vielleicht ließen sie in Frohnau alles stehen und liegen und zogen durch die Welt wie Bonnie und Clyde, beraubten Lebensmittelgeschäfte, Tankstellen und kleinere Banken und erschossen ein Dutzend Polizeibeamte, angefangen mit Axel Siebenhaar. *Langweilig* war das sicher nicht, und Wiederschein hätte keinen Grund gehabt, sich zu beklagen. Und wenn dann ihr BMW von den Kugeln eines SEKs durchsiebt wurde, wie der Ford Deluxe von Bonnie und Clyde am Black Lake in Louisiana, dann war das allemal ein schönerer Tod als der durch einen Gehirntumor. Die Welt hatte so viel zu bieten, man musste nur zugreifen.

Es war später Nachmittag, als sie den Parkfriedhof Neukölln verließ. Sie überlegte, ob sie nach Steglitz oder zum Kudamm fahren und ins Kino gehen sollte. Ja und nein. Zuerst einmal wollte sie ihre alte Heimat besuchen, das heißt, durch die Straße gehen, in der sie aufgewachsen war, den Thuyring in Tempelhof. Wiederschein kam da bestimmt nicht mit, denn der Thuyring war für ihn langweilig hoch drei. Sie ging zum Buckower Damm, wo sie ihren kleinen Wagen geparkt hatte.

*

Das Team des Restaurants ›à la world-carte‹ war klein, aber alles andere als langweilig. An seiner Spitze war Mohamadou Kumba zu finden, der Koch. Zumeist stand Rainer Wiederschein selbst am Herd und gab dem anderen vor, was zu tun war, doch Mohamadou konnte durchaus selbstständig arbeiten, und manches exotische Gericht war seine eigene Kreation. Er sprach fließend Französisch und hatte das Kochen in Marseille gelernt, betonte aber, dass er Deutschland liebe, weil Kamerun einmal deutsche Kolonie gewesen sei. Er kam aus dem Dualadorf Akwastadt, das am Flusse Wuri lag, und hatte einen Ururgroßvater, der dem Gouverneur Jesko von Puttkamer als Leibgardist gedient hatte. Mohamadou behauptete, von daher seine ganz besondere innere Beziehung zu Deutschland geerbt zu haben, in Wahrheit aber war er hierher gekommen, weil ihn kein französischer Fußballverein unter Vertrag genommen hatte. Was er besser konnte: Fußball spielen oder kochen, war bei seinen Freunden heiß umstritten, jedenfalls hatte man ihn bei Tasmania Gropiusstadt längst ausgemustert, während er bei Wiederschein nach wie vor hoch im Kurs stand. Wiederschein schickte ihn mehrmals am Abend nach vorn ins Restaurant, wo er mit den Leuten plaudern sollte, um unter Beweis zu stellen, wie international und multikulturell das ›à la world-carte‹ angelegt war.

Was die Bedienung anging, hatte Wiederschein von Anfang an großen Wert darauf gelegt, nur nicht für ein x-beliebiges deutsches Lokal gehalten zu werden, und Matti und Bharati angeheuert.

Matti Kemijärvi war festangestellter Kellner im ›à la world-carte‹, kam aus dem Süden Finnlands und sprach außer fließend Schwedisch auch hinreichend gut Norwegisch und Dänisch, konnte also die skandinavischen Gäste abdecken. Außerdem sollte er in Wiederscheins Planung alle jene Frohnauer anlocken, die sich zur geistigen Elite Deutschlands zählten und, hörten sie seinen Vornamen, sofort von positiven Assoziationen heimgesucht wurden: ah, Bertolt Brecht – ›Herr Puntila und sein Knecht Matti‹. Und zudem war es immer sehr amüsant, wenn er sportlichen Menschen erklärte, wo sie in Frohnau, Hermsdorf oder Glienicke (Nordbahn) eine Mini-golfanlage – pienoisgolfkenttää – oder einen Fahrradverleih – polkupyörävuokraamoa – finden konnten. Wer diese Vokabeln mit ihm fünf Minuten lang geübt hatte, bestellte noch ein Bier oder ein Glas Wein und erhöhte damit den Umsatz.

Bharati gab vor, aus dem indischen Bundesstaat Andhra Pradesh zu stammen und an der FU Berlin Germanistik zu studieren, hieß aber in Wahrheit Denise Siegmann, kam aus dem Zwergenweg in Frohnau und hatte in Halle und Neu-Delhi Indologie studiert, musste aber kellnern, da nirgendwo ein angemessener Arbeitsplatz zu finden war.

Die beiden guten Geister hinter den Kulissen, Gudrun und Freddie, waren allerdings beide eingeborene Berliner.

Gudrun Gerber war eine etwas groß geratene Liliputanerin von 51 Jahren, die von sich sagte, sie sei Legasthenikerin, was allerdings etwas übertrieben war, denn schrieb sie auf einen Zettel ›de Moorrieben sind gebutst‹, dann wusste durchaus ein jeder, was gemeint war. Auch das Sprechen fiel ihr schwer, denn sie war Asthmatikerin, was sie aber nicht daran hinderte, mindestens zweimal die Stunde vor die Tür zu treten und zu rauchen. Wie viele mit einem nicht allzu hohen IQ war sie eine Seele von Mensch und wurde von allen gemocht. Ihre drei Kinder hatten alle etwas Ordentliches gelernt, obwohl ihr Erzeuger, ein schlimmer Alkoholiker, erst sehr spät gestorben war. Sie half in der Küche und wirkte, war dort alles erledigt, als Reinemachefrau.

Freddie war das Faktotum in Villa und Restaurant. Er konnte alles, zumindest behauptete er, alles zu können, was das Kochen, Servieren und Reparieren betraf. Dass er der perfekte Hausmeister, Gärtner, Chauffeur und Bote war, verstand sich von selbst. Er rauchte unaufhörlich und war so dick, dass er im Flugzeug immer zwei nebeneinanderliegende Sitze buchte. Eigentlich hätte er mit seinen 53 Jahren schon zweimal tot sein müssen, schaffte es aber immer noch, ansehnliche Frauen zu beglücken, wobei Wiederschein allerdings lästerte, er würde den Akt nur mit einer Art Verlängerungsrohr vollziehen können. Auch konnten die Mediziner unter den Gästen nicht recht nachvollziehen, wie er das Gestöhne beim Orgasmus ohne letale Atemnot hinter sich brachte. Ihrer Meinung nach hätte er schon längst erstickt sein müssen. Er kam aus der Hobrechtstraße und war zur Rütlischule gegangen, was viele Frohnauer ebenfalls machten, um einmal einen geborenen Neuköllner leibhaftig vor sich zu haben, denn ohne Bodyguard, und wer hatte schon einen, wagten sie sich schon lange nicht mehr in dieses Stadtgebiet.

Gudrun und Freddie wohnten in der umgebauten Waschküche, einem halb in der Erde versenkten Anbau an der Rückseite der Villa. Zwei separate Zimmer gab es dort, die kleine Küche und das Bad mussten sie sich teilen. Ein Paar waren sie nicht, obwohl er ab und an, wenn sich keine andere finden ließ, schon einmal mit ihr ins Bett ging.

Wiederschein strich gern durch die Villa, um sich mit Eifer zu notieren, wo aufgeräumt und wo etwas repariert werden musste. Sich selbst sozusagen gegen den Strich zu bürsten, war eine wahre Lust für ihn, galt er doch bei alten Freunden als furchtbar schlampig und als geborener Chaot.

»Freddie?«, schrie er aus dem Keller nach oben. »Du solltest doch die Falltür erneuern.«

»Morgen. Die müssen mir im Baumarkt erst die passenden Scharniere besorgen.«

Diese Falltür war ein großes Geheimnis des Hauses. Die Vorbesitzer hatten, als es mit dem Nazireich zu Ende ging, die Hausplatte durchstoßen und unter dem Keller einen Schutzraum anlegen lassen, um sich und ihre Wertsachen vor den anrückenden Russen in Sicherheit zu bringen. Wiederschein nutzte dieses Gewölbe als Weinkeller, hatte aber auch einen kleinen Tresor hinunterschaffen lassen.

»Freddie, und vergiss nicht, um eins Woytasch die drei Menüs nach Hause zu bringen, der erwartet Gäste, und seine Frau will nicht kochen.«

»Aye, aye, Sir!«

In der Küche lief alles bestens. Zwischen 12 und 15 Uhr gab es wochentags nicht allzu viele Gäste, da schaffte es Mohamadou allein, wenn ihm Gudrun ein wenig zur Hand ging. Bharati war noch nicht angetreten, aber Matti hatte keine Mühe, alle Gäste zufriedenzustellen.

Gudrun kam Wiederschein mit einem Berg schmutziger Wäsche entgegen und meldete, dass im Gästehaus alles hergerichtet sei.

»Kommt denn heute einer?«

»Na, der aus Kalkutta«, antwortete Gudrun.

Wiederschein stutzte. »Einer aus Indien …?« Sollte Denise jemanden nach Frohnau gelockt haben?

»Ich weiß von nichts.«

Es stellte sich heraus, dass Gudrun statt Kalytta, das war ein alter Schulfreund von ihm, Kalkutta gelesen hatte. Da fiel

Wiederschein auch ein, dass sich Gerhard Kalytta, der jetzt in Mainz zu Hause war, zu einem Kurzbesuch angesagt hatte.

Für Freunde wie ihn, aber auch für Verwandte, vor allem aber für Manager und für Gäste, die zu viel getrunken hatten, um nachts noch legal mit dem Auto nach Hause fahren zu können, hatte Wiederschein den alten Pferdestall und die darüberliegende Kutscherwohnung zu einem Gästehaus ausbauen lassen.

Dorthin führte er nun den alten Kumpel, als man sich nach dessen Ankunft herzlich umarmt hatte. Gerade begann nebenan auf dem Baugrundstück ein Betonmischer zu röhren.

»Der wird ja nachts verstummt sein«, hoffte Kalytta.

Wiederschein lachte. »Ja, aber dafür hörst du alle zehn Minuten die S-Bahn.«

»Und ich dachte, das hier bei euch sei die reinste Idylle.«

»Du als Psychologe solltest doch wissen, dass die Idylle immer Vorbote einer Katastrophe ist«, sagte Wiederschein.

*

Karsten Klütz hatte gar nicht anders gekonnt, als Fußballprofi zu werden, denn er war am 30. Juli 1966 genau in der Minute zur Welt gekommen, in der die bundesdeutsche Nationalmannschaft Opfer des ›Wembley-Tores‹ geworden war und gegen England das Endspiel um die Weltmeisterschaft verloren hatte.

»Das ist ein Zeichen des Himmels!«, hatte sein Vater ausgerufen. »Du bist geboren worden, um diese Schmach einmal zu rächen.«

Folgerichtig hatte er mit seinem Sohn schon zu trainieren begonnen, als der noch mit einem Windelpo durchs Kinderzimmer tapste. Seine Karriere hatte Klütz dann in der E-Jugend des 1. FC Neukölln gestartet und es – nach einer abgeschlossenen Lehre als Gärtner – in der Tat bis in die 1. Bundesliga geschafft, wenn auch nur bei Mannschaften der unteren Tabellenhälfte. Nie aber hatte ein Bundestrainer daran gedacht, ihn in die Nationalmannschaft zu berufen, obwohl da öfter Sportkameraden mitmachen durften, die auch nicht besser waren als er. Das nagte an ihm, da halfen auch die Millionen nicht, die er auf dem Konto hatte, und am Abend seiner Karriere war eine Verbitterung geblieben, die ihn ungemein aggressiv werden ließ.

Jetzt kickte er bei Berlin United, einem Verein der Verbandsliga, denn spielen musste er noch immer, auch mit seinen 32 Jahren und einer langen Verletzungsliste, denn es war wie eine Sucht. Jagte er dem Ball hinterher, vergaß er außerdem seine private Katastrophe, die Trennung von Rebecca und den Kindern, den ganzen fürchterlichen Rosenkrieg und den Scheiß mit der Scheidung.

Heute spielten sie auf einem Acker in Mahlsdorf. Er war erst zehn Minuten vor dem Anpfiff in der Umkleidekabine erschienen, weil er Mahlsdorf mit Mahlow verwechselt hatte. Der Trainer hatte geflucht. Auch ein ehemaliger West-Berliner hätte kein Recht, sich derart dusselig anzustellen.

Das Spiel seines Vereins war voll und ganz auf ihn zugeschnitten, das heißt, er sollte der Abwehr Halt geben, im Mittelfeld für Kreativität sorgen und im Angriff Tore schießen. So die Theorie. In der Praxis aber hatte er enorme Schwierigkeiten damit, in derselben Sekunde von der Seitenlinie einen Ball über 30 Meter hinweg in den Strafraum des Gegners zu schlagen und ihn von dort höchstpersönlich ins Tor zu köpfen. Seine Flanke landete also dort, wo niemand stand.

»Das ist doch Schwachsinn, was du machst!«, schrie der Trainer.

»Ich kann doch nicht überall sein!«, brüllte Klütz zurück.

»Doch!«

In den nächsten Minuten versuchte Klütz, immer da zu sein, wo der Ball *nicht* hinkommen konnte. Er wollte seine Ruhe haben. Und als seine Mannschaft einen Elfmeter zugesprochen bekam, weigerte er sich, ihn zu schießen. Ihr linker Außenverteidiger trat schließlich an – und jagte den Ball einen Meter über die Querlatte. Es blieb dabei, dass sie 0:1 hinten lagen.

»Meinst du, Real Madrid kauft dich jetzt noch?«, fragte ihn sein direkter Gegenspieler, ein gestylter Jüngling mit Brilli im Ohr.

Klütz riss sich zusammen und ignorierte diesen und auch die nächsten fünf seiner Sprüche. Seine Gedanken schweiften ab. Er musste raus aus seiner kleinen Wohnung in Friedenau. Am besten er kaufte sich ein Grundstück am Rande der Stadt oder draußen im Umland und zog mit Sandra in ein neu gebautes Haus. Noch einmal völlig von vorn anfangen. Und dann Spielervermittler werden. Mit den Insiderkenntnissen, die er in all den Jahren angesammelt hatte, stach er die anderen aus. Damit blieb er seinem Fußball treu, ohne dass er sich mit drittklassigen Trainern und geistig minderbemittelten Gegenspielern herumärgern musste.

Beim nächsten Angriff beschloss Klütz, es allein zu versuchen. Er eroberte sich den Ball im eigenen Strafraum, lief über das ganze Spielfeld und spielte alle aus, auch den gegnerischen Torwart – um den Ball dann zielsicher am leeren Tor vorbeizuschieben.

»Et is nur 'n Tor, wenn de zwischen die beeden Pfosten triffst«, erklärte ihm sein Gegenspieler. »Haste noch nie Fußball jespielt?«

Daraufhin versetzte ihm Klütz einen solch heftigen Stoß gegen die Brust, dass er mit dem Hinterkopf gegen den Torpfosten krachte und zu Boden ging. Die Folge war eine Rote Karte und eine Sperre für drei Spiele. Das Sportgericht sollte später von ›mangelnder Impulskontrolle‹ sprechen und ihn als Wiederholungstäter bezeichnen. Insider wussten zu berichten, dass er als Jugendlicher mehrfach wegen gefährlicher Körperverletzung bestraft worden war.

Als Klütz geduscht hatte und sich an den Spielfeldrand stellte, um seinen zehn verbliebenen Kameraden zuzusehen, wie sie gerade das 0:5 kassierten, sah er Sandra ins Stadion kommen. Wenn das kein Trostpreis war.

*

Rainer Wiederschein saß mit Gerhard Kalytta im Restaurant und frühstückte mit ihm.

»Wie lebt es sich so als Psychologe?«

Der alte Schulkamerad lachte. »Sage ich zu einem Patienten: ›Gratuliere! Ich habe Sie von Ihrem Wahn geheilt.‹ – Der Expatient kläglich: ›Was gibt's da zu gratulieren? Gestern war ich Napoleon, heute bin ich nur ein Nobody.‹«

»Was sagt uns das?«, wollte Wiederschein wissen.

»Dass immer mehr Patienten zu mir kommen, die deswegen verbittert sind, weil sie es nicht zu einiger Berühmtheit gebracht haben. Früher wollten alle Menschen in den Himmel, heute wollen sie ins Fernsehen. Und wer nicht ins Fernsehen oder wenigstens in die Zeitung kommt, der kommt zu mir.«

»Und du lebst nicht schlecht davon …«

Kalytta lachte. »Ja, und ich verhandele gerade mit einem privaten Sender, ob ich nicht so eine Art Show mit Leuten bekomme, die in die Therapie müssten.«

»Unsere ganze Gesellschaft müsste in die Therapie«, sagte Wiederschein.

»Du doch nicht«, stellte Kalytta fest. »Du hast ein wunderschönes Restaurant, du hast eine wunderschöne Frau – fürwahr, ich muss dich glücklich preisen.«

»Wie bist du eigentlich auf die Idee gekommen, Psychologe zu werden?«, fragte Wiederschein.

Kalytta zog seine Pfeife aus dem Etui. »Ein echter Freudianer ist eben auf Mundkrebs aus …«

»Wie das?«

»Na, weil unser Meister und Guru 16 Jahre lang an Mundkrebs gelitten hat und schließlich auch daran gestorben ist«, erklärte ihm Kalytta. »Wie ich auf die Idee gekommen bin, Psychologe zu werden? Ganz einfach: Weil Gaby Psychologie studiert hat. Gaby, das war die in unserer Klasse, bei der du nie landen konntest, die Dunkelhaarige rechts am Fenster.«

»Das nennt man also Berufung«, sagte Wiederschein.

Kalytta kam ihm mit dem Paulus-Brief an die Römer: »O welch eine Tiefe des Reichtums, der Weisheit und der Erkenntnis Gottes! Wie gar unbegreiflich sind seine Gerichte und unerforschlich seine Wege!«

»Wie haben dir denn meine Gerichte geschmeckt?«, fragte Wiederschein.

»Ganz ausgezeichnet und allemal ein Grund, öfter mal nach Berlin zu kommen. Bei euch ist ja wirklich immer was los.« Das spielte auf eine ganz besondere Aktion der Berliner Behinderten an. Weil das Rathaus Lichtenberg für Rollstuhlfahrer nicht zugänglich war, hatten sie ein Mitglied ihrer Basisgruppe am europäischen Protesttag mit einem Kran vor das Fenster des Büros gehievt, in das er anders nicht gelangen konnte.

»Und Bill Clinton nicht zu vergessen«, fügte Wiederschein hinzu.

Der US-Präsident hatte am 14. Mai zusammen mit Bundeskanzler Helmut Kohl und 10.000 Berlinern das 50-jährige Jubiläum der Luftbrücke gefeiert.

»Ich werde daran denken, wenn ich nachher durch den mittleren Luftkorridor nach Frankfurt fliege.«

Nachdem Kalytta abgereist war, setzte sich Wiederschein in sein Arbeitszimmer und studierte in den Tageszeitungen wie im Internet die Börsenberichte. Im Augenblick hatte er sich auf Warentermingeschäfte mit Orangensaftkonzentrat und Getreide geworfen, sich aber auch ins sogenannte Optionsscheingeschäft verrannt, das heißt, sein Geld darauf gesetzt, dass bestimmte Aktien und Aktienindizes wie zum Beispiel der DAX steigen oder fallen würden.

»Na, was ist heute dabei herausgesprungen?«

Seine Frau war ins Zimmer gekommen, ohne dass er es bemerkt hatte.

Wiederschein seufzte. »Leider wieder nichts.«

»Sucht ist eben Sucht«, sagte Angela Wiederschein.

»Ich bin kein Zocker, ich bin nur darauf aus, zu Geld zu kommen, ehe Schulz den Strick zuzieht. Um den Hals gelegt hat er mir das Ding schon.«

»Wieso?«

»Er will in nächster Zeit mal vorbeikommen und nach dem Rechten sehen.« Wiederschein fuhr seinen Computer herunter. »Ich weiß nicht ein noch aus und habe Sorgen über Sorgen, und das wittert er irgendwie.«

»Du trinkst zu viel, du spekulierst zu viel, deine Gäste kriegen das mit, und irgendwann wird es ihm zu Ohren gekommen sein.«

Er stand auf und nahm sie in den Arm. »Ach, Äinschie, ich wollte, du hättest bessere Tage. Aber ich habe ja alles unternommen, damit du so richtig berühmt wirst …« Er hatte zweimal versucht, Filme zu finanzieren, in denen ihr die Hauptrolle versprochen worden war, doch beide Male war die Sache im Sande verlaufen und hatte ihn viel Geld gekostet.

Sie machte sich los von ihm. »Du hörst nicht auf zu klagen wegen der Filme, die nie gedreht wurden, und wirfst mir vor, ich hätte nichts im Sinn, als berühmt zu werden. Ja, warum denn nicht? Irgendetwas muss der Mensch doch wollen! Etwas, was nicht jeder hat. Das wusstest du doch. Ich bin dir nicht nachgelaufen, im Gegenteil, du wolltest mich partout. Das kannst du nicht bestreiten. Und nun dieses ewige Gejammere mit dem Berühmtwerden, was soll das? Sicher habe ich dich einiges gekostet, aber ohne mich wärst du doch damals verreckt.«

Er sah sie mit großen Augen an. »Was soll ich denn machen, Äinschie?«

»Mal etwas Außergewöhnliches!«

*

Sandra Schulz war gelernte Schneiderin, hatte als Model und Komparsin gearbeitet und sich schließlich den Traum erfüllt, Modedesignerin mit eigener kleiner Werkstatt zu werden und ihr Label auf den großen Messen vorzustellen. Das Geld dafür hatte ihr Siegfried Schulz geliehen. Nicht nur das, er hatte es auch geschafft, sie aus der Drogenszene herauszuholen.

Jetzt waren sie schon seit vier Jahren verheiratet, und sie ertrug ihn, weil sie trotz ihrer gerade einmal 26 Jahre ein altmodisches Wertesystem verinnerlicht hatte und für sie Dankbarkeit ein hoher Wert war. Und vielleicht hätte sie es mit ›Siggi‹ sogar bis zur silbernen Hochzeit geschafft, wenn ihr nicht Karsten Klütz über den Weg gelaufen wäre. Sie hatte schon, kaum war sie zehn Jahre alt geworden, für Fußballspieler geschwärmt, und als sie Karsten Klütz auf dem Presseball begegnet war, hatte es für sie nur eines gegeben: den oder keinen. Dagegen anzukommen, war genauso sinnlos wie der Versuch, einen Orkan aufhalten zu wollen. Aber sie wusste, dass Schulz unfähig war, sie loszulassen. Er betrachtete sie wie ein wertvolles Gemälde, das er bei einer Auktion erworben hatte, und einen Van Gogh verschenkte man nicht. Sie kannte ihren Mann nur zu genau.

Siegfried Schulz handelte mit Schrott und Gebrauchtwagen und hatte einiges Geld in Bars und Bordelle investiert. Obwohl er inzwischen schon 49 Jahre alt geworden war, hatte er sich immer noch nicht zwischen den Rollen seriöser Geschäftsmann, Playboy und Mafiapate entscheiden können. Er war ein ausgesprochener Sadist, nicht im sexuellen Sinne, sondern im sozialen, das heißt, er genoss es, andere Menschen zu demütigen und zu unterdrücken, und wenn man ihn mit der Bezeichnung ›Kotzbrocken‹ belegte und einen ›fürchterlichen Zyniker‹ nannte, dann freute ihn nichts mehr als dies. Nicht einmal seine Hündin liebte ihn, und dennoch war er von schönen Frauen und amüsanten Freunden umgeben, denn er hatte Geld, lud pausenlos zu den wildesten Partys ein und vergab zinslose Kredite, mit denen er andere von sich abhängig machte.

Sie wohnten in einer stattlichen Villa in Wannsee. Die Straße trug den Namen ›Am Sandwerder‹ und hatte es verstanden, sich vor dem Plebs gut zu verstecken, obwohl viele in der Stadt sie kannten, denn an ihrem südlichen Ende lag das LCB, das Literarische Colloquium Berlin.

»Hier willst du weg?«, fragte Sandras Freundin Ramona. »Und mit diesem Fußballer zusammenziehen?«

»Der ist sauber, der ist ehrlich. Und beide haben wir als Straßenkinder angefangen, das verbindet. Im Jugendknast ist er auch gewesen.« Sandra rang die Hände. »Ich kann's ja auch nicht verstehen, aber es ist so, wie es ist. Ich bin darauf programmiert, was soll ich machen?«

»Weiß Schulz schon von Karsten?« Ramona fand den Vornamen Siegfried so entsetzlich, dass sie ihn nicht über die Lippen brachte.

Sandra zuckte mit den Schultern. »Ich glaube nicht. Bis jetzt haben wir es sehr geschickt angestellt, und wenn ich auf Reisen war, ist er immer in dieselbe Stadt gekommen. Aber Siegfried hat ja überall seine Leute sitzen …«

»Ich habe Angst um dich«, sagte Ramona. »Er wird dich eher umbringen, als dass er dich gehen lässt.«

Sandra winkte ab. »Wenn er mich lieben würde, ja, aber so …«

»Das ist doch viel schlimmer bei ihm: Für ihn ist das Fahnenflucht, was du begehst, Hochverrat, und in diesem Falle wird man auf der Stelle standrechtlich erschossen.«

Sandra lachte. »In deinen Drehbüchern, aber nicht im wirklichen Leben.«

»Ein bisschen was verstehe ich davon, von Psychologie und Psychiatrie, und Schulz ist der geborene Affekttäter, glaub es mir.«

Die Worte der besten Freundin blieben nicht ohne Wirkung auf Sandra, und ein wenig kleinlaut fragte sie, was sie tun solle. »Weglaufen und mich vor Siegfried verstecken?«

»Ja.«

»Ich denk mal drüber nach«, versprach ihr Sandra.

»Bitte bevor es zu spät ist!«

Ramona musste zu einer Drehbuchbesprechung und verabschiedete sich mit ein paar belanglosen Worten.

*

Karsten Klütz hatte Sandra in den letzten drei Wochen wenig gesehen, denn sie war voll damit beschäftigt, Kostüme für den dritten Karneval der Kulturen zu nähen. Am Freitag vor Pfingsten sollte es losgehen. Ihm selber wären vorbeimarschierende Militärkapellen lieber gewesen, aber wenn ihm Sandra gesagt hätte, er solle sich am Christopher Street Day als Schwuler verkleiden und in Lederkleidung auf einem der Wagen mitfahren, hätte er auch das getan. Seine Freunde lästerten: Wo die Liebe hinfällt … Ja, es hatte ihn mächtig erwischt. Immer wieder sang er mit Jürgen Marcus: ›Eine neue Liebe ist wie ein neues Leben.‹

Sie hatten sich auf dem Boxhagener Platz verabredet, wo der erste Friedrichshainer Ökomarkt eröffnet werden sollte. Er spottete immer, dass Sandra vor lauter Begeisterung einen Orgasmus kriegen würde, wenn sie Gemüse und Milchprodukte aus biologischem Anbau kaufen und Kaffee aus ›fairem‹ Handel trinken konnte.

Die Gegend zwischen der Frankfurter Allee im Norden und den S-Bahnhöfen Warschauer Straße und Ostkreuz im Süden war Klütz so fremd, dass er das Gefühl hatte, in einer anderen Stadt zu sein. Eigentlich kannte er Berlin ganz gut, aber das betraf nur die Gebiete, in denen es Fußballstadien und Sportplätze gab oder wenigstens Vereine, die irgendwann einmal in den oberen Ligen aufgetaucht waren. Seine Lehrer hatten ihn früher immer gefragt: ›Hast du denn nichts anderes als Fußball im Kopf?‹, und seine Antwort war immer dieselbe gewesen. ›Nein.‹ Warum denn auch, hätte er noch hinzufügen können, denn spielte man in der Bundesliga, war man doch der absolute King: Man verdiente Millionen und war ein paar Mal pro Woche in den Medien, sodass alle einen kannten und bewunderten. Sollte er bei diesen Aussichten vielleicht Krankenpfleger lernen und anderen die Kacke vom Hintern wischen? Und seine Rechnung war ja aufgegangen. Dass er zwischendurch einmal ein wenig in Abstiegsgefahr geraten war, damit musste man leben. In den vielen Artikeln, die über ihn geschrieben worden waren, stand immer wieder, dass er ein liebenswertes Raubein sei, hart, aber authentisch, gefürchtet wegen seiner ›Blutgrätsche‹, geliebt wegen seines gradlinigen Charakters.

Er sah auf die Uhr. Zweimal war er schon ums Karree gelaufen, und Sandra war noch nicht aufgetaucht. Er machte sich große Sorgen um sie, seit Ramona ihn angerufen und angefleht hatte, Sandra so schnell wie möglich aus der Villa am Wannsee herauszuholen, weil Schulz offen gedroht habe, sie umzubringen. Aber wie sollte er sie herausholen, wenn sie nicht bereit war zu gehen? Und er konnte ihr deswegen auch keinen Vorwurf machen, denn aus eigener Erfahrung wusste er, wie schwer es war, von allem Abschied zu nehmen. Wenn Schulz Sandra umbrachte, dann ...

Man müsste Schulz umbringen, bevor der ...

Es war ein Gedanke, der ihn nicht mehr losließ. Er selbst sah ihn als einen Virus, der sich langsam und unaufhaltsam auf seiner Festplatte ausbreitete und sehr bald das Programm voll im Griff haben würde.

*

Rainer Wiederschein bekam einen Tobsuchtsanfall, als er bemerkte, dass im hintersten Winkel der Speisekammer ein teuer eingekaufter spanischer Schinken hing, der furchtbar verschimmelt war und schon nach Aas zu stinken begann.

»Habt ihr denn alle Tomaten auf den Augen und amputierte Riechorgane, dass ihr das nicht merkt?«, schrie er.

Doch es war niemand da, der ihn gehört hätte, denn seine Leute waren alle irgendwo mit anderem beschäftigt. Was tun? Wiederschein überlegte. Sah ihn jemand mit dem verschimmelten Schinken oder entdeckte man den in der Mülltonne, dann war das überaus rufschädigend für sein Restaurant, denn sofort würde es heißen: ›Aha, da möchte ich ja nicht wissen, was bei dem im »à la world-carte« alles an vergammeltem Fleisch auf den Tisch kommt.‹ Also war es das Beste, den Schinken vor dem Schlafengehen hinten im Garten zu vergraben.

Angela war zu einer Filmpremiere in die Stadt gefahren, und da sie im Restaurant heute Ruhetag hatten und das Gästehaus derzeit leer stand, waren auch Gudrun und Freddie ausgeflogen. So konnte er sich, als es 23 Uhr geworden war, ungestört an die Arbeit machen.

Bei der Laubach drüben war alles dunkel, und auf der Baustelle nebenan war es schon lange still geworden.

Wohin mit dem verdorbenen Schinken? Am besten, er vergrub ihn unterm Kirschbaum. Vielleicht gab er einen guten Dünger ab, wenn er sich langsam zersetzte. Nein, die Maden. Also ein Stückchen weg vom Kirschbaum.

Er holte den Schinken aus dem Heizungskeller, wo er ihn versteckt hatte, und trug ihn in den Garten hinaus. Zum Glück hatten sie derzeit keinen Hund, und auch die Köter in der Nachbarschaft gaben Ruhe. Da es stürmte und immer wieder Regenschauer gab, hatte man die abendliche Runde längst gedreht. Der Schein der Laterne, die oben am Giebel hin und her schaukelte, reichte bis in den hintersten Winkel des Gartens, und es war hell genug, ein Loch zu graben. Wenn er sich beeilte, schaffte er es, bevor die nächste S-Bahn vorüberrollte.

Kräftig stieß er den Spaten in den aufgeweichten Boden und trieb ihn, indem er mit dem rechten Fuß auf das Metall trat, noch tiefer hinein, zu tief, wie sich alsbald herausstellen sollte, denn er hatte zu wenig Kraft in den Armen, um wirklich einen großen Brocken herausheben zu können. Aber allmählich ging es besser. Um nicht Ratten, Füchse, Marder und streunende Katzen anzulocken, war es sicherlich notwendig, denn Schinken mindestens einen Meter tief zu vergraben.

Er war schon ziemlich weit gekommen, als er auf etwas stieß, das unter dem Schnitt des Eisens zerbrach und augenscheinlich weder Stein noch Wurzel war. Vorsichtig grub er weiter und holte dann seine Taschenlampe aus der Hosentasche. Als er sie eingeschaltet hatte, erkannte er mit einigem Schaudern, dass er auf Arm und Schulter eines verscharrten Toten gestoßen war. Reste von Kleidungsstücken kamen zutage, zerschlissen und gebräunt, aber immer noch farbig und wohlerhalten genug, um erkennen zu lassen, dass es ein Soldat gewesen sein musste.

Wie kam der hierher? Wahrscheinlich war er im Frühjahr 1945 beim Kampf um Berlin gefallen. Oder als Deserteur erschossen worden. Das schien wahrscheinlicher zu sein, denn soweit Wiederschein wusste, hatte es hier oben in Frohnau keine Gefechte gegeben.

Er stützte sich auf seinen Spaten. Sollte er am Morgen zur Polizei gehen und die Sache anzeigen? Nein, denn mit seinem Freund Siebenhaar wollte er nichts zu tun haben. Und dann der Tratsch. Wo man einen Toten unterm Kirschbaum gefunden hatte, mochte keiner mehr einkehren.

Es war also besser, die Sache nicht an die große Glocke zu hängen. Hatte der Tote über 50 Jahre hier gelegen, konnte er auch noch weitere 50 Jahre hier liegen. Und damit warf Wiederschein den Armknochen, den er ausgegraben hatte, in die Grube zurück und schüttete diese wieder zu.

Während dieses Zuschüttens aber hing er all jenen Gedanken und Vorstellungen nach, wie sie ihm seit Wochen immer häufiger kamen. Kamen und gingen. Heute aber gingen sie nicht, sondern wurden Pläne, die Besitz von ihm ergriffen …

3.

»... *Armut ist das Schlimmste, schlimmer als Tod, schlimmer als* ...«

Er nickte. »*So denk' ich auch, Ursel. Nur nicht arm. Aber komm in den Garten! Die Wände haben hier Ohren.*«

Und so gingen sie hinaus. Draußen aber nahm sie seinen Arm, hing sich, wie zärtlich, an ihn und plauderte, während sie den Mittelsteig des Gartens auf und ab schritten. Er seinerseits schwieg und überlegte, bis er mit einem Male stehenblieb und, das Wort nehmend, auf die wieder zugeschüttete Stelle neben dem Birnbaum wies. Und nun wurden Ursels Augen immer größer, als er rasch und lebhaft alles, was geschehen müsse, herzuzählen und auseinanderzusetzen begann.

»*Es geht nicht. Schlag es dir aus dem Sinn. Es ist nichts so fein gesponnen* ...«

Er aber ließ nicht ab, und endlich sah man, daß er ihren Widerstand besiegt hatte. Sie nickte, schwieg, und beide gingen auf das Haus zu.

(Theodor Fontane, ›Unterm Birnbaum‹)

Zum Lebensstil von Siegfried Schulz gehörte es, zweimal in der Woche Golf zu spielen. Meist tat er das am Ufer des Scharmützelsees, wo er ein Sommerhaus besaß, diesmal aber zog er mit Herbert, einem neuen Berliner Freund, auf dem Stolper Platz von Loch zu Loch, und da man auf dessen letztem Grün das Panoramabild Frohnaus vor Augen hatte, kam man schnell auf seinen ›Neffen über x-Ecken‹ zu sprechen.

»Ist das der mit dem Restaurant an der S-Bahn?«, fragte der Freund.

Schulz nickte. »Ja. Das ist alles mein Geld, was du da siehst. Nur die Idee ist von ihm – immer à la world-carte essen.«

»Ich kann mir nicht vorstellen, dass das 'ne Goldgrube ist«, sagte Herbert, der Rechtsanwalt war. »Warum hast du das eigentlich gemacht?«

»Gott, sein Vater, der Walter Wiederschein, und mein Vater sind Cousins gewesen, und als ich von Wiederscheins finanziellen Problemen gehört habe, bin ich sofort in die Bresche gesprungen. Familie ist alles.«

Schulz, der aus Prinzip jede Art von Belletristik verabscheute, wusste nicht, dass dieser Ausspruch aus der Welt der Mafia kam und in Mario Puzos Roman ›Der Pate‹ öfter wiederholt wurde.

Golf zu spielen gehörte zum Geschäft, und die Bewegung an der frischen Luft war ihm vom Arzt verordnet worden, aber eigentlich hasste Schulz diesen sogenannten Sport. Zum einen erschien es ihm höchst albern, so wie wenn Erwachsene Murmeln spielten, und zum anderen ärgerte er sich darüber, dass er nicht in der Lage war, dem Ball seinen Willen aufzuzwingen. Mit einem Handicap von 100 war er gewiss kein schlechter Spieler, aber dennoch landeten seine Abschläge oft genug im ›rough‹ oder er verfehlte beim ›put‹ vom Rande des Grüns das Loch um mehrere Meter.

Sie erreichten das Grün in der Nähe des naturbelassenen Weges, der vom Frohnauer Friedhof an der Hainbuchenstraße schnurgerade nach Stolpe führte und von uralten Bäumen gesäumt wurde. Ein Radfahrer hielt, sprang ab und näherte sich dem Zaun.

»Herr Schulz! Onkel Siegfried!«

Schulz hasste Leute, die ihm beim Golfspielen zusehen wollten, brummte immer etwas von Packzeug und Proleten und sah nicht auf, wenn sie dastanden und gafften, aber eben war sein Name gerufen worden und die Stimme war ihm bekannt vorgekommen.

»Mensch, das ist doch mein Neffe!«

»Dieser Wiederschein vom ›à la world-carte‹?«

»Ja. Wenn man vom Teufel spricht ...«

Schulz überlegte einen Augenblick, dann entschloss er sich, zum Zaun zu gehen und ein paar Worte mit Wiederschein junior zu wechseln. Herbert trottete hinter ihm her.

Sie begrüßten sich, und Schulz sprach vom reinen Zufall, der sie hier zusammengeführt habe.

Wiederschein bestritt das. »So rein ist der nun auch wieder nicht, denn ich komme in der Woche mehrmals hier am Golfplatz vorbei und halte immer Ausschau nach dir, aber du spielst wohl immer in Bad Saarow.«

Schulz lachte. »Du bist ja bestens informiert, was mich betrifft. Und wie geht's selbst?«

»Danke der Nachfrage ...«

»Kommen denn überhaupt noch Gäste?«, fragte Schulz und wurde dann bösartig. »Ich höre von meinen Freunden immer wieder, dass sie bei dir nicht reingehen, weil da so ein komischer Name über der Tür steht. So ein Quatsch: à la world-carte. Nicht richtig Englisch, nicht richtig Französisch. Und das Essen schmeckt immer deutsch, egal ob du chinesisch, griechisch oder vietnamesisch kochst.«

Das war so viel Gift, das auf Wiederschein deutlich Wirkung hatte. Es war ihm anzusehen, wie sehr er litt.

»Komm du doch mal vorbei!«, stieß er hervor. »Und sieh dir alles an und koste alles mal.«

Schulz lachte. »Aber nur wenn ich mir einen ... wie hieß das bei den alten Römern ...?«

»Vorkoster«, half ihm Herbert aus.

»Ja, danke ... Wenn ich mir einen Vorkoster mitbringen kann. Na, vielleicht reicht es auch wenn ich die Telefonnummer der Notrufzentrale auswendig lerne ... Bei Vergiftungen.«

Wiederschein gelang es, im selben Ton zu antworten. »Woher weißt du, dass ich unseren Gästen immer was ins Essen tue, damit sie nicht nach Hause können, sondern bei mir im Gästehaus übernachten müssen? Anders kriegt man ja seine Betten nicht voll.«

»Der Pferdestall ist jetzt fertig umgebaut?«, fragte Schulz.

»Ja, du kannst gerne kommen. Dich mal von Sandra erholen …«

»Gute Idee.« Schulz sagte zu. »Nächsten Donnerstag. Freitag muss ich morgens ganz früh nach Rostock hoch und brauche so nicht erst von Wannsee durch die ganze Stadt durch.«

Außerdem konnte er dann Wiederschein und Angela so richtig fertigmachen. Vielleicht war es wieder einmal an der Zeit, an eine Vorgehensweise à la OUT zu denken. Das war seine Lieblingsstrategie, meinte ›Oma und Treppe‹, und ging auf einen alten Witz zurück: Fritzchen stößt seine Oma die Treppe runter und ruft dabei: ›Oma, was rennst denn so?‹ Gern hatten sie als Kinder auch Strippen an die Stühle gebunden und die dann ruckartig nach hinten weggezogen, wenn die Erwachsenen gerade Platz nehmen wollten. Schon im Kindergarten hatte es für ihn keine größere Freude gegeben, als andere Menschen zu ärgern, bloßzustellen und hereinzulegen. Nie machten sie dümmere Gesichter. Das ging meistens nach demselben Muster: Kommen zwei Matrosen aus dem Puff und lachen die Nutten aus: ›Die Dollars, die wir euch gegeben haben, sind falsch!‹ – Antwort: ›Dafür ist der Tripper echt, den wir euch angehängt haben.‹ Das gefiel ihm, das hatte ihn geprägt.

Nach dem Golf fuhr er in die Firma, das heißt, zur Zentrale am Sachsendamm. Er wusste, dass jetzt überall in den Büros die Alarmglocken schrillten und das große Zittern begann. Man hatte Wachtposten an den Fenstern stehen, die seine

49

Ankunft meldeten. ›Stalin kommt!‹ Dieser Vergleich freute ihn. In Zeiten von Millionen Arbeitslosen konnte er seine Leute wie in einem Straflager halten. Zudem wurden alle, die seine Herrschaft stützten, reich belohnt und verdienten wesentlich mehr als anderswo.

Da er wusste, dass zwei Dutzend Augenpaare an ihm hingen, inszenierte er das Aussteigen aus seinem Porsche als große Show. Obwohl die Sonne schien und er nur 20 Meter zu laufen hatte, schlüpfte er in seinen Staubmantel. Dies, seit er ›Spiel mir das Lied vom Tod‹ im Kino gesehen und sich tüchtig mit den Männern auf der Leinwand identifiziert hatte. Danach setzte er seinen Borsalino auf. Dieser Hut war sein eigentliches Markenzeichen. Im Herbst und Winter bevorzugte er den schwarzen Klassiker, im Frühjahr und Sommer durfte es auch der beigefarbene Borsalino Panama Traveller sein. Er fühlte sich in diesem Outfit als Mafiapate, obwohl er von den meisten nur für einen Filmfritzen gehalten wurde, einen Regisseur oder Produzenten, bestenfalls für einen Theaterintendanten. Aber Stil hatte es auf alle Fälle und machte mächtigen Eindruck auf seine Leute.

Zu seinen ganz besonderen Lieblingen gehörte Thorsten Rönnefahrt, der Leiter seiner EDV. Rönnefahrt kannte alles, was es in der Computerbranche an Tricks und Geheimnissen gab, und war privat Vorsitzender eines Hackerklubs. Ein fehlendes Passwort oder die neueste Firewall waren kein Problem für ihn; er konnte mühelos auf die Festplatte eines anderen Computers vordringen.

Schulz wartete, bis sie allein waren. »Na, sind Sie fündig geworden?«

»Was Ihre Frau betrifft oder was Körner angeht?«

»Zuerst Körner.« Körner war Meister in der Werkstatt und versuchte, einen Betriebsrat zu gründen.

Rönnefahrt zauberte mit ein paar Mausklicks ein Dossier über Körner auf den Bildschirm. »Hier … Er hat in den Wagen eines Freundes einen nagelneuen Motor eingebaut, ihm aber nur einen aufgearbeiteten alten Motor in Rechnung gestellt.«

»Prima, das ist ein Grund, ihn zu feuern.« Schulz freute sich. »Und meine Frau?«

»Da haben wir dieses …« Rönnefahrt reichte ihm ein paar Blätter hinüber. »Alles, was Ihre Frau in den letzten beiden Wochen an E-Mails bekommen und abgeschickt hat.«

»Danke, mein Lieber!«

Schulz zog sich in sein Büro zurück und machte sich daran, Sandras elektronische Korrespondenz zu überprüfen. Nach zwei Minuten sah er nicht nur seinen Verdacht bestätigt, dass seine Frau einen Liebhaber hatte, sondern kannte auch dessen Namen: Karsten Klütz. Dass sich Sandra ausgerechnet dieses Arschloch ausgesucht hatte! Wahrscheinlich war er im Bett ebenso mittelmäßig wie auf dem Spielfeld. Aber Fakt war, dass sie ihn mit diesem Blödmann betrog.

Schulz überlegte. Er hatte das Geld, sich einen Killer zu kaufen und Klütz abknallen zu lassen, doch da wäre er im Nu Tatverdächtiger Nummer eins gewesen, und der dümmste Kommissar hätte ihn überführt. Außerdem war man von den Hintermännern des Killers jederzeit erpressbar. Nein, da musste subtiler vorgegangen werden.

Schulz verstand einiges vom Fußball, war schon öfter als Sponsor in Erscheinung getreten und hatte immer die neuesten Fachblätter auf dem Schreibtisch liegen. Er glaubte, sich daran erinnern zu können, dass Klütz zu Berlin United gegangen war, und das stimmte auch. Sein Plan war schnell gefasst, er musste sich nur beeilen, denn die Saison ging langsam zu Ende. Zwei Spiele hatte United noch auszutragen, das letzte im Norden Berlins, wo er den Verein ganz gut kannte. Er schlug die Fußball-Woche auf und sah sich die Mannschaftsaufstellung an. Wen kannte er da, wer war vom Charakter her Schwein genug, sich auf seinen Vorschlag einzulassen …? Ah, ja: Marco Kurzrock. Von dem wusste er, dass er halbtags bei Getränke-Krause arbeitete. Er fuhr hin und passte Kurzrock ab, als der früh Feierabend machte, um rechtzeitig auf dem Trainingsplatz zu sein.

»Ich weiß, Marco, dass du immer viel Geld brauchst«, begann Schulz ihren kleinen Dialog. »Und ich weiß auch, wie du schnell zu … sagen wir… 5.000 Mark kommen kannst.«

Marco Kurzrock grinste. »10.000.«

»Meinetwegen.«

»Was soll ich tun, Chef?«

»Ihr spielt doch in 14 Tagen gegen Berlin United, und du musst nichts weiter machen, als so unglücklich mit Karsten Klütz zusammenzuprallen, dass der sich möglichst viele Knochen bricht und für ein paar Wochen ins Krankenhaus kommt.«

»Und wenn ich dafür die Rote Karte bekomme und für fünf Spiele gesperrt werde?«

»Dann gibt es noch 5.000 Mark dazu. Ebenso, wenn du ihm so kräftig in die Eier trittst, dass er das ganze Jahr über keinen mehr hochkriegt. Hier sind 5.000 als Anzahlung.«

*

Angela Wiederschein zog durch alle halbwegs exquisiten Geschäfte am Maximiliankorso, an der Welfenallee und an den beiden Frohnauer Plätzen, dem Ludolfinger und dem Zeltinger, und kaufte ein, was gut und teuer war. Und nirgendwo ließ sie unerwähnt, dass sie von einem Onkel in Bremen einiges geerbt habe. Bis jetzt habe man jeden Pfenning in das Restaurant gesteckt, nun könne man sich endlich etwas leisten.

Dies gehörte zu Wiederscheins Plan, den sie jederzeit wörtlich wiedergeben konnte.

»Wenn Schulz zu uns kommt und im Gästehaus übernachtet,
dringe ich in sein Zimmer ein und ersticke ihn mit einem Kissen.
Keine Pistole, kein Messer, kein Baseballschläger – nichts, was
man verschwinden lassen muss und was uns verraten könnte.
Ich schaffe die Leiche beiseite und bringe dir seinen Anzug und
seinen Hut. Du rollst dann in aller Herrgottsfrühe als Siegfried
Schulz aus der Garage, wozu warst du mal Schauspielerin, und
machst so viel Lärm, dass dich möglichst viele sehen. Ich werde
am Gartentor stehen und meinem Onkel Siegfried hinterher-
winken. Du fährst ein paar Kilometer Richtung Norden, er
wollte ja nach Rostock, und versenkst seinen Wagen kurz hinter
Oranienburg in den Oder-Havel-Kanal. Anschließend ver-
wandelst du dich in die Angela Wiederschein zurück, entsorgst
seine Kleidungsstücke irgendwo in einem Müllcontainer, bis
auf den Borsalino, und kommst mit der S-Bahn nach Frohnau
zurück. Es ist der perfekte Mord.«

Sie hatte keinerlei Skrupel. Die Menschheit von einem Ekel
wie Schulz zu befreien, war eine gute Tat. Außerdem waren
sie und das ›à la world-carte‹ gerettet, denn sie erbten zwar
nichts von dem Vermögen, das Schulz hinterlassen würde,
aber sie waren auf einen Schlag alle ihre Schulden los, und
das war eine sechsstellige Summe, denn Schulz hatte nichts
Schriftliches hinterlassen und sich keinen Schuldschein aus-
stellen lassen. Wahrscheinlich stammte das Geld, das er ihnen
geliehen hatte, aus krummen Geschäften, und er benutzte das
›à la world-carte‹, es zu waschen. Außerdem würde er einige
1.000 bis 10.000 Mark bei sich haben, und die konnten sie gut
gebrauchen.

Angela Wiederschein sah den Plan ihres Mannes als Drehbuch und sich als Schauspielerin, dies als Folge einer gewissen
›déformation professionelle‹.

Pfarrer Eckel kam ihr entgegen und grinste. »Na, Frau Wiederschein, wieder mal im Kaufrausch?«

Sie musste kurz husten. Fast wäre ihr herausgerutscht, dass sie ausgezogen war, um den Leuten eine ganz bestimmte Botschaft zu vermitteln, nämlich: Die Wiederscheins, die haben es so dicke, dass sie es gar nicht nötig haben, einen Menschen umzubringen. Nach ein paar Sekunden versuchte sie zu lachen. »Ich sichere nur Arbeitsplätze. Aber es macht Spaß, Geld zu haben und es ausgeben zu können.«

Pfarrer Eckel wurde soziologisch. »Ach ja, Max Weber: Die protestantische Ethik und der Geist des Kapitalismus … Das gilt ja alles nicht mehr, dass man asketisch lebt – auch keine Fleischeslust – und nichts ausgibt, sondern seinen Besitz erhält und durch rastlose Arbeit mehrt – und damit Gott gefällig lebt.«

*

Karsten Klütz verdiente auch als Amateur bei Berlin United mehr als der berühmte kleine Mann auf der Straße, dafür sorgte schon der Sponsor, der seinen Verein unbedingt in der Zweiten Bundesliga haben wollte, aber dennoch fühlte sich Klütz als Arbeitsloser. Am späten Nachmittag wurde trainiert, aber bis dahin war der Tag öd und leer. Klütz las nicht gern, er joggte nicht gern, er surfte nicht gern im Internet, und das Fernsehen langweilte ihn meistens zu Tode. Wenn sie nicht gerade Fußball zeigten, aber sie zeigten nicht immer Fußball. Was ihn zudem depressiv stimmte, war die Tatsache, dass er nirgends richtig vorankam, nicht mit dem Grundstück irgendwo am Rande der Stadt, nicht mit der Gründung seiner Agentur für Spielervermittlung, nicht in seiner Beziehung mit Sandra. Sie konnte nicht loslassen, auch wenn Schulz sie täglich übel beschimpfte und ihr sonst was androhte.

Klütz hatte eine kleine Wohnung in Friedenau gemietet, in der Stubenrauchstraße, und wenn er aus dem Fenster sah, blickte er auf einen Friedhof. Ein gutes Omen war das nicht. Seine Stimmung hätte nicht mieser sein können, als sein Makler anrief.

»Herr Klütz, ich habe da ein Schnäppchen für Sie. Ein großes Grundstück mit einem wunderschönen Neubau in Friedenau …«

»Was, bei mir hier?«

»Wie …?« Der Makler war verwirrt. »Wohnen Sie in Frohnau?«

»Nein, in Friedenau. Sie haben eben Friedenau gesagt.«

»Ach, Gott, Entschuldigung, ich bringe die beiden Ortsteile immer durcheinander.« Der Makler schien sehr gehetzt zu sein. »Frohnau also … Der Eigentümer hat gerade angefangen zu bauen, ein hübsches Haus, nicht zu groß und nicht zu klein, letzte Woche war Richtfest … Nun muss er aber beruflich weg von Berlin und will alles so schnell wie möglich loswerden. Das wäre Ihre große Chance.«

Klütz zögerte nicht lange. Frohnau hörte sich nicht schlecht an, und da Rebecca mit den Kindern nach Tegel gezogen war, hatte er es nicht weit, wenn er Leon und Leonie sehen wollte.

»Okay, ich komme. Wann und wo treffen wir uns?«

»Geht das bei Ihnen: In einer Stunde auf der Frohnauer Brücke?«

»Ja, das schaffe ich locker.«

Klütz freute sich, dass die Dinge endlich ins Rollen kamen. Vielleicht konnte er Sandra damit locken, dass sie im neuen Haus viel Platz für ihren Modekram haben würde. Schnell überschlug er mithilfe seines Taschenrechners, wie viel Geld er für das Grundstück in Frohnau zur Verfügung haben würde, und war zufrieden. Auch nach der Scheidung reichte es, ohne dass er groß Kredite aufnehmen musste.

In Aufbruchsstimmung setzte er sich in seinen BMW, um nach Frohnau zu fahren.

*

»Wir sind traurig, Herr, denn wir müssen für immer Abschied nehmen von einem Menschen, der uns so vertraut war wie niemand sonst. Mit seinem Tod, mit dem Tod von Justus Abbenfleth, geben wir auch einen Teil von uns selbst dahin. Und dennoch wollen wir nicht nur auf all das blicken, was der Tod uns nahm, sondern wollen auch dankbar erkennen, was du, Herr, uns durch den Verstorbenen gabst – an Fürsorge, Liebe, Trost, vor allem aber an Lachen und an Lebensfreude und an Erkenntnis über das Sosein der Welt. Herr, lass uns all dies gerade in diesen Minuten und Stunden nicht vergessen ...«

Bei diesen Worten konnte Angela Wiederschein ihre Tränen nicht mehr zurückhalten. Sie saß in der Kapelle des Osterholzer Friedhofes und war nach Bremen gekommen, um Abschied von ihrem Onkel zu nehmen, einem höchst mittelmäßigen Schauspieler, der aber ihren Lebensweg bestimmt hatte wie kein Zweiter. Durch ihn war sie zum Theater und zum Film gekommen und hatte geglaubt, das Größte im Leben sei es, auf der Straße erkannt und um ein Autogramm gebeten zu werden. Er hatte in ihr das wachgerufen, was ihr Therapeut später narzisstische Bedürftigkeit und narzisstische Unersättlichkeit nennen sollte. Angela wurde krank, wenn sie nicht mindestens jede Woche einmal auf dem Bildschirm erschien oder von den Illustrierten und Gazetten mit einer Homestory bedacht wurde. Und nicht nur das: Wurden andere erwähnt und hochgejubelt, war das für sie ein Schlag ins Gesicht, und sie verfiel in starke Depressionen. Das hatte sie fast umgebracht, und wenn sie nicht auf Wiederschein gestoßen wäre, hätte sie sicher Selbstmord begangen.

»Der Tod von Justus Abbenfleth hat uns alle tief erschüttert«, fuhr der Pfarrer fort. »Absurd war er, bizarr, stirbt doch da ein Schauspieler während der Dreharbeiten, als er einen Manager spielt, der in einem Luxusrestaurant an einem Fleischbrocken ersticken soll, bei laufender Kamera wirklich an einem Fleischbrocken, der ihm in die Luftröhre gerät und dort stecken bleibt. Ja, meine verehrte Trauergemeinde, wie steht es im Römer 11,13: Wie unerforschlich sind doch Gottes Wege!«

Angela Wiederschein zuckte zusammen, als sie dies hörte. Denn hätte ihr Gatte nicht die Gebeine des 1945 getöteten Soldaten im Garten gefunden und wäre nicht ihr Onkel in Bremen gestorben, sodass man die Nachricht vom reichen Erbe verbreiten konnte, dann hätte es den Plan nicht gegeben, Siegfried Schulz mit einem perfekten Mord aus der Welt zu schaffen.

Dass ihr Justus Abbenfleth nur lumpige 5.000 Mark vererbt hatte, erfuhr sie später, als man sich nach dem obligatorischen Leichenschmaus bei ihrer Cousine Susanne oben in Vegesack versammelt hatte.

Susanne, die Tochter des Verstorbenen, hatte unter ihrem Vater zu sehr gelitten, als dass sie dessen Tod übermäßig betrübt hätte. So war ihr Ton nicht anders als bei jedem beliebigen Klönschnack.

»Dass er dir 5.000 Mark vermacht hat, zeugt davon, dass er dich wirklich geliebt hat«, sagte sie zu Angela Wiederschein. »Geizig, wie er war. Aber du hast es wenigstens versucht, Schauspielerin zu werden, während ich es nur zur Volljuristin gebracht habe. Uns Paragrafenheinis hat er ja allesamt gehasst. Und wenn ich ehrlich bin, habe ich nur Jura studiert, um ihn zu ärgern, viel lieber wäre ich Kunsthistorikerin geworden und später ins Museum gegangen.«

»Ja, wie unerforschlich sind Gottes Wege«, wiederholte Angela Wiederschein.

»Das kannst du dick unterstreichen. Wer hätte damals in Ohio gedacht, dass du einmal Gastwirtin würdest.«

»Wer nichts wird, wird Wirt – weißt du doch«, sagte Angela Wiederschein, und sie sprachen noch ein Weilchen über die Zeit, als sie für ein Jahr in den USA zur Schule gegangen waren, um perfekt Englisch zu lernen. »Ja, unsere Träume damals …« Fast hätte sie noch hinzugefügt, dass sie damals davon geträumt hatte, Mr. Willows umzubringen, einen besonders verhassten Lehrer, und dass sie nun dabei war, wirklich jemanden zu ermorden.

*

Siegfried Schulz betonte ständig, ein Mann der schnellen Entscheidung zu sein, doch mit der Frage, ob er wirklich zu seinem Neffen nach Frohnau fahren und dort übernachten sollte oder lieber nicht, tat er sich schwer. Denn es war zu befürchten, dass Sandra die Chance nutzen und dieses Arschloch von Klütz zu sich nach Hause holen würde. Der Gedanke, dass sie es in seinem Bett miteinander trieben, war unerträglich für ihn. Wenn die Zeiten anders gewesen wären, hätte er Sandra einen Keuschheitsgürtel umgeschnallt. Aber der hätte sie auch nicht daran gehindert, ihm einen zu blasen.

Sandra selbst war es, die zur Problemlösung beitrug, als sie ihn anrief und ihm sagte, sie müsse Donnerstagmorgen für ein paar Tage nach Mailand fliegen, weil ihr ein dortiger Modemacher einen Kooperationsvertrag angeboten habe und sie sich eine solche Chance nicht entgehen lassen könne.

»Mailand, sehr schön, da komme ich gern mit!«, rief Schulz, obwohl er nicht im Traum daran dachte, nach Italien zu fliegen. »Da gibt es bestimmt ein Spiel mit Inter oder dem AC.«

»Ich fahre allein mit meinem Team.«

Fast hätte Schulz gefragt, ob auch Klütz zu ihrem Team gehöre, doch der musste ja am Sonnabend Fußball spielen und darauf warten, von Marco Kurzrock gefoult zu werden. Kam Sandra aus Mailand zurück, konnte sie vom Flughafen gleich ins Krankenhaus fahren. Das amüsierte ihn so sehr, dass er an sich halten musste, um nicht laut loszulachen.

So fuhr er gegen 19 Uhr in Frohnau vor, betrat mit wehendem Staubmantel und seinem Borsalino auf dem Kopf das ›à la world-carte‹ und inszenierte sich als der eigentliche Besitzer des Restaurants. Das begann damit, dass er das ›Reserviert‹-Schild, das den schönsten Platz am Fenster zierte, vom Tisch nahm und aufs Fensterbrett stellte und dem herbeieilenden Kellner wortlos Hut und Mantel entgegenstreckte, um sie von ihm zum Kleiderständer bringen zu lassen.

Matti Kemijärvi nahm sie auch, begrüßte Schulz mit ausgesuchter Höflichkeit und wies ihn erst dann darauf hin, dass der Tisch für Stammgäste reserviert sei.

»Das interessiert mich nicht im Geringsten«, sagte Schulz und setzte sich.

»Mein Herr …!« Der Finne war fassungslos. Zwar kannte er die Berliner Devise ›Frechheit siegt!‹ schon lange, doch hier in Frohnau benahmen sich die Gäste in aller Regel recht distinguiert.

Bharati kam ihm zur Hilfe, indem sie Schulz bat, doch bitte am Kamin Platz zu nehmen, da sei es viel gemütlicher.

»Wo ich es gemütlicher finde, das müssen Sie schon mir überlassen«, sagte Schulz mit erheblicher Lautstärke. »Wo bleibt die Speisekarte? Soll ich Ihnen Beine machen?« Dazu klatschte er mehrmals in die Hände.

»Moment bitte, ich hole den Chef.« Matti Kemijärvi eilte in die Küche.

Schulz ergötzte sich an der Reaktion der anderen Gäste. Sie waren ebenso erstarrt wie die Kunden einer Bankfiliale, wenn der Gangster hereinstürmte und rief: ›Hände hoch! Keiner bewegt sich!‹ Sein Verhalten war shocking, und die Frohnauer gaben sich entsprechend geschockt. Vielleicht fürchteten sie auch, er würde im nächsten Augenblick zum Amokläufer werden. Herrlich, mehr hatte er nicht erwarten können. Doch der nächste Höhepunkt ließ nicht lange auf sich warten. Denn Wiederschein kam aus der Küche gestürzt, um den frechen Eindringling mit ein paar harschen Worten auf die Straße zu setzen, prallte dann aber zurück, als er seinen Onkel erkannte, und sein Gesichtsausdruck wechselte in Sekundenschnelle vom Signal ›Hau ab, du Arsch!‹ auf ›Ah, du bist es …! Herzlich willkommen!‹ Schulz freute sich.

»Was führt dich denn in den hohen Norden?«, fragte ihn Wiederschein, nachdem sie sich mit Handschlag, aber ohne familiäre Umarmung begrüßt hatten.

Schulz gab sich keine große Mühe zu flüstern. »Ich habe gehört, dass dein Restaurant langsam zum Auguststall geworden ist.« Er wusste sehr wohl, dass es Augiasstall hieß, wollte sich aber daran weiden, wie Wiederschein seinen Impuls unterdrücken musste, ihn zu korrigieren.

Wiederschein schluckte und versuchte, sich dadurch aus der Affäre zu ziehen, dass er Schulz bat, doch an den Nebentisch zu kommen, wo eine Reihe illustrer Gäste auf das Essen wartete. »Du musst doch nicht allein hier sitzen … Komm, ich stell sie dir mal alle vor.«

Schulz stand auf und folgte ihm. Warum nicht? Sein liebstes Spiel war es, mit anderen Leuten beim Small Talk zusammenzusitzen, ganz harmlos zu tun und zu warten, bis die anderen ihre Deckung vernachlässigten und er einen Wirkungstreffer landen konnte.

»Darf ich die Herren mit meinem Onkel und großen Gönner

bekannt machen: Siegfried Schulz. Alle werden seine Firma kennen ...« Wiederschein machte das formvollendet. »Und hier haben wir der Reihe nach: Konrad Eckel, unseren Pfarrer, Werner Woytasch, unseren ehemaligen Stadtrat, Professor Arne Quaas, Hochschullehrer für Steuerrecht an der FHW, und Thomas Mietzel, unseren Rechtsanwalt. Ich wünsche den Herren gute Unterhaltung und bitte, mich zu entschuldigen: Die Küche ruft.«

Schulz ließ sich von Matti ein frisch gezapftes Bier bringen, dann lauschte er den Worten der anderen. Es ging um die Kriminalstatistik des Jahres 1997, die das Bundeskriminalamt in Wiesbaden gerade veröffentlicht hatte. Darin lag Berlin bei Schlägereien bundesweit an der Spitze und in der Verbrechenshäufigkeit an vierter Stelle.

Pfarrer Eckel fiel dazu einer der Sprüche Salomos ein: »Torheit steckt dem Knaben im Herzen; aber die Rute der Zucht wird sie fern von ihm treiben.« Damit wolle er, weiß Gott, nicht der Prügelstrafe das Wort reden, aber darauf hinweisen, dass eine Erziehung allein im Sinne des alles Verstehens und alles Verzeihens auch nicht der Weisheit letzter Schluss sein könne. »Bei mir im Konfirmandenunterricht jedenfalls versuche ich, der overpermissive education einen Riegel vorzuschieben.«

Hier mischte sich Schulz zum ersten Mal ein. »Aber wer kommt denn zu Ihnen noch, Ihre Kirche ist doch nur eine Rentnersekte.« Damit hatte er seinen ersten Pfeil erfolgreich abgeschossen.

Woytasch verwies auf die gewaltigen Anstrengungen des Bezirks, die Aggressionen Jugendlicher zu minimieren beziehungsweise zu kanalisieren. »Wir gehen mit Programmen in die Schulen, in denen die Jugendlichen lernen, Konflikte gewaltfrei zu lösen, und wir versuchen, sie zum Eintritt in einen unserer vielen Sportvereine zu bewegen.«

Schulz winkte ab. »Politiker …! Die denken doch bloß an ihre eigene Karriere, denen ist das Volk völlig egal.«

Woytasch war es gewohnt, angepinkelt zu werden, und lachte nur. »Das haben wir mit den Unternehmern gemeinsam.«

Rechtsanwalt Mietzel vertrat gern neoliberale Positionen. »Das Eigeninteresse ist es doch, was der Motor allen Handelns ist. Was passiert, wenn es unterdrückt wird, haben wir ja am Beispiel der DDR gesehen: Ein ganzer Staat geht in Konkurs. Wichtig ist nur, dass die Eigeninteressen durch ein hochkomplexes Rechtssystem gesteuert werden.«

»Ach!«, rief Schulz. »Das macht doch die Menschen nur zu Prozesshanseln, und Rechtsverdreher wie Sie können sich damit eine goldene Nase verdienen.«

Woytasch tat so, als ob er Parlamentspräsident wäre, und schwang eine imaginäre Glocke. »Ich bitte um Mäßigung, Herr Abgeordneter Schulzky.«

»Nur Schulz bitte, ohne ky.«

Professor Quaas nutzte die Chance, auch einmal zu Wort zu kommen, und fragte Pastor Eckel, ob dessen Irish Terrier endlich zur Zucht zugelassen worden sei.

»Wie kommen Sie denn darauf?«

»Na, über ky und Schulzky auf die Kynologie, das ist die Wissenschaft vom Hunde. Ich habe da gerade einen Klienten, der sich einen Kampfhund hält, weil er als Discobesitzer von einer libanesischen Großfamilie bedroht wird, und diesen Kampfhund gern von der Steuer absetzen möchte.«

»Das ist ein Bekannter von mir!«, rief Schulz. »Der hat sich fürchterlich über seinen Steuerberater aufgeregt, weil der sich so dumm angestellt hat, dass eine Nachzahlung von 30.000 D-Mark fällig war.«

Jetzt kam das Essen, und Schulz zog sich an seinen Tisch zurück, nicht ohne den Herren zu verraten, dass er die Nummer der entsprechenden Notfallzentrale in seinem Handy eingespeichert habe. »Falls sich bei Ihnen Vergiftungserscheinungen zeigen sollten.«

Bharati brachte ihm wenig später eine wunderbar gegrillte Dorade und den passenden Wein dazu, doch Schulz schob den Teller nach dem ersten Bissen weit von sich und stürzte zur Garderobe, um sich mit großer Geste seinen Mantel anzuziehen und seinen Borsalino aufzusetzen.

»Danke, ich fahre jetzt zum Ludolfinger Platz. Da soll es zwei wunderbare Italiener geben. Bis nachher!«

In Wahrheit hatte er gar keinen Hunger und ging nur anderthalb Stunden spazieren. Als er im ›à la world-carte‹ zurück war, hatten sich Eckel, Woytasch, Quaas und Mietzel schon auf den Heimweg gemacht. Er sah Freddie und Gudrun hinter dem Haus stehen, wo sie in Ruhe ihre Zigarette rauchen wollten, und herrschte sie an.

»Könnte mir mal freundlicherweise einer mein Zimmer zeigen?«

»Und wer sind Sie?«, fragte Freddie.

»Wer soll ich schon groß sein?«, blaffte Schulz ihn an. »Erich Mielke natürlich. Schalten Sie nie den Fernseher ein?«

Da kam auch schon Rainer Wiederschein aus der Küche geeilt, um den Disput zu beenden. Er wies Freddie an, den Koffer ihres Ehrengastes aus dem Auto zu holen, und brachte seinen Onkel persönlich in sein Zimmer, das im Parterre des umgebauten Pferdestalls gelegen war.

Schulz schnupperte. »Riecht ja immer noch nach Pferdeäppeln. Ich empfinde es ganz schön als Beleidigung, mich hier unterzubringen.«

Wiederschein lachte. »Du sagst doch immer, dass du ein altes Schlachtross bist.«

»Nun wirst du auch noch frech!«

»Entschuldige bitte, aber das ist das feudalste Zimmer, das

wir haben. Aber wenn es dir lieber ist, räumen Angela und ich unser Schlafzimmer und ziehen runter, während du …«

»Du kannst Angela ruhig oben lassen«, sagte Schulz. »Bei einigen Völkern ist das ja so üblich, dass man seinen Gästen auch seine Frau überlässt.«

»Würde ich ja, aber Angela ist heute bei ihrer Theatergruppe und kommt möglicherweise erst morgen Mittag nach Hause.«

Schulz zeigte auf Gudrun, die gerade dabei war, einen leeren Aschenbecher ins Gästehaus zu tragen. »Wenn du mir die da in's Bett legst, will ich mein ganzes Geld zurückhaben.«

Da er gesehen hatte, wie Wiederschein bei dieser Drohung zusammengezuckt war, wiederholte er sie mehrfach, während sie am Abend im Wohnzimmer vor dem flackernden Kamin saßen und das Geschäftliche besprachen.

Schulz legte den Jahresabschluss 1997 beiseite. »Das Konzept ist falsch, mein lieber Rainer, du wirst ewig rote Zahlen schreiben. Und du kennst ja die alte Bankerregel, dass man gutes Geld nicht schlechtem Geld hinterherwerfen soll.«

»Gib mir noch diesen Sommer!«, bat ihn Wiederschein. »Bei schönem Wetter habe ich den Garten voll und verdiene ordentlich was.«

»Dein Vater hätte gesagt: Das Einzige, was du verdienst, ist eine Tracht Prügel.« Schulz erhob sich. Er war müde geworden. »Ich werde es noch einmal überschlafen, aber ich sehe eigentlich nur eine Möglichkeit: Du verkaufst hier alles, zahlst deine Schulden zurück und arbeitest als Koch in einem fremden Restaurant.«

Er erfreute sich an Wiederscheins Anblick, der dastand wie zur Salzsäule erstarrt, und machte sich auf den Weg hinüber ins Gästehaus, mit sich und der Welt zufrieden. Freddie und Gudrun standen wieder draußen und rauchten. Ihnen wie Wiederschein rief er zu, dass er wegen seines Termins in Rostock früh aufstehen müsse.

»Um 4 Uhr möchte ich geweckt werden und eine halbe Stunde später mein Frühstück haben. Um 5 Uhr muss ich weg. Gute Nacht, meine Dame, meine Herren, wünsche gut zu ruh'n.«

*

Carola Laubach lag im Bett und gab sich wieder einmal hin, nein, keinem Manne, sondern der Lektüre Friedrich Hölderlins. Seinen ›Hyperion‹ kannte sie in Teilen auswendig.

Wie ein heulender Nachtwind, fährt die Gegenwart über die Blüten unsers Geistes und versengt sie im Entstehen.

Ganz Lehrerin, als wenn sie einen Aufsatz zu bewerten hätte, oder wie es neunmalkluge Studierende bei ausgeliehenen Büchern taten, schrieb sie an den Rand: »Besser kann man es nicht ausdrücken, wie die Massenmedien der christlich-abendländischen Hochkultur den Garaus machen.«

Wenn ich hinsehe ins Leben, was ist das Letzte von allem? Nichts. Wenn ich aufsteige im Geiste, was ist das Höchste von allem? Nichts.

Sie legte das schmale Hölderlin-Bändchen beiseite, schaltete ihre Nachttischlampe aus und wäre im Nu eingeschlafen, wenn sie nicht in diesem Moment wieder einmal das fürchterliche Kribbeln in den Beinen verspürt hätte. Im Liegen hielt sie es nicht mehr aus, sie musste aufstehen und durch das Haus laufen.

Vor einer Stunde war starker Regen gefallen, jetzt hatte es aufgeklart, aber ein heftiger Nordwestwind fegte über Golfplatz und Heide und traf Frohnau. Auf der Baustelle nebenan knatterten die Plastikplanen, und auf der anderen Seite bogen sich die Fichten vor dem Restaurant so sehr, dass Carola Laubach Angst hatte, die Bäume würden umknicken und das Dach ihres Hauses durchschlagen.

Gern stand sie im Dunkeln am Fenster und beobachtete die

Gäste. Es war interessant, wer es sich leisten konnte, im ›à la world-carte‹ zu speisen. Die Eingangstür mit ihrem Baldachin darüber lag seitlich zu ihrem Haus hin, sodass sie sich nicht groß den Kopf verrenken musste. Aber heute hatte sie Pech, die letzten Gäste waren bereits gegangen.

Sie war enttäuscht und wollte sich gerade abwenden, da sah sie Wiederschein aus der Tür kommen. Eine Taschenlampe flammte auf. In deren Schein sah sie, dass etwas Dunkles, das er schon vorher herbeigeschafft haben musste, neben ihm lag. Sie konnte nicht erkennen, was es war, dazu waren ihre Augen zu schwach. Außerdem war es nicht hell genug. Auf alle Fälle spähte Wiederschein in ihre Richtung. Sie fuhr in ihr Zimmer zurück und zog den Vorhang zu. So verharrte sie einige Minuten. Als sie sich wieder ans Fenster wagte, sah sie Wiederschein unter seinem Kirschbaum graben. Der Mond war durch die jagenden Wolken gebrochen und tat ihr für einen Augenblick den Gefallen, die Szene auszuleuchten. Wiederschein grub eifrig und mit sichtlicher Hast und hatte bereits eine Menge Erde neben sich aufgeworfen, als er mit einem Male das Graben aufgab und sich auf's Neue nach allen Seiten hin umsah. Aber auch jetzt wieder, so wenigstens schien es ihr, mehr in Spannung als in Angst und Sorge.

»Was hat er nur?«, fragte sie sich.

*

Wiederschein musste sich vor seinem Gewissen rechtfertigen, und das war das Wichtigste, wollte er die Tat wirklich begehen. Zum einen war es reine Notwehr, Schulz zu ermorden, er oder wir, sagte er sich, und zum anderen konnte man allen Menschen, die er jahrelang gequält und gedemütigt hatte, keinen größeren Gefallen tun, als ihn aus der Welt zu schaffen. Ein Tyrannenmord war immer legitim.

Gegen Mitternacht kam Angela von ihrer Theatergruppe nach Hause, und sie verloren kein Wort mehr über das, was sie sorgsam geplant und einstudiert hatten. Nur in einem hatte Wiederschein umdisponieren müssen.

»Ich kann die Leiche nachher nicht bei uns im Weinkeller vergraben.«

Angela sah ihn ungläubig an. »Und warum nicht? Der Boden besteht doch nur aus Sand ...«

»Ja, aber unter dem Sand liegt eine Eisenplatte, und da komme ich nicht durch. Wahrscheinlich ist es eine Art Wanne, damit das Grundwasser nicht eindringen kann. Oder vielleicht haben sie darunter auch ihre Goldbarren versteckt, was weiß ich. Jedenfalls kommt man da ohne Trennschleifer nicht weiter, und hätte ich den angeworfen, wären sofort Freddie, Gudrun und Matti zur Stelle gewesen.«

»Und nun?«

»Ich schleife Schulz aufs Nachbargrundstück und vergrabe ihn schräg unter der Hausplatte, dort wo die Garage hinkommt. Da gießen sie in den nächsten Tagen den Beton ... Aber das alles spielt gar keine Rolle, alle haben Schulz höchst lebendig wegfahren sehen.«

»Gut, dann mach mal.« Sie küsste ihn und eilte dann ins Schlafzimmer hinauf, um mit bangem Herzen zu warten.

Wiederschein fühlte nichts mehr, er handelte nur noch wie ein lange vorher programmierter Roboter. Natürlich hatte Schulz sein Zimmer von innen zugesperrt, doch Wiederschein hatte das Schloss so präpariert, dass man die Tür trotz des drinnen steckenden Schlüssels mühelos und leise von außen öffnen konnte.

Schulz lag auf dem Rücken und schnarchte laut und ausdauernd, als Wiederschein eintrat, und so musste er gar nicht besonders vorsichtig zu Werke gehen. Das Display des Radioweckers leuchtete so hell, dass Wiederschein keine Mühe hatte, sich zu orientieren. Das Sofakissen lag genau an der Stelle, wo er es am Nachmittag platziert hatte. Wiederschein nahm es hoch, huschte zum Bett hinüber und presste es Schulz mit aller Kraft auf Mund und Nase. Dabei sprang er hoch, so als wolle er auf dem Kopf des Opfers einen Handstand machen, und vervielfachte damit den Druck.

Ehe Schulz auch nur ansatzweise realisiert hatte, was mit ihm geschah, war er schon erstickt.

Wiederschein beobachtete den Todeskampf seines Peinigers mit wissenschaftlicher Kühle und legte, als alles vorüber war, das Sofakissen an seinen alten Platz zurück. Dann verließ er mit dem Staubmantel, dem Borsalino und dem Autoschlüssel des Toten das Gästehaus, um alles zu seiner Frau nach oben zu bringen. Niemand hatte ihn gesehen, da war er sich hundertprozentig sicher. Die Laubach hatte nur den Eingang zum Restaurant im Auge, konnte ihn aber nicht beobachten, wenn er vom Gästehaus zur Villa lief und die Tür zum Souterrain benutzte. Und Freddie und Gudrun schliefen tief und fest, die hätte nicht einmal der Knall eines Düsenjägers aufwecken können.

Mit dem Vergraben der Leiche musste er sich sputen, denn im Osten begann es zu dämmern. Er schleifte Schulz aus dem Gästehaus. Das musste Spuren hinterlassen, aber da konnte er auf den nächsten Wolkenbruch hoffen, der alles wieder verwischen würde. Zu Hilfe kam ihm die Tatsache, dass die Bauleute vor ein paar Tagen, als ihnen der Betonmischer umgefallen war, seinen Zaun arg demoliert, aber noch nicht wieder geflickt hatten. So war das Loch, durch das er Schulz auf das andere Grundstück ziehen konnte, schnell geschaffen. Er rollte den Körper bis zum Rand der Baugrube und gab ihm einen kräftigen Stoß, sodass er die Schräge hinunterrutschte. Dann kehrte Wiederschein auf sein Grundstück zurück, um Schippen und Spaten zu holen. Es war viel schwerer als erwartet, eine ausreichend große Höhlung unter dem Fundament zu schaffen, doch gegen 3 Uhr hatte er den Toten ausreichend sicher verstaut. Eine weitere halbe Stunde benötigte er, um die Spuren seines Tuns zu beseitigen, so gut es ging.

Er brachte Spaten und Schippe, nachdem er sie vom hellen Sand der Baustelle gereinigt hatte, in seinen Geräteschuppen zurück und tauschte die Kleidung, die er immer trug, wenn er im Garten arbeitete oder sich als Heimwerker betätigte, gegen T-Shirt und Hose. Nachdem er das Gästehaus verschlossen hatte, konnte der letzte Punkt auf seiner Ablaufplanung abgehakt werden.

Der Himmel schien auf seiner Seite zu sein, denn kaum war er oben im Schlafzimmer angekommen, um seiner Frau Bericht zu erstatten, da begann es, fürchterlich zu schütten.

*

Freddie träumte gerade das, was er regelmäßig träumte: Dass er als Flusspferd im Becken des Berliner Zoos herumschwamm und von allen bestaunt wurde, als ihn das Getöse seines Radioweckers auffahren ließ. Die Uhr zeigte 3.50 Uhr. Er fluchte nach allen Regeln der Kunst, weil er annahm, das Scheißding hätte einen Defekt, bis ihm einfiel, dass er sich ja selbst die frühe Weckzeit eingestellt hatte, um dieses Arschloch von Schulz aus dem Bett zu holen. Der hatte behauptet, seinen Reisewecker nie zu hören. Aber das war alles Quatsch, reine Schikane, dessen war sich Freddie sicher.

Er hievte sich aus dem Bett und schlüpfte in seine Sachen. Die Morgentoilette konnte warten. Es hatte zwar aufgehört zu regnen, aber dennoch holte er sich nasse Füße, als er zum Pferdestall hinüberlief, um Schulz zu wecken. Er fand das Gästehaus verschlossen, weshalb er sich damit begnügte, an die Tür zu klopfen und durch das Schlüsselloch zu rufen:

»4 Uhr, Herr Schulz, aufstehen bitte!« Er horchte noch eine Weile hinein, und als alles ruhig blieb, riss er an der Klinke und rief: »Aufstehen, Herr Schulz, es ist Zeit!« Danach ging er zurück zum Haupthaus, um mit Gudrun in der Küche einen kleinen Plausch zu halten. Sie war dabei, Schulz das Frühstück zuzubereiten.

»Der Chef hat aufgeschrieben, was er kriegen soll.« Sie hielt Freddie den Zettel hin, den sie nicht richtig entziffern konnte. »Du, was ist denn Kaffi a für 'ne Sorte?«

»Mensch, Kaviar!«, rief Freddie. »Und hol den Puderzucker aus dem Schrank, den sollen wir ihm in den Arsch blasen, sagt Wiederschein.«

»Ehrlich?«

Freddie hörte gar nicht mehr auf zu fluchen. »Ohne diesen Schulz hätten wir heute bis 7 Uhr schlafen können. Dieser Armleuchter! Und nun wird er nicht mal wach.«

Als auf dem Flur Schritte zu vernehmen waren, hörten sie auf, über Schulz zu lästern, doch es war Wiederschein, der nahte.

»Bei dem Mistwetter kann ja keiner schlafen!«, stöhnte er. »Guten Morgen allerseits! Sitzt mein lieber Onkel schon am Kaffeetisch?«

»Der is nich wachzukriegen gewesen«, antwortete Freddie.

»Geh und sieh nach, er ist am Ende wieder eingeschlafen. Und sag ihm, sein Kaffee würde kalt ... Aber nein, lass nur, er wird schon von selbst kommen.«

Und richtig, zehn Minuten vor 5 Uhr kam Schulz aus dem Gästehaus, wichtig mit Staubmantel und Borsalino, und strebte in ziemlicher Eile zur Straße, so schnell, dass der Koffer, den er hinter sich herzog, auf und ab hüpfte und mächtig lärmte.

Freddie und Gudrun, die seinen dramatisch inszenierten Abgang vom Küchenfenster aus verfolgten, wollten ihm hinterhereilen, einmal, um ihm zu helfen, und zum anderen, um vielleicht trotz aller Polterei ein sattes Trinkgeld einzustreichen, doch Wiederschein verstellte ihnen den Weg.

»Lasst ihn! Wir hatten gestern Abend Zoff, und da … In dieser Stimmung macht er nur alle zur Sau, ich kenne das. Es reicht, wenn wir auf die Terrasse gehen und winken.«

Das taten sie dann auch und sahen gerade noch, wie Schulz das Gartentor, das ihn irgendwie geärgert haben musste, wütend ins Schloss warf und seinem genau gegenüber geparkten Porsche entgegenstrebte. Da der Wind noch immer kräftig wehte, musste er sich seinen Borsalino mit der freien Hand festhalten. Zudem hatte er den Kragen seines Mantels hochgeschlagen.

Pfarrer Eckel, der ein Frühaufsteher war, kam mit seinem Hund vorbei, grüßte kurz und staunte über den frühen Aufbruch.

»Gute Fahrt!«, rief Wiederschein. »Und viel Erfolg oben in Rostock.«

Schnell startete Schulz den Wagen und fuhr laut hupend davon.

Wiederschein, Freddie, Gudrun und Pfarrer Eckel winkten ihm so lange hinterher, bis er um die Ecke gebogen war und Kurs auf Oranienburg genommen hatte.

4.

*Szulskis Einspänner lag wie gekentert im Wasser, das Verdeck
nach unten, die Räder nach oben; von dem Pferde sah man
nur dann und wann ein von den Wellen überschäumtes Stück
Hinterteil, während die Schere, darin es eingespannt gewesen,
wie ein Wahrzeichen aus dem Strom aufragte. Den Mantelsack
hatten die Wellen an den Damm gespült, und nur von Szulski
selbst ließ sich nichts entdecken.*

*»Er ist nach Kienitz hin weggeschwemmt«, sagte Schulze
Woytasch. »Aber weit kann er nicht sein; die Brandung geht
ja schräg gegen den Damm.«*

*Und dabei marschierte man truppweise weiter, von Gestrüpp
zu Gestrüpp, und durchsuchte jede Stelle.*

(Theodor Fontane, ›Unterm Birnbaum‹)

Mario Furmaniak war in Oranienburg geboren worden, was
er aber gern verschwieg, da es viele Mädchen wenig erotisch
fanden, wenn sie erfuhren, dass ein potenzieller Lover aus
Brandenburg kam. Er hatte in Berlin und einigen anderen
Städten mit eifrigem Bemühen Biologie studiert und saß nun
an seiner Dissertation, die der Frage galt, welche Chancen
bestimmte Fischarten in märkischen Kanälen hatten. Da sein
Professor großen Wert auf die empirische Forschung legte,
musste Mario Furmaniak im Sommer 1998 durch Brandenburg ziehen und die Angel auswerfen. Dies tat er allerdings
sehr ungern, denn stundenlang an einer öden Kanalböschung
zu sitzen und zu warten, bis irgendein Stichling sich die Ehre
gab anzubeißen, war nicht seine Sache. Dazu war er viel zu
unruhig. Auch war es ihm peinlich, für einen echten Angler

gehalten zu werden, galt doch diese Menschengruppe gemeinhin als treudeutsch und bieder. Um sich sozusagen emotional über Wasser zu halten, hatte er in seinem Rucksack stets seinen Laptop stecken und arbeitete, nachdem er die Ruten ausgelegt hatte, an kleineren Beiträgen für Fachzeitschriften. Im Augenblick saß er an einem Artikel über die Hechtreißer zu Wriezen, die um 1700 sogar eine eigene Zunft gebildet hatten. Ihren Namen hatten sie daher, dass sie den Fischern die gefangenen Hechte, die es damals massenhaft in der Oder und ihren Gewässern gab, abkauften und sie vom Rücken her spalteten, das heißt, aufrissen, ohne sie voll zu durchtrennen. Dann wurden die Tiere ausgenommen und eingesalzen und kamen in große Tonnen. Eine Tonne gerissener Hechte fasste im Allgemeinen drei Zentner. Betrüger mischten Quappen, Plötzen und Güster unter die Hechte.

Dies alles ging Mario Furmaniak durch den Kopf, als er kurz nach 6 Uhr morgens mit der S-Bahn in Oranienburg ankam. Er trug sein Rad hinunter auf den Bahnhofsvorplatz, schwang sich in den Sattel und fuhr ein Stückchen nach Norden, um dann nach rechts in die Bernauer Straße abzubiegen, für seine Großeltern die Königsallee, später zu DDR-Zeiten die Straße des Friedens. In einer ihrer Seitenstraßen war er aufgewachsen. Auch das verschwieg er seinen Kommilitonen, denn auf der linken Seite der Bernauer Straße erstreckte sich das Gelände des KZs Sachsenhausen. Damit mochte er nicht in Verbindung gebracht werden, auch wenn er zum Jahrgang 1974 gehörte.

Rechts von ihm breitete sich der Lehnitzsee aus, und an dessen nördlichem Ende begann der Oder-Havel-, früher Hohenzollernkanal. Zuerst führte dieser schnurgerade nach Norden, um dann hinter dem Grabowsee in sanftem Bogen die Richtung zu ändern und dem Osten, also der Oder, zuzustreben. An der Malzer Schleuse ging es nach einem kleinen Schlenker der Straße über einen anderen Kanal, den Malzer

Kanal, hinweg, dann konnte Furmaniak auf den schmalen Fahrweg hoch über dem Kanal zurückkehren.

Eine junge Frau kam ihm entgegen, eine Joggerin. Er wich ihr aus und staunte, dass jemand so früh trainierte. Wahrscheinlich für den nächsten Berlin-Marathon.

Furmaniak war nur wenige 100 Meter geradelt, da bremste er abrupt, denn was er unten im Kanal sah, das ... Er sprang ab, ließ sein Rad ins Gras fallen, holte sein Handy aus dem Rucksack und wählte die 110.

»Ja, guten Tag ... Mario Furmaniak. Ich stehe hier am Oder-Havel-Kanal ... Auf der Malzer Seite, gleich hinter der Schleuse ... Und da ragt das Heck eines Autos aus dem Wasser ... Sieht so aus, als ob da gerade einer reingefahren ist, reingefallen ist ...«

*

Gunnar Schneeganß war gerade einmal 33 Jahre alt und hatte bereits eine sagenhafte Karriere hinter sich. Er kam aus einer total zerrütteten Familie. Sein Vater war Alkoholiker, andauernd arbeitslos und schlug, wenn ihn die große Wut überkam, auf alles ein, was in seiner Nähe war. Die Mutter hatte immer wieder in ein Frauenhaus flüchten müssen, mal mit ihm, mal ohne ihn, wenn ihn die Leute vom Jugendamt nicht gerade in ein Heim gesteckt hatten. Zudem hatte es Schneeganß in seinem Schöneberger Kiez als Deutscher ungemein schwer gehabt, zu groß war die Dominanz von Klassenkameraden nichtdeutscher Herkunft gewesen. Aber er hatte es geschafft, sich durchzuboxen, und war nach Abschluss der Hauptschule von der Polizei genommen worden, denn sein IQ lag weit über dem Durchschnitt, seine Allgemeinbildung war besser als die vieler Abiturienten, und sportlich war er auch. In allen seinen Stationen war er glänzend beurteilt worden, hatte sich von Besoldungsgruppe zu Besoldungsgruppe hochgearbeitet und sich durch seine Mitgliedschaft in der Polizeigewerkschaft und der SPD ein ansehnliches Netzwerk aufgebaut, sodass man ihn schließlich, nachdem er in der Abendschule das Abitur gemacht hatte, als Kommissarsanwärter zum Studium an die Fachhochschule schickte. Nach drei Jahren hatte er es geschafft, war nun Beamter des gehobenen Dienstes und zur Kripo gekommen.

Wie viele Aufsteiger neigte er dazu, sich für den Größten zu halten, für ein einzigartiges Exemplar der Gattung Homo sapiens, und bei jeder Handlung inszenierte er sich: immer schnoddrig, immer witzig, immer Alpha-Tier. Prächtig gestylt war er, gab ständig den Macho, wenn auch selbstironisch, und glaubte, ein legitimer Erbe des großen Ernst Gennat zu sein.

Gennat, 1880 in Plötzensee zur Welt gekommen, wo sein Vater Oberinspektor des Strafgefängnisses war, und 1939 in Berlin gestorben, galt als einer der erfolgreichsten Kriminalisten Deutschlands und war zur Legende geworden. Dazu hatte auch seine Körperfülle beigetragen, die zum großen Teil von seiner Liebe zu Buttercremetorte herrührte und ihm Spitznamen wie ›Der volle Ernst‹ oder ›Buddha der Kriminalisten‹ eingebracht hatte. War ein Täter nicht zu einem Geständnis zu bewegen, lud ihn Gennat zu einer Tasse Kaffee und einem Stück Torte ein – und schon begann der Mann zu plaudern. Gennats größter Verdienst war der Aufbau einer zentralen Mordinspektion und die Einführung moderner Ermittlungsmethoden, und er arbeitete schon um 1930 als Profiler. Bald war er auch ein Medienstar und gab das Vorbild für den Kriminalkommissar Karl Lohmann in den Fritz-Lang-Filmen ›M – Eine Stadt sucht einen Mörder‹ und ›Das Testament des Dr. Mabuse‹ ab. Den Nazis stand er distanziert gegenüber. Seinem Sarg folgten 2.000 Berliner Kriminalbeamte.

An der Seite von Gunnar Schneeganß war meist Gisbert Hinz zu finden, ein früh ergrauter Kollege von 53 Jahren, der sehnlichst auf seine Pensionierung wartete. Um noch Kraft für die Zeit danach zu haben, versah er seinen Dienst nur im Schongang und nutzte jede Gelegenheit, sich krankschreiben zu lassen und zu Hause im Bett zu bleiben.

Die beiden saßen jetzt nebeneinander im Wagen und fuhren nach Oranienburg, um zu sehen, ob sie den Brandenburgern im Falle Schulz irgendwie helfen konnten. Ihre Führung, am Zusammenschluss der beiden Bundesländer interessiert, hatte es so gewollt, schließlich sei der vermisste Mann Berliner.

»Das Politische ist doch nur vordergründig«, sagte Schneeganß. »In Wirklichkeit traut man den Hinterwäldlern nicht zu, die Sache selbst aufzuklären.« Anhand der Autonummer war man schnell auf Siegfried Schulz gekommen, aber nun …?

»Aua!« Hinz presste seine rechte Hand auf die Gegend um den Bauchnabel. »Ich hab wieder so komische Stiche!«

»Das wird deine Gebärmutter sein«, sagte Schneeganß.

»Ich habe keine Gebärmutter.«

»Schade.«

Hinz sah ihn böse an. »Soll das heißen, dass ich schwul bin und mir eine wünschte?«

»Nein, aber dann hättest du noch ein Organ, wegen dem du dich krankschreiben lassen könntest. Auch der Brustkrebs fällt ja für dich flach.«

Hinz hatte es gelernt, mit solchem Spott zu leben. Das war eben der Preis, den er für seine Strategie zu zahlen hatte. »Das Arbeitsleben ist ein Marathonlauf, mein Lieber, und da kannst du nicht immer so sprinten wie bei einem 100-Meter-Lauf.«

Schneeganß lachte. »Doch, ich kann.«

»Bis du mal 'n Herzinfarkt hast.«

»Den kriegst du bestimmt nicht – als einer, der immer nur auf Standby geschaltet ist.« Schneeganß, der am Steuer saß, ärgerte sich, dass es ewig dauerte, durch Oranienburg hindurchzukommen. »Gott, diese Ampelschaltungen hier!«

Mit einer Viertelstunde Verspätung erreichten sie den Oder-Havel-Kanal und die Stelle, an der sich das Brandenburger Team schon versammelt hatte und zusah, wie Schulz' Porsche gerade von einem mächtigen Kran geborgen wurde. Er hing mit der Kühlerhaube nach unten am Haken, und durch die aufgesprungenen Türen lief eine Unmenge Wasser. Jedes Mal, wenn der Kranführer ruckte, kam ein neuer Schwall.

Die Brandenburger Kollegen kamen herbei, um die Berliner zu begrüßen. Man stellte sich vor. Der Leiter des Brandenburger Teams hieß Mittmann.

»Ah, der berühmte Wolfgang Mittmann!«, rief Gisbert Hinz, der zwar Westberliner war, aber alles gelesen hatte, was Wolfgang Mittmann über die spektakulärsten Fälle der Volkspolizei geschrieben hatte.

»Nein, Juri Mittmann und mit dem Wolfgang Mittmann weder verwandt noch verschwägert.«

»Gagarin lässt grüßen«, sagte Schneeganß.

Mittmann lachte. »In der Tat. Ich bin Ende 1961 auf die Welt gekommen, und meine Eltern wollten auch einmal etwas für die deutsch-sowjetische Freundschaft getan haben.«

Nach diesem fröhlichen Warm-up kamen sie auf Siegfried Schulz zu sprechen. Die Frage, ob man den schon gefunden habe, musste Schneeganß gar nicht stellen, denn in diesem Augenblick watschelten zwei Polizeitaucher die Böschung hoch und meldeten, in der Nähe des in den Kanal gestürzten Autos keine Leiche gefunden zu haben.

»Komisch«, sagte Mittmann. »Die Strömung ist so schwach, dass er unmöglich weit abgetrieben sein kann.«

Schneeganß wies auf ein Schubschiff, das gerade aus Richtung der Schleuse Lehnitz kam. »Vielleicht hat er sich da irgendwie an einem Schiff verhakt und ist inzwischen schon sonst wo.«

Hinz gähnte. Die frische Landluft hatte ihn noch müder gemacht, als er ohnehin schon war. »Steht denn fest, dass er überhaupt in seinem Porsche gesessen hat, als er ...«

Mittmann wusste es nicht. »Wir sind erst mal davon ausgegangen, aber ... Erste Erkundigungen bei euch in Berlin haben ergeben, dass Schulz durchaus jemand war, der ... Er soll viele Geschäfte mit Russen, Litauern und Rumänen gemacht haben, und da ...«

»Nun hetz mal nicht so gegen die sozialistischen Bruderländer!«, rief Schneeganß.

»Augenzeugen gibt es keine?«, fragte Hinz.

Mittmann zeigte auf einen jungen Mann, der gerade dabei war, seine Angelruten zusammenzusetzen. »Der hat den Porsche im Kanal als Erster entdeckt. Ein Meeresbiologe ...«

»Wo ist denn hier das Meer?«, fragte Schneeganß. »Du meinst den Lehnitzsee ...?«

»Quatsch, ich hab mich versprochen: Ein Biologe, der untersuchen will, was es hier im Kanal für Fische gibt.«

»Na, vielleicht ist das ein gutes Omen, und uns geht ein dicker Fisch ins Netz«, sagte Hinz.

»Und der Kanalbiologe hat keinen Menschen in der Nähe gesehen, der Schulz eventuell ...?«, wollte Schneeganß wissen.

»Nein.«

Inzwischen war der Porsche abgesetzt worden, und die Kriminaltechniker konnten einen ersten Blick ins Innere werfen.

»Nichts!«, mussten sie feststellen. »Jedenfalls auf den ersten Blick nichts, was auf einen vorangegangenen Kampf hindeuten würde.«

»Haben wir also drei Möglichkeiten«, sagte Mittmann. »Erstens einen Unfall, das heißt, Schulz hat im Wagen gesessen und ist in den Kanal gestürzt. Zweitens, eine vorgetäuschte Straftat, das heißt, Schulz hat den Wagen selber in den Kanal gelenkt, nachdem er vorher herausgesprungen ist.«

»Und warum sollte er das getan haben?«, fragte Schneeganß.

»Na, um im wahrsten Sinne des Wortes unterzutauchen, warum auch immer.«

»Okay, und drittens?«

»Man hat ihn entführt und den Wagen anschließend im Kanal versenken wollen.«

Ein Boot der Wasserpolizei kam heran, und der Kapitän rief ihnen zu, sie hätten ein Stückchen weiter Richtung Finow einen Hut und einen Mantel gefunden.

»Haben sich da im Gestrüpp verfangen. Vielleicht haben sie Schulz gehört.«

Mittmann bedankte sich. Man hatte schon ein Zeitungsfoto mit Siegfried Schulz gefaxt bekommen, und auf dem war er mit einem solchen Hut zu sehen gewesen.

»Das verhilft uns auch nicht zu sonderlich neuen Erkenntnissen«, stellte Schneeganß fest. »Ohne Leiche kein Mord und ohne Lösegeldforderung keine Entführung.«

»Und ohne Abschiedsbrief kein Selbstmord«, fügte Hinz hinzu. »Daran hat bisher gar keiner gedacht.«

Mittmann sah die beiden Berliner an. »Ich denke, wir kommen nur weiter, wenn ihr in Berlin das Umfeld von Schulz unter die Lupe nehmt.«

»Ach!«, rief Hinz. »Die Arbeit auf uns abwälzen!«

Schneeganß hingegen freute sich über Mittmanns Vorschlag, denn die Sache mit Schulz erschien ihm spektakulär genug, um damit in die Medien zu kommen und bei Freundinnen und Freunden Pluspunkte zu sammeln.

*

Für Schneeganß und Hinz war es naheliegend, zuerst mit Sandra Schulz, der Ehefrau des Vermissten, zu sprechen, doch die sollte erst am späten Nachmittag aus Mailand zurückkommen. Also fuhren sie von Oranienburg zur Firmenzentrale am Sachsendamm. Erst hatte Hinz ausgerufen »Mein Gott, nicht durch die ganze Stadt durch!«, dann aber hatte sich herausgestellt, dass sie über den Zubringer Oranienburg, die A 111 und die Berliner Stadtautobahn ganz feudal ans Ziel gelangen konnten.

Kurz vor der Ausfahrt telefonierte Hinz noch einmal per Handy mit den Brandenburgern. Die hatten inzwischen mit einer Reihe von Einheimischen gesprochen und konnten mit einiger Sicherheit sagen, dass der Porsche an diesem Freitag zwischen 5.30 Uhr und 6.15 Uhr in den Oder-Spree-Kanal gestürzt war. Jetzt war es 11.30 Uhr, und noch immer gab es keine Spur von Siegfried Schulz, auch war nirgendwo eine Forderung nach Lösegeld eingegangen. Der Geschäftspartner oben in Rostock hatte keine Erklärung für dessen Verschwinden.

Die beiden Kripobeamten rollten auf den Firmenparkplatz und hielten auf der weiß umrahmten Fläche, die für den Firmeninhaber reserviert war.

Hinz stieg aus, reckte sich und stöhnte. »Au, meine Bandscheibe! Das lange Sitzen im Auto, wenn das mal nicht wieder ein Vorfall wird.«

Schneeganß konnte nicht sofort antworten, denn vor ihnen stolzierte eine jener Blondinen, über die zahllose Witze kursierten. Sie gab sich alle Mühe, mit ihren High Heels nicht umzuknicken. Offensichtlich war sie dabei, eine Reihe von Umlaufmappen von A nach B zu transportieren.

»Wenn dir der Hintere vom Sitzen wehtut, so ist es von jetzt an bei mir der Vordere vom Stehen«, sagte Schneeganß.

»Wie?« Hinz konnte ihm nicht folgen.

»Ach, lass nur, das ist etwas, was du nicht mehr kennst.«
Hinz gähnte. »Ich will nur eins: ins Bett.«

»Ich auch«, erwiderte Schneeganß und machte sich an die Verfolgung der Blondine, die ihn entfernt an Sharon Stone erinnerte. »Sorry, sind wir hier richtig beim Casting?«

»Wieso?« Die Blondine blieb stehen.

»Na, weil du doch hier bist.«

»Ich arbeite hier.«

»Beim Film?«, fragte Schneeganß.

»Nein, bei Auto-Schulz.«

»Du könntest aber auch beim Film sein. Du in einer Lovestory – und sie hätten eine Einschaltquote von 130 Prozent.«

Die Blondine grinste. »Und du willst mich also zum Film bringen …?«

»Was meinst du, wen ich schon alles wohin gebracht habe?«, fragte Schneeganß zurück.

»Hast du 'n Bestattungsunternehmen?«

»Ja, und ich suche noch 'n Model für Totenhemden.«

Hinz missfiel das Geplänkel der beiden, und er platzte damit heraus, dass sie von der Kripo seien. »Und wir sind hier, weil Ihr Chef verschwunden ist.«

»Endlich!«, rief die junge Dame.

»Wieso endlich?«, fragte Schneeganß.

»Weil alle unter ihm gelitten haben.«

Wieder grinste Schneeganß. »Wirklich unter ihm …?«

»Einige wohl schon, ich nicht.«

»Und keiner ist zur Polizei gegangen?«, fragte Hinz.

»Keine«, korrigierte ihn Schneeganß.

»Nein, was tut man heute nicht alles, um seinen Arbeitsplatz zu behalten. Und es war ja alles freiwillig, und Schulz hat sich nie lumpen lassen.«

»Aber er war doch verheiratet«, kam der Einwand von Hinz.

»Na und?«, erwiderte die Blondine. »Aber mal im Ernst: Was ist denn mit Herrn Schulz?«

»Das möchten wir ja gerne von euch wissen. Sein Porsche hat oben bei Oranienburg im Oder-Havel-Kanal gesteckt – aber leer, und von Schulz keine Spur. Vielleicht ist er bei einem Unfall ertrunken, vielleicht ist er entführt worden, vielleicht hat ihn jemand ermordet, die Leiche irgendwo entsorgt und den Wagen dann im Kanal versenkt – keiner weiß es. Wenn es ein Mord gewesen sein sollte, kannst du dir denn vorstellen, dass ihn in der Firma einer … eine so gehasst haben könnte, dass er oder sie …?«

Die junge Dame sah sich nach allen Seiten um, ob auch keiner mithören konnte. »Da kenne ich mindestens ein Dutzend, die gesagt haben: Den bringe ich noch mal um!«

Hinz winkte ab. »Das machen täglich Hunderte, das ist reine Aggressionsabfuhr und dient der psychischen Hygiene.«

»Namen wollen Sie nicht nennen?« Schneeganß hatte sich nun doch entschlossen, die Schöne zu siezen, um das Amtliche ihres Besuches deutlich werden zu lassen.

»Nein, wenn Herr Schulz wieder auftauchen sollte und dann …«

»Verstehe«, sagte Schneeganß. »Und wen können wir denn fragen, der nicht so 'ne Angst haben muss.«

»Na, am besten den Thorsten Rönnefahrt, das ist der Leiter von der Datenverarbeitung und der Liebling von Schulz.«

Schneeganß und Hinz bedankten sich und machten sich auf den Weg in Rönnefahrts Büro, das aussah wie die Behausung eines Messies, der auf das Sammeln von elektronischem Krimskrams spezialisiert war.

»Wir hätten Sie mal kurz gesprochen«, sagte Schneeganß.

Rönnefahrt starrte auf seinen Bildschirm und fand keine Sekunde Zeit, seinen Kopf zur Tür zu drehen. »Können Sie mir nicht 'ne Mail schicken …?«

Schneeganß konnte Typen wie ihn nicht ausstehen. So liederlich, um nicht zu sagen verkommen, sahen die linken Zecken aus, die Häuser besetzten und um den 1. Mai herum für Randale sorgten. Und Rönnefahrt war der typische Hacker, einer, der die Gesellschaft ärgerte, indem er Viren und Trojaner ins Netz schickte. Für Schneeganß war alles, was sie machten, höchst zwielichtig. Alles, was sich nicht kontrollieren ließ, erregte von vornherein seinen Verdacht und war Grund für ihn, sich zu ärgern.

»Sie haben schon gehört, dass Ihr Chef seit heute früh verschwunden ist?«, begann Schneeganß.

»Ja, im Radio.« Rönnefahrt schien das Ganze nicht sonderlich aufzuregen. Er schwieg und wischte mit einem Tempotaschentuch den Staub von seinem Bildschirm.

»Haben Sie eine Idee, was mit ihm geschehen sein könnte?«, fragte Hinz.

»Nein.«

Schneeganß fixierte ihn. »Und dies als sein ganz besonderer Vertrauter?«

»Woher wissen Sie das?«

»Man hat so seine Quellen«, antwortete Schneeganß und wurde mit einem Schlag energisch. »Und Sie gucken uns bitte mal an, wenn wir mit Ihnen reden, sonst ... Kriminalpolizei, die Mordkommission.«

»Die Mordkommission ... Dann ist Schulz also ...?« Rönnefahrt sah sich die hingehaltene Marke an, zeigte sich aber ansonsten wenig beeindruckt. »Was ist denn das für 'n Film hier? Meinen Sie, Schulz hätte mir vorher verraten, wo man seine Leiche entsorgen wird?«

Schneeganß fand diesen Ton nicht schlecht und stieg darauf ein. »Und warum hat er Ihnen das nicht gesagt, er wusste doch, dass er heute Morgen umgebracht wird – oder nicht?«

»Er hatte zu viele Feinde, um den Überblick zu behalten.«

Rönnefahrt tat so, als würde er sie an den Fingern abzählen wollen und musste die zweite Hand zur Hilfe nehmen. »Aber das sind doch alles Schwächlinge, die denken so etwas zwar pausenlos, tun es aber nie. Nein, im Ernst: Herr Schulz hatte nie Angst, ermordet zu werden, er fühlte sich völlig unangreifbar. Aus seinem Umfeld war es unter Garantie keiner.«

»Und an Selbstmord hat er nie gedacht?«, fragte Hinz.

»Völlig ausgeschlossen«, erklärte Rönnefahrt.

»Und ein Unfall?«, fragte Schneeganß. »War er ein guter Autofahrer?«

»Ein sehr guter sogar. In seiner Jugend ist er Rallyes gefahren.«

Schneeganß stieß die Luft aus den Lungen. »Gut, aber wie kann es dann geschehen, dass er mit seinem Porsche in den Kanal stürzt? Was hat er überhaupt in Malz verloren, wenn er auf der B 96 an die Ostsee will, so abseits gelegen, wie das ist …?«

Rönnefahrt zuckte mit den Schultern. »Da gibt es nur eine logische Antwort: Er hat sich in Malz am Kanal heimlich mit jemandem treffen wollen.«

Schneeganß nickte. »Wenn er freiwillig dort hingekommen ist, könnte das eine Möglichkeit sein – aber mit wem?«

»Keine Ahnung. Sicher mit keinem aus der Firma.«

»Gut, dann bedanken wir uns erst mal bei Ihnen«, sagte Schneeganß. »Und falls Ihnen noch etwas einfallen sollte …« Er legte Rönnefahrt sein Kärtchen auf den Schreibtisch. »Und wie wird es bei Ihnen in der Firma weitergehen?«

»Ich nehme an, Frau Schulz wird die Zügel in die Hand nehmen.«

Schneeganß ließ die Türklinke, die er eben nach unten gedrückt hatte, noch einmal los. »Ah, ja … Wie standen denn die beiden zueinander?«

Rönnefahrt zögerte ein wenig, um dann mit Nachdruck zu erklären, dass die Ehe hundertprozentig intakt sei.

Schneeganß ahnte, dass ihm der andere etwas verschwiegen hatte, etwas, das Sandra Schulz betraf. Sollte Schulz nicht mehr auftauchen, war sie seine Chefin, und er wollte nicht gefeuert werden.

Als sie wieder auf dem Parkplatz standen, sah Schneeganß seinen Kollegen an: »Sag mal, Gisbert, was kann man in einer mittelständischen Firma wie der von Schulz wohl zu verbergen haben?«

Hinz nieste kräftig. »Wahrscheinlich eine Allergie.«

»Wieso soll man eine Allergie verbergen wollen?«

»Nein, meine Allergie«, erklärte ihm Hinz. »Beifuß.«

Schneeganß rang die Hände. »Hast du nicht bemerkt, wie dieser Rönnefahrt ins Schwimmen gekommen ist, als ich ihn nach der Beziehung zwischen Schulz und dessen Frau gefragt habe …?«

Hinz schnäuzte sich umständlich. »Doch, habe ich. Scheint so, als hätte einer von beiden ein Verhältnis, Schulz mit einer Frau oder sie mit einem anderen.«

»So ist es, und darum freue ich mich schon auf das Gespräch mit Sandra Schulz.« Schneeganß schloss die Tür ihres Dienstwagens auf. »Wie kommen wir denn am besten zum Sandwerder, du bist doch alter Berliner …?«

Hinz gähnte anhaltend und klagte dann über ein unerklärliches Ziehen im linken Oberkiefer. »Ich glaube, unter meiner Krone fault mir der Zahn weg. Wie wir nach Wannsee kommen …? Tja, entweder auf der Stadtautobahn bis Halensee und dann auf der Avus runter nach Wannsee oder Sachsendamm auf die A 103, auf der bis Rathaus Steglitz und dann weiter auf der Route Unter den Eichen, Potsdamer Chaussee …«

»Und was ist besser?«

Hinz stöhnte. »Keine Ahnung. Man müsste es ausprobieren.

Mit zwei Wagen, der eine fährt so rum und der andere anders rum, und dann sehen wir, wer zuerst da ist.«

»Und wo bekommen wir den zweiten Wagen her?«, fragte Schneeganß.

»Vielleicht leiht uns Auto-Schulz einen …«

Langsam wurde Schneeganß ungeduldig. »Nun komm schon, wir fahren über die Avus, nur Autobahn ist mir lieber als die Strecke mit den hundert Ampeln.«

*

Als sie die Villa am Wannsee erreicht hatten, war Hinz so müde, dass er meinte, ohne einen kleinen Spaziergang am Wasser nicht einsatzfähig zu sein.

»Okay«, sagte Schneeganß. »Und wenn wir Glück haben, wird gerade Schulz' Leiche angeschwemmt.«

Nachdem sie sich eine gute halbe Stunde lang erholt hatten, klingelten sie. Ein Namensschild gab es nicht, man musste die Hausnummer kennen. Sie warteten. Offenbar galt es als vornehm, nicht zur Gegensprechanlage zu rennen, sondern Besucher ein wenig warten zu lassen. Endlich knackte und rauschte es.

»Die Herren von der Kripo?«, kam es von oben herab.

»Ja …« Schneeganß staunte. Offenbar schienen die Buschtrommeln gut zu funktionieren. »Woher wissen Sie das?«

»Ich sehe Sie auf dem Bildschirm hier.«

Schneeganß blickte sich um, konnte aber keine Videokamera erkennen. Wahrscheinlich steckte sie in dem Nistkasten, der zehn Meter von ihnen entfernt am Stamm einer Birke hing.

»Kommen Sie …«

Ein Summer ertönte, die Tür sprang auf. Während sie den Weg zum Haus entlanggingen, erschien oben im Hauseingang eine mondäne junge Frau, von der Schneeganß sofort annahm, dass es Schulz' Geliebte war. Seine Ehefrau stellte er sich als 50-jährige Matrone vor.

»Wir hätten gern Frau Schulz gesprochen«, sagte Hinz.

»Das bin ich höchstpersönlich.« Die vermeintliche Geliebte grinste.

Schneeganß kam gegen seine Impulse nicht an und sah sich sofort mit Sandra Schulz in seiner Lieblingsstellung koitieren: wie sie, nur den Slip ausgezogen und das Kleid hochgeschoben, auf ihm kniete und zu einem wilden Ritt ansetzte.

»Sie kommen wegen meinem Mann?«, fragte Sandra Schulz.

»Wegen Ihres Mannes, ja.« Schneeganß war derart befangen, dass er nicht anders konnte, als den Oberlehrer zu spielen. »Hat er sich inzwischen bei Ihnen gemeldet?«

»Nein. Aber kommen Sie erst einmal rein …«

Sie führte die beiden Kriminalbeamten in ein Wohnzimmer, wie es andere Menschen nur im Film zu sehen bekamen. Aber das war ja das Schöne an ihrem Beruf, dass sie so etwas auch in Wirklichkeit erleben durften. Schneeganß wusste das zu schätzen und freute sich über jeden Mord im Bereich der Upperclass. Aber noch stand nicht fest, dass Schulz ermordet worden war, obwohl sein Gefühl ihm sagte, dass es so war.

»Möchten die Herren etwas trinken?«, fragte Sandra Schulz.

»Wir sind im Dienst«, antwortete Schneeganß. »Auch Trinkgelder dürfen wir nicht annehmen.«

»Ich meinte nur ein Wasser.«

»Mit Wasser, damit kochen wir nur.« Bei schönen Frauen wie ihr bemühte sich Schneeganß immer, so witzig zu sein, wie es die Männer in Hollywood-Komödien sein wollten.

»Das klingt ja nicht sehr hoffnungsvoll …« Sandra Schulz setzte sich an den Wohnzimmertisch, dessen Ausmaße das

Wort Tafel rechtfertigten, und bat die Beamten, ihr gegenüber Platz zu nehmen. »Er ist also mit seinem Wagen bei Oranienburg in einen Kanal gestürzt und wahrscheinlich ertrunken …?«

»Vielleicht, vielleicht auch nicht.« Schneeganß referierte ihren bisherigen Erkenntnisstand. »Und nun erhoffen wir uns von Ihnen Auskünfte, die uns und die Brandenburger Kollegen weiterbringen können.«

»Wer könnte ein Motiv gehabt haben, ihn …?«, fragte Hinz.

Sandra Schulz spielte mit einem herumliegenden Radiergummi. Offensichtlich hatte sie Kreuzworträtsel gelöst und dabei nicht immer auf Anhieb das richtige Wort gefunden. »Feinde hat er genügend gehabt, aber dass einer gleich …«

»Dasselbe haben wir schon in der Firma gehört«, sagte Schneeganß.

»Also wird es doch nur ein Unfall gewesen sein …« Sandra Schulz starrte dabei auf ihr Rätselheft. »Berliner Kriminalschriftsteller mit drei Buchstaben. Das müssten Sie doch wissen.«

»Eik«, sagte Schneeganß. »Jan Eik, eigentlich Helmut Eikermann.«

»Gut, sehr gut.« Sandra Schulz freute sich und vervollständigte ihr Kreuzworträtsel. »Was werden Sie weiterhin unternehmen, um meinen Mann …?«

»Das Motiv ist das A und O«, sagte Hinz.

Sandra Schulz sah ihn fragend an. »Was für ein Motiv: Ein Motiv für ihn, seinen Porsche im Oder-Havel-Kanal zu versenken und abzutauchen, oder das Motiv für XY, ihn umzubringen?«

»Beides, würde ich sagen.«

Sie legte ihren Druckbleistift beiseite und überlegte. »Fangen wir mit dem Abtauchen an: Steuerschulden? Hatte er keine, soweit ich weiß. Schwierigkeiten mit der Russenmafia, einer libanesischen Großfamilie oder wem auch immer? Nein, da wird keiner einen Killer losschicken, so lieb, wie sie sich alle haben. Und einer seiner Feinde, XY also …? Auch Fehlanzeige, da kann ich mir nicht vorstellen, dass einer wirklich zugeschlagen hätte.«

Schneeganß wagte den Schmetterball ohne lange Vorbereitung. »Und einer Ihrer Liebhaber, Frau Schulz?«

Sie lachte. »Von denen weiß er nichts, unter Garantie nicht.«

»Sie geben aber zu, welche zu haben?«

»Ich gebe gar nichts zu, siehe Datenschutz.«

»Es geht hier um Mord«, erklärte Hinz.

»Wer sagt Ihnen denn, dass es sich um Mord handelt?«, fragte sie. »Wenn wir wissen, dass Siegfried wirklich ermordet worden ist, können wir weitersehen.«

Schneeganß wusste, dass sie das akzeptieren mussten. Was blieb ihnen also übrig, als kleinere Brötchen zu backen und sich damit zu begnügen, herauszufinden, was Schulz gestern alles gemacht hatte und wo er überall gewesen war.

»Sie waren zwar in Mailand, Frau Schulz, können uns aber sicher sagen, wann Ihr Mann heute Morgen von hier aus in Richtung Ostsee aufgebrochen ist und ob er womöglich jemanden mitgenommen hat.«

»Wen er mitgenommen hat, weiß ich nicht, aber er ist gar nicht von hier aus losgefahren, sondern hat vorher bei seinem Neffen in Frohnau übernachtet. Den wollte er schon lange mal treffen, und da hat sich das so ergeben, weil das direkt auf dem Weg nach Rostock liegt. Brauchte er erst eine Dreiviertelstunde später aufstehen.«

»Das ist ja interessant«, sagte Hinz. »Wenn Sie uns bitte die Adresse geben könnten.«

Sandra Schulz tat es und erzählte ihnen nebenbei, was sie

über das Restaurant ›à la world-carte‹ alles wusste. »Sein Neffe Rainer hat bei ihm hoch im Kurs gestanden, und die beiden sind immer gut ausgekommen, sofern man mit Siegfried Schulz gut auskommen kann.«

»Wie meinen Sie das?«, fragte Schneeganß.

»Harte Schale, weicher Kern.«

Schneeganß hatte das Gefühl, dass sie ihren Mann in Schutz nahm und aus einem Grund, den er gern gewusst hätte, nicht so krass schilderte, wie er eigentlich war. Vielleicht war es wirklich Liebe, denn immer wieder geschah es ja, dass Frauen Männer liebten, die eigentlich Kotzbrocken waren, Menschenschinder, Mörder. Trotz ihrer Liebhaber liebte sie ihren Mann, möglich war alles.

»Ja, dann werden wir mal wieder …« Schneeganß erhob sich. »Wir bleiben in Kontakt, Frau Schulz. Wenn Ihnen noch etwas einfallen sollte, dann …« Auch ihr überreichte er sein Kärtchen. »Und vor allem: Rufen Sie uns sofort an, wenn sich jemand mit einer Lösegeldforderung bei Ihnen melden sollte.«

»Selbstverständlich.«

Als sie wieder draußen im Auto saßen, sprang die Uhr auf dem Armaturenbrett auf 18.59 Uhr.

»Feierabend«, sagte Hinz.

»Denkste, wir fahren noch nach Frohnau.«

»Das ist Selbstausbeutung!«, protestierte Hinz.

»Besser Selbst- als Fremdausbeutung«, sagte Schneeganß und drehte entschlossen den Zündschlüssel herum.

*

Im ›à la world-carte‹ wurden sie vom Kellner nicht als Kriminalbeamte erkannt, was Schneeganß immer ein wenig wurmte, denn wozu sonst sorgte man im ›Tatort‹ und vielen anderen Serien seit Jahrzehnten für eine Glorifizierung seines Berufsstandes.

»Haben Sie reserviert?«, fragte der Kellner.

Schneeganß verneinte das. »Wir sind aber immer etwas reserviert.«

Trotz seiner vorzüglichen Deutschkenntnisse konnte ihm der Finne nicht recht folgen und war für einen Augenblick ein wenig verwirrt. »Mikä teidän nimenne on?«

Schneeganß lachte. »Macht nichts, wenn die Nudeln hier nicht ganz al dente sind.«

»Wie? Ich meine, wie Ihr Name ist …?«

»Mein Name sei Gantenbein«, antwortete Schneeganß, der immer wieder unter Beweis stellen musste, dass er das Abitur gemacht hatte, sogar mit einer Eins in Deutsch. »Max Frisch.«

»Entschuldigung, aber wie denn nun: Herr Gantenbein oder Herr Frisch?«

»Nein, Schneeganß.«

Nun war Matti Kemijärvi völlig durcheinander. »Haben Sie drei Namen?«

»Nein, ich heiße Gunnar Schneeganß, und ›Mein Name sei Gantenbein‹ ist der Titel eines Romans von Max Frisch.«

Der Finne freute sich. »Schön, dass man immer noch dazulernt. Aber leider ist kein Tisch mehr für Sie frei.«

»Wir wollen ja auch nichts essen, sondern nur Ihren Chef sprechen«, sagte Hinz. »Den Herrn Wiederschein.«

»Darf ich fragen, in welcher Angelegenheit …?«

»In der Angelegenheit seines Onkels. Kriminalpolizei.«

Matti Kemijärvi machte große Augen. »Ist Herr Schulz …?«

»Nein«, antwortete Schneeganß. »Weder noch, weswegen wir ja hier sind. Aber wieso …?«

»Wir haben gehört, dass sein Wagen im Kanal ertrunken

ist.« Matti Kemijärvi war nun so verwirrt, dass er Schwierigkeiten mit der deutschen Sprache bekam. »Wenn Sie mir dann bitte verfolgen würden ... Herr Wiederschein ist im Augenblick nicht in der Küche, sondern sucht oben nach einem Rezept, weil ein Gast unbedingt etwas aus Georgien will.« Der Finne führte sie in den ersten Stock hinauf und summte dabei einen Tango.

»Finnischer Tango?«, fragte Schneeganß. »Wie denn das?«

»Der ist besser als der argentinische. Sie müssen mal Harri Kaitila hören. Der ist sogar einmal bei uns aufgetreten, bei unserem finnischen Abend, wo es punajuuria etikkaliemessä, piikkikampela, piirakka und poronpaisti gegeben hat.«

Damit waren sie oben angekommen und wurden in Wiederscheins Arbeitszimmer abgeliefert. »Zwei Herren von der Kripo, die Sie sprechen wollen ...«

Wiederschein saß mit dem Rücken zur Tür. Er schloss seinen Karteikasten und drehte sich mit dem Stuhl in ihre Richtung, ehe er aufstand.

»Bitte sehr, treten Sie näher ... Frau Schulz hatte mich angerufen, dass Sie kommen würden ... Das ist ja alles entsetzlich!«

»Hatten Sie es nicht schon im Radio gehört?«, fragte Hinz.

»Nein, tagsüber kommt keiner von uns zum Radiohören«, erwiderte Wiederschein.

Mit seiner weißen Mütze auf dem Kopf und seiner typischen Berufskleidung sah er aus wie ein Sternekoch, der sich gerade für seinen Fernsehauftritt zurechtgemacht hatte. Schneeganß, der viel für das Savoir-vivre übrig hatte, hoffte immer, einen solchen Menschen zu seinen Freunden zählen zu dürfen, weil das ungemein was hermachte.

»Dann wollen wir mal.« Auch Schneeganß war müde und wollte das Gespräch mit Wiederschein so schnell wie möglich zu Ende bringen. »Wenn Sie uns bitte einmal kurz erzählen würden, wie Ihr Onkel heute Morgen von hier losgefahren ist … Das ist er doch – oder?«

»Ja, kurz vor 5 Uhr.« Wiederschein erzählte ihnen, wie sie ihm hinterhergewinkt hatten. »Freddie, das ist mein Mann für alles, Gudrun, das ist unsere Reinemachefrau und Küchenhilfe …«

»Wie?« Hinz war erstaunt. »So früh sind die schon bei der Arbeit?«

»Ja, die wohnen in der umgebauten Waschküche und sollten ihm das Frühstück machen.«

»Das haben sie aber nicht?«, fragte Schneeganß.

»Nein, mein Onkel hat es sehr eilig gehabt. Ich dachte, er würde mit mir frühstücken, wie wir das am Abend besprochen hatten … Darum war ich selbst überhaupt so früh auf … Aber dann ist er einfach an uns vorbei, furchtbar missgestimmt …«

Schneeganß dachte laut. »Was ja darauf hindeutet, dass er einen Anruf bekommen hat … Von wem wohl?«

»Mir ist nichts bekannt, und von seinem Zimmer aus hat er niemanden angerufen. Mit dem Handy vielleicht …«

»Das kann man herausbekommen«, sagte Hinz. »Und sonst ist Ihnen nichts an ihm aufgefallen …? Hat er eine Bemerkung über mögliche Feinde gemacht, hat er sich bedroht gefühlt …?«

Wiederschein überlegte einen Augenblick. »Nein, nicht dass ich wüsste.«

»Okay«, sagte Schneeganß. »Bisher ist alles offen, und Sie sind so nett und rufen uns an, wenn Ihnen etwas einfällt oder ein Anruf eingeht, der Ihren Onkel betrifft.« Auch Wiederschein drückte er sein Kärtchen in die Hand. »Ansonsten … Ich hätte gern noch einmal mit den anderen gesprochen, die Ihren Onkel am Morgen gesehen haben, wie er in seinem Porsche davongefahren ist, und anschließend einen Blick in das Zimmer geworfen, in dem er übernachtet hat.«

»Aber selbstverständlich.«

Wiederschein führte sie zu Freddie und Gudrun, die Schneeganß und Hinz die Abfahrt von Schulz in allen Einzelheiten schilderten, sie in der Sache aber nicht weiterbrachten. Schneeganß begann, sich zu langweilen.

Auch Pfarrer Eckel, der mit seinen Freunden vorn im ›à la world-carte‹ saß und tafelte, konnte nichts weiter zu Protokoll geben, als dass Schulz in seinen Porsche gestiegen und fortgefahren sei.

»Mit wehendem Mantel und seinem Borsalino auf dem Kopf«, berichtete der Pfarrer. »Ein prächtiges Bild. Ich hatte, als ich ihn so sah, gerade über meine nächste Predigt nachgedacht, bei der ich über einen Spruch Salomos reflektieren will – ›Wer eine Sache klüglich führt, der findet Glück …‹ –, und dachte so bei mir, dass es das Beste auf dieser Welt ist, mittelständischer Unternehmer zu sein. Und nun das … Wie trügerisch doch alles ist.«

»Ja, okay.« Schneeganß bedankte sich und ließ sich von Wiederschein Schulz' Zimmer im umgebauten Pferdestall zeigen.

»Das Bett ist ja bereits gemacht!«, rief Hinz.

»Ja, das war Gudrun in ihrem Eifer. Gleich, nachdem mein Onkel weggefahren ist. Aber sie konnte ja auch nicht ahnen, dass er …«

»Nein, aber trotzdem … Ab jetzt wird hier nichts mehr verändert. Morgen rückt die Spurensicherung an.« Es war ärgerlich, dass das noch keiner veranlasst hatte, aber alle gingen wohl von einem Unfall aus und nicht wie er, Schneeganß, von einem Mord. Das hatte er so im Gefühl, dass es einer war.

»Sie haben sehr an Ihrem Onkel gehangen?«, fragte Schneeganß.

Wiederschein wurde ein wenig verlegen. »Um ehrlich zu sein: nein. Dazu war er ein, sagen wir es vorsichtig, ein zu schwieriger Charakter. Ich hoffe nicht, dass Sie mich irgendwie verdächtigen …?«

Schneeganß lachte. »Doch. Kennen Sie nicht die schöne Geschichte von Roald Dahl, wo in einem Restaurant hin und wieder ein wunderbares Fleischgericht serviert wird, unvergleichlich im Geschmack, und man nach und nach erfährt, dass immer kurz zuvor ein Mensch spurlos verschwunden ist.«

»Nein, kenne ich leider nicht«, sagte Wiederschein. »Und Sie meinen also, dass mein Onkel demnächst bei mir auf der Speisekarte stehen wird?«

»Ja, das meine ich, und darum werde ich in den nächsten Tagen immer mal wieder bei Ihnen vorbeikommen und alles kosten, was gut und teuer ist.«

»Das machen Sie mal, da freue ich mich drauf.«

Wiederschein brachte sie zur Straße und gab seiner Hoffnung Ausdruck, bald Positives vom Verbleib seines Onkels zu hören.

»Sandra Schulz und Rainer Wiederschein können wir beruhigt abhaken«, sagte Schneeganß, als sie wieder im Auto saßen. »Und wie es aussieht, müssen wir auf den erfolgreichsten unserer vielen Kollegen hoffen …«

»Auf wen?«, fragte Hinz.

»Na, auf den Kommissar Zufall.«

5.

*Im Dorfe gab es inzwischen viel Gerede, das aller Orten darauf
hinauslief: »Es sei was passiert und es stimme nicht mit den
Hradscheks. Hradschek sei freilich ein feiner Vogel und Spaßmacher und könne Witzchen und Geschichten erzählen, aber
er hab' es hinter den Ohren, und was die Frau Hradschek
angehe, die vor Vornehmheit nicht sprechen könne, so wisse
jeder, stille Wasser seien tief. Kurzum, es sei beiden nicht recht
zu traun und der Pohlsche werde wohl ganz woanders liegen
als in der Oder.«*
(...)
»Hradschek? Den kenn' ich. Der muß ans Messer.«

(Theodor Fontane, ›Unterm Birnbaum‹)

Marco Kurzrock hatte vor dem Spiel gegen United Berlin mehr
als schlecht geschlafen. Zuerst war ihm der Deal mit Schulz als
Geschenk des Himmels erschienen, denn er wollte Ende dieses
Jahres heiraten und brauchte jeden Pfennig, doch je länger er
darüber nachdachte, desto größer wurden seine Bedenken.
Zum einen war es gefährliche Körperverletzung, was er da
vorhatte, und konnte ihn in den Knast zurückbringen, und
zum anderen hatte ja Klütz vor nicht allzu langer Zeit die Rote
Karte wegen eines üblen Fouls gesehen, war also durchaus in
der Lage, zurückzuschlagen und ihn selbst schwer zu ver-
letzen. So richtig aber war Kurzrock erst ins Grübeln geraten,
als er in der BILD gelesen hatte, dass Schulz verschwunden
sei. War es nur ein Unfall gewesen, war er abgetaucht, um
der Steuerfahndung oder der russischen Mafia zu entgehen,
war er ermordet worden, hatte man ihn entführt? Wie auch

immer, es war sicherlich am klügsten, sagte sich Kurzrock, nicht mit diesem Schulz in Verbindung gebracht zu werden. Aber dessen 5.000 Mark hatte er bereits eingesackt und war auch nicht willens, sie wieder herzugeben. Die waren für das Schlafzimmer, das Vanessa sich ausgesucht hatte, fest eingeplant. Also musste er Klütz übel foulen, denn wenn Schulz noch lebte, würde er das in der Fußball-Woche lesen wollen. War er aber ermordet worden, gab es keinen Pfennig mehr, auch wenn Klütz auf dem Friedhof landen sollte. Also fasste Kurzrock den Entschluss, Klütz nur mäßig zu foulen, um sich vor Schulz rechtfertigen zu können, sollte der wirklich wieder auftauchen, aber auf keinen Fall zur finalen Attacke anzusetzen.

In der Kabine besprach der Trainer mit ihnen noch einmal die Strategie, mit der sie United besiegen wollten, und Kurzrock freute sich, dass er als Manndecker für Klütz vorgesehen war.

»Du hast die Nummer sechs, Marco, aber heute definieren wir das mal anders: Du weichst Klütz nicht von der Pelle, du hängst wie eine Klette an ihm, du stehst ihm ständig auf den Füßen. Ist das klar?«

»Ja, Trainer.«

Beim Auflaufen sah Kurzrock Vanessa auf der kleinen Tribüne sitzen. Auch das noch. Er hatte es nicht so gerne, wenn sie ihn beobachtete, denn beim Vergleich mit ihren Idolen aus der Nationalmannschaft schnitt er allzu schlecht ab und war nur ein Held von der traurigen Gestalt. Und wenn er deshalb seine mangelnden Künste durch übertriebene Härte ausgleichen wollte, fand sie das entsetzlich.

Nun denn … Gleich nach dem Anpfiff suchte Kurzrock die Nähe zu Klütz. Der schien ihn gar nicht wahrzunehmen. Diese Arroganz heizte Kurzrock richtig an. Dir Arschloch werd ich's zeigen! Und bei der ersten Ballannahme fuhr er

Klütz von hinten so in die Beine, dass dessen rechter Knöchel ordentlich was abbekam und Klütz wie ein gefällter Baum auf den Rasen stürzte. Ein Aufschrei, ein Pfiff des Schiedsrichters und die Gelbe Karte für Kurzrock. Prima, dachte der sich, das war der beste Nachweis für Schulz, dass er für sein Geld etwas getan hatte.

Klütz wurde behandelt, und als er aufstand, um weiterzumachen, trat er dicht an Kurzrock heran, um ihm etwas zuzuflüstern, was der Schiedsrichter nicht unbedingt hören musste: »Noch einen Tritt, und du kannst deine Knochen einzeln aufsammeln.«

Kurzrock hatte plötzlich Angst um seine Gesundheit, denn Klütz hatte ja Bundesliga gespielt und war mit allen Wassern gewaschen, und er als lumpiger Amateur hatte da überhaupt keine Chance. Also beschloss er, Klütz für den Rest des Spiels in Ruhe zu lassen.

Doch sie hatten keine Viertelstunde gespielt, da musste Kurzrock diese Entscheidung korrigieren, denn eben war Sandra Schulz auf der Tribüne erschienen, und das konnte nur bedeuten, dass sie im Auftrage ihres Mannes gekommen war, ihn zu beobachten und zu sehen, ob er Klütz wirklich in seine Einzelteile zerlegte. Er kannte sie, weil er oft Getränke in ihre Villa am Sandwerder geliefert hatte. Was blieb ihm also anderes übrig, als Klütz erneut zu attackieren.

Was folgte, war ein Duell der ganz besonderen Art. Kurzrock hatte sehr schnell gemerkt, dass Klütz ungemein unter Strom stand und nur auf einen geeigneten Moment wartete, um seinerseits zuzuschlagen. Das hieß, dass sein erster Schlag sozusagen tödlich sein musste, sonst war er selbst das Opfer. Aber wie zu einer Blutgrätsche oder zu einem Ellenbogencheck ansetzen, wenn der andere so etwas schon im Ansatz roch und der Attacke aus dem Wege ging? Klütz hinterherzulaufen und von hinten in die Beine zu grätschen, erwies sich als unmöglich, denn der andere war wesentlich schneller. Und bei hohen Bällen blieb er einfach stehen, gemäß der alten Devise von Weltklasseleuten, dass der Kopf zum Denken da sei und nicht für die Berührung mit dem Spielgerät.

Dann kam die 43. Minute, und es gab einen Eckball für United. Klütz wollte sich vornehm zurückhalten und weit vor der Strafraumgrenze abwarten, was bei dem Gedränge vor dem Tor herauskam, doch sein Trainer forderte ihn energisch auf, sich dorthin zu begeben, wo es wehtat.

Der Ball schwebte herein, genau auf den Kopf von Karsten Klütz gezielt, und Kurzrock war erfahren genug, die Flugbahn zu berechnen. Sein Gegenspieler stand günstiger als er, und schnellte Klütz im richtigen Augenblick in die Höhe, dann konnte er den Ball mit der Stirn in die rechte Torecke hämmern, wo mit Wumme ihr Kleinster den Pfosten deckte. Das musste unbedingt verhindert werden. Der Schiedsrichter stand schlecht, und so zögerte Kurzrock keinen Augenblick, Klütz ins Trikot zu greifen und ihn am Hochsteigen zu hindern.

Klütz hatte schon den Torschrei auf den Lippen, kam aber nicht richtig vom Boden weg und verfehlte den Ball um Zentimeter. Da rastete er aus, und krachend fuhr sein rechter Ellenbogen Kurzrock ins Gesicht.

Kurzrock musste mit einem Nasenbeinbruch ins Krankenhaus gebracht werden, Klütz bekam die Rote Karte gezeigt.

*

Sandra Schulz saß bei ihrer Mutter am Kaffeetisch und brachte keinen Bissen hinunter. Sie ekelte sich vor rohem Fleisch, ob nun Schinken oder Hackepeter, und beim Anblick frischer Blutwurst war sie nahe dran, sich zu erbrechen, denn schlagartig waren Bilder da, die sie nicht verscheuchen konnte: Wie der Kopf ihres Mannes unter einem Baseballschläger zerplatzte, wie Blut und Hirn herausspritzten, wie ein Messer ihm die Kehle durchtrennte, wie eine Kugel sein Herz durchschlug.

»Kind«, sagte ihre Mutter und legte den Arm um ihre Schultern. »Warte doch erst einmal ab, was …«

»Ach«, entgegnete sie nur und schluchzte nur heftiger.

»Sandra, warum so plötzlich …? Wie oft hast du denn deinen Mann zum Teufel gewünscht!«

»Ich erkenne mich ja selbst nicht wieder.«

Ihre Mutter war Buchhändlerin und hatte genügend Romane gelesen, um zu wissen, dass die menschliche Seele noch immer als unerforschter Kontinent anzusehen war. »Ich begreife bis heute nicht, warum dein Vater damals auf und davon ist, so nach dem Muster: ›Ich geh mal schnell Zigaretten holen.‹ Und alle hatten gedacht, wir würden eine glückliche Ehe führen.«

»Mutti, das ist doch ganz etwas anderes!«, rief Sandra Schulz. »Siegfried hat mich nicht verlassen, Siegfried ist entführt oder ermordet worden.«

»Wer sagt das? Es kann ebenso gut sein, dass er dich verlassen hat und dass das mit dem Porsche im Kanal nur ein Trick war. Solange man seine Leiche nicht gefunden hat!«

»Hör auf!«, schrie Sandra.

»Ich meine es doch nur gut mit dir.« Gesine Schiller ging zu ihrem Stuhl und setzte sich, um ihr Honigbrötchen zu Ende zu essen. Sie hätte ihre Tochter in Ruhe lassen sollen, ja, aber eine Sache war noch zu klären. »Wusste dein Mann von deinem Neuen?« Den Namen Karsten Klütz wollte sie nicht aussprechen, denn das klang ihr doch sehr plebejisch, und Fußballer hielt sie ausnahmslos für Hohlköpfe. Aber ihre Tochter schien ja eine Schwäche für wohlhabende Dumpfmeier zu haben, siehe Schulz.

»Ob Siegfried von Karsten wusste?«, wiederholte Sandra.
»Ich glaube nicht.«

»Bloß gut, dass du nachweislich in Mailand warst«, sagte
ihre Mutter. »Sonst könnte noch jemand auf die Idee kommen, dass du deinen Mann ...«

Sandra Schulz verzog das Gesicht. »Man merkt, dass du
keine Kriminalromane liest, Mutti.«

»Das ist unter meinem Niveau!«, rief diese. »Bei mir in der
Buchhandlung steht so 'n Schund nicht herum.«

»Darum weiß deine Kundschaft auch immer weniger, wie
es auf dieser Welt zugeht und was Spaß am Lesen ist. Die ganzen verschrobenen, verbitterten und vergeistigten Gestalten,
die zu dir kommen, die ...«

»Hörst du bitte auf!«, bat Gesine Schiller händeringend. »Ich
lästere auch nicht über die halbseidenen Gestalten, mit denen
dein Mann sich umgeben hat, noch darüber, dass dein neuer Liebhaber nicht mal einen Hauptschulabschluss geschafft hat.«

Sandra Schulz lachte. »Dafür verdient er als Fußballprofi in
einem Monat mehr als eine Buchhändlerin im ganzen Jahr.«

»Als wäre das der geeignete Maßstab!«, rief ihre Mutter.
»Als gäbe es nicht noch andere Werte.«

»Ja«, höhnte Sandra Schulz. »Dass man Schillers Gedichte im
Kopf hat: ›Es füllt sich der Speicher mit köstlicher Habe, / Die
Räume wachsen, es dehnt sich das Haus. / Und drinnen waltet /
Die züchtige Hausfrau / Die Mutter der Kinder ...‹«

»Wenn ihr Kinder hättet, dann ...«

»Mutter, Vater ist weggegangen, obwohl ich da war!«, rief
Sandra Schulz. »Und Siegfried ist nicht freiwillig ...«

»Vielleicht doch, wenn er von diesem Klütz erfahren hat.«

»Hat er aber nicht.«

»Gott, was du an dem bloß findest!«

»Das, was einen in bestimmten Situationen stöhnen lässt,
Mutti, genau das. Und außerdem ist er gradlinig und aufrich-

tig.« Sandra Schulz stand auf. »Und genau deswegen treffe ich mich jetzt mit ihm. Aber herzlichen Dank für deine Hilfe und dein Einfühlungsvermögen.«

Damit küsste sie ihre Mutter und machte sich auf den Weg zu Karsten Klütz, der mit ihr eine Spritztour ins Märkische machen wollte. Da Gesine Schiller am Rüdesheimer Platz wohnte, hatten sie sich dort am Brunnen verabredet.

»Was, du bist noch nicht verhaftet?«, rief sie ihm zu.

Er wurde blass. »Mach keinen Quatsch!«

Sie erschrak. »Wieso, was ist denn?«

»Ach, nichts.«

Sie insistierte weiter. »Ich merke doch, dass du was hast …«

»Ja, ich humpele. Weil ich gestern fürchterlich gefoult worden bin.«

»Weich mir nicht aus. Was ist denn nun passiert?« Sie zog ihn ein wenig zur Seite, damit niemand mithören konnte.

»Was passiert ist? Eigentlich nichts, aber … Wie hätte ich das ahnen können? So viel Zufall gibt es doch gar nicht.«

»Im Leben schon, nur in Romanen nicht«, sagte Sandra Schulz. »Da streichen die Lektorinnen das raus.«

»Ja, aber bei mir …« Klütz hatte weiterhin Mühe, zur Sache zu kommen. »Ich suche ja schon lange ein Grundstück … Für uns beide.«

»Du bist ein Schatz!« Sie küsste ihn.

»Und weißt du was, da ruft mein Makler mich an, und sagt mir, dass er ein Schnäppchen für mich hat.«

Sandra Schulz ahnte noch immer nicht, worauf er hinauswollte. »Ja, und …?«

»Wir fahren raus und sehen uns das an … Und weißt du, wo?«

»Die Villa Lemm in Gatow?«

»Nein, in Frohnau, genau neben diesem komischen Restaurant da, dem ›à la world-carte‹.«

»Das darf doch nicht wahr sein!«, rief sie. »Das, was diesem Wiederschein gehört, dem Neffen von …?«

»Genau das.«

Sie versuchte, die Sache leicht zu nehmen. »Gott, das ist doch kein Grund, in Panik zu verfallen, Siegfried ist noch morgens um 5 Uhr gesehen worden, wie er in seinen Porsche geklettert und losgefahren ist. Da kann doch kein Verdacht auf dich fallen.«

»Nein, aber wenn die Leute von der Kripo erst mal herauskriegen, dass wir beide … Dann denken die doch automatisch, dass ich, um ihn aus dem Weg zu räumen …«

»Ach, Unsinn!« Sie nahm ihn tröstend in die Arme.

»Ich mach mir schon Sorgen«, sagte Klütz. »Weil ich gestern 'ne Rote Karte gekriegt habe, denken sicher alle, dass ich der zweite Rambo bin.«

Sandra Schulz überlegte einen Augenblick. »Pass mal auf, ich setze jetzt eine Belohnung von 25.000 Mark aus, Schulz hat's ja, für – wie heißt das? – zweckdienliche Hinweise … auf seinen Aufenthaltsort, auf mögliche Täter. Dann brauchst du dir keine Sorgen mehr zu machen, dass du Ärger mit der Kripo bekommst.«

*

Mario Furmaniak und Professor Robert Schrobenhausen saßen im ›à la world-carte‹ und warteten auf ihren Wildlachs nach kanadischer Art.

Es war kein reiner Zufall, dass sie dieses Restaurant gewählt hatten, denn der Professor für Biologie wohnte ganz in der Nähe am Kreuzritterweg, das Ereignis war also kausal erklärbar. Dass er dort zu einem Haus gekommen war, lag an der Vorliebe seiner Eltern für den Berliner Norden.

Die beiden Männer stritten sich gern, und im Augenblick

ging es darum, ob Furmaniak den Porsche im Oder-Havel-Kanal ganz und gar zufällig entdeckt hatte oder ob dahinter eine Art göttliches Drehbuch steckte.

Furmaniak vertrat mit Verve die erste Position. »Ich bin an diesem Tage zufällig eine halbe Stunde früher aufgestanden, weil ich einen Krampf im rechten Bein hatte, was mir alle zwei Jahre einmal widerfährt. Dann bin ich aber doch erst eine S-Bahn später gefahren, weil ich zuvor meinen hinteren Reifen aufpumpen musste. Wer sollte vorher wissen, dass er gerade an diesem Tage undicht geworden war, welcher Himmelscomputer? Dies alles und Dutzende anderer plötzlicher Umstände haben dazu beigetragen, dass ich den Porsche im Wasser als Erster entdeckt habe.«

»So viele Zufälle kann es gar nicht geben!«, rief Professor Schrobenhausen. »Das zeigt doch nur, dass unsere Welt im Innersten deterministisch ist: Alles ist kausal eindeutig vorherbestimmt. Sie sind vom Schicksal oder von Gott, ganz wie Sie wollen, vorgesehen gewesen – ich will nicht sagen: auserwählt worden –, den Wagen im Kanal zu entdecken, Sie und kein anderer. Sie interessieren sich für Fische, Sie kommen zu mir, weil ich der Fachmann dafür bin, wir kommen auf die Idee, den Fischbesatz brandenburgischer Kanäle zu erforschen, Sie wollen mit dem Oder-Havel-Kanal beginnen … Das ist doch ganz klar ersichtlich, dass alles ineinandergreift, nicht anders als bei einem Präzisionsuhrwerk.«

Furmaniak lächelte. »Na schön, ich will Ihnen ein Stückchen entgegenkommen und es einmal so formulieren: Es gibt keinen Zufall, sondern lediglich eine Menge unbestimmter Faktoren, die wir nicht beeinflussen können.«

Schrobenhausen hatte ein wenig den Faden verloren. »Ja, alles hängt mit allem zusammen, und eine Zeit lang habe ich ja der Chaostheorie meine Gunst geschenkt. Sie kennen den Schmetterlingseffekt, der bei komplexen Systemen auftritt, die ein deterministisches, chaotisches Verhalten zeigen. Übrigens: Haben Sie einmal etwas von Douglas Adams gehört?«

Furmaniak musste passen. »Nein.«

»Das darf doch nicht wahr sein!«, rief Schrobenhausen und hatte ganz vergessen, dass der Schmetterlingseffekt und der erwähnte Autor nichts mit seiner Biologie zu tun hatten. »Douglas Adams hat ›Per Anhalter durch die Galaxis‹ geschrieben – das muss ein gebildeter Mensch doch kennen. Er verwendet das Motiv des Schmetterlingseffekts häufig als Beschreibung für sehr unwahrscheinliche Ereignisse in einem großen System wie dem Universum.«

Furmaniak nickte grinsend. »Dass ausgerechnet ich den Porsche von Schulz gefunden habe …?«

»So ist es.« Schrobenhausen freute sich über seinen Erfolg und geriet weiter ins Plaudern. »Es ist schon ein komisches Gefühl, möglicherweise an demselben Tisch zu sitzen, an dem dieser verschwundene Autohändler gesessen hat, der Schulz. Sie finden seinen Porsche im Oder-Havel-Kanal, wir sitzen hier in dem Restaurant, vor dem er in seinen Wagen gestiegen ist, bevor er … Warum ist das so, warum hängt das alles miteinander zusammen? Wäre es ein Roman, würde ich sagen: Der Autor hat das alles so gefügt. Ist es aber das wahre Leben, so bleibt doch nur eine Schlussfolgerung: Ein unbegreiflich großer Regisseur muss da am Werke sein, einer, den wir als Gott bezeichnen. Ah, da kommt ja Pfarrer Eckel, hallo! Na, wenn das keine Bestätigung von oben ist, dass ich recht habe und nicht Sie!« Er winkte dem Geistlichen zu, bevor er begann, den Kriminalisten zu spielen und auch in dieser Profession seine Fähigkeiten zu offenbaren. »Dass Schulz verschwindet, steht längst im Drehbuch seines Lebens, also müssen wir nur in Erfahrung bringen, mit wem er in den Szenen zuvor in Interaktionen getreten ist.«

»Wenn es denn eine Beziehungstat war«, schränkte Furmaniak ein. »Es könnte aber auch sein, dass er irgendwo zwischen Frohnau und Oranienburg angehalten hat, um jemanden mitzunehmen ... Per Anhalter durch die Galaxis Brandenburg ... Nein, ich will Sie nicht ...!«

»Überhaupt nicht, denn die Anhalterthese ist ja hochinteressant ...«

Ihr Wildlachs kam, und Professor Schrobenhausen lieferte wieder einmal den Beweis dafür, dass ihn seine Studenten nicht zu Unrecht ›Verschrobenhausen‹ nannten, denn mit einer kleinen Lupe, die er stets in seiner Jackentasche trug, suchte er, bevor er den ersten Bissen zum Munde führte, erst einmal nach Parasiten. »Nicht, dass ich um meine Gesundheit Angst hätte, aber ich bin nun einmal neugierig ...«

Matti Kemijärvi kannte die kleinen Macken des Biologen, und da Schrobenhausen Stammgast im ›à la world-carte‹ war, stellte er sich immer so, dass die anderen Gäste den Einsatz der Lupe nicht mitbekamen.

»Nichts«, sagte Schrobenhausen bedauernd, steckte seine Lupe wieder ein und begann, sein Forschungsobjekt zu verspeisen. »Da das hier als Arbeitsessen definiert ist, sollten wir auch gleich mit der Arbeit beginnen. Es wäre ja schade, habe ich mir gedacht, lediglich die Arten zu zählen, die in den brandenburgischen Kanälen noch – oder wieder – anzutreffen sind, wir könnten unsere Fische gleichzeitig auch auf ganz bestimmte Krankheiten untersuchen. Legen Sie sich doch gleich einmal eine Checkliste an, Furmaniak. Ja, nehmen Sie die Serviette, wenn Sie kein Papier bei sich haben.«

»Die ist leider aus Stoff ...«

»Dann den Bierdeckel«, schlug Schrobenhausen vor.

Wieder hatte Furmaniak kein Glück. »Die sind hier so vornehm, die haben keine.«

»Gut, dann gebe ich Ihnen ein Tempotaschentuch.« Aber auch das scheiterte, denn Schrobenhausen hatte kein sauberes mehr. »Müssen Sie die Fakten eben so im Kopf behalten. Legen Sie sich doch einmal ein Notebook zu.«

»Ich habe schon eins.« Furmaniak griff in den Beutel, der neben ihm auf dem freien Stuhl lag, und zog es hervor.

Schrobenhausen guckte ein wenig ungnädig. »Das hätten Sie auch gleich sagen können.«

Furmaniak grinste. »Ich wollte Sie nicht unterbrechen, Sie hatten so wunderbare Vorschläge. Außerdem kann man schlecht mit Messer und Gabel essen und gleichzeitig ...«

»Ich verstehe ... Also bleibt doch nur der Kopf zum Speichern der Daten.« Schrobenhausen war nicht zu bremsen. »Also, wonach sollten wir bei Süßwasserfischen immer Ausschau halten? Herr Furmaniak, bitte.«

»Ist das jetzt eine Prüfung?«

»Das ganze Leben ist eine Prüfung.«

»Gut ... Ich möchte nur nicht an einer Gräte ersticken«, murmelte Furmaniak.

»Besser eine Gräte im Hals, als eine Grete am Hals«, sagte Schrobenhausen, denn er war gerade dabei, sich von seiner Ehefrau Margarete, genannt Grete, scheiden zu lassen. »Aber lassen wir uns nicht ablenken. Wir achten zuerst auf die wattebauschartigen, grauweißen Verpilzungen auf der Haut unserer Fische ... Das sind Pilze der Gattung?«

Furmaniak musste einen Augenblick überlegen, kam dann aber darauf. »Saprolegnia.«

»Richtig! Und wie bekämpft man sie?«

»Mit Malachitgrün.«

»Sehr schön, Herr Furmaniak.« Da sich Schrobenhausen aber am liebsten selbst reden hörte, brach er die Prüfung ab und dozierte wieder. »Wir schauen des Weiteren nach der Kiemenfäule, nach der Taumelkrankheit, die vom Ichthysoporidium hoferi hervorgerufen wird, nach der Hexamita-Krankheit, nach Sporentierchen, nach Trematoden und vor allem nach

Band- und Fadenwürmern. Sie wissen ja, dass ich gerade etwas über die Larven der Gattung Triaenophorus schreibe. Für diese Würmer sind Kleinkrebse der Gattung Cyclops die ersten Zwischenwirte, Salmoniden und Barsche die zweiten, während der Hecht Endwirt ist und wir dann die schönsten Hechtbandwürmer bewundern dürfen. Aber auch nach Piscicola geometra könnten wir Ausschau halten, nach Fischegeln also, die kann man schon mit bloßem Auge erkennen. Nicht außer Acht lassen sollten wir auch die fischparasitären Krebse ...«

Bis dahin hatte Mario Furmaniak aufmerksam zugehört, nun aber wurde er abgelenkt, denn im Eingang des ›à la world-carte‹ erschien eine Frau, die ihn von ihrer Statur und Kraft her an eine Speerwerferin erinnerte, deren Gesicht aber leer und abweisend war, die so aussah, als hätte sie gerade einen großen Wettkampf verloren.

»Die kommt mir irgendwie bekannt vor«, murmelte Furmaniak.

Schrobenhausen drehte sich um und lachte. »Kein Wunder, vom Bildschirm oder vom Theater her.«

»Wer ist denn das?«

»Na, ich bitte Sie: die Angela Wiederschein.«

»Wer ist Angela Wiederschein?«, fragte Furmaniak.

»1) eine bekannte Schauspielerin und 2) die Ehefrau des Wirtes hier.«

»Ah, ja ...«

Angela Wiederschein wartete, bis ihr der Ober einen Leinenbeutel gebracht hatte, dann verschwand sie wieder.

»War ja nur ein kurzer Auftritt«, sagte Schrobenhausen. »Schade. Sie müssen sie mal spielen sehen. Vielleicht wiederholen sie mal wieder ein Fernsehspiel mit ihr.«

»Zufällig«, sagte Furmaniak.

»Herr ...!« Schrobenhausen hob warnend seinen Zeigefinger. »Man verspottet seine Professoren nicht ungestraft – und Sie haben noch das Rigorosum vor sich. Also, weiter im Text ... Wo waren wir stehen geblieben?«

»Bei den fischparasitären Krebsen.«

»Richtig. Kommen wir also zur Gattung Ergasilus sieboldi. Die weiblichen Tiere werden zwei Millimeter groß und verankern sich mit ihrem zweiten Antennenpaar fest im Kiemengewebe des Fisches. Befallen werden vor allem Schleie, Hechte, Barsche, gelegentlich aber auch Karpfen und Forellen ...«

*

Gunnar Schneeganß verfluchte Sandra Schulz, denn seit sie ihre Belohnung ausgesetzt hatte, konnten sie sich bei der Kripo vor Hinweisen gar nicht mehr retten. Andauernd klingelte das Telefon oder ratterte ihr Faxgerät, auch E-Mails gingen ein.

»Überschrift: Alle haben Schulz gesehen«, sagte Hinz.

»Dass es Tausende gibt, die Schulz heißen, wusste ich ja«, sagte Schneeganß. »Aber dass die sich alle so furchtbar ähnlich sehen, muss mir entgangen sein.«

Überall war Siegfried Schulz gesehen worden, oft zur selben Zeit in weit auseinanderliegenden Orten wie Stockholm und Las Palmas auf der Insel Lanzarote. Es war ja nicht strafbar, sich geirrt zu haben, und vielleicht hatte man Fortuna in diesem Leben mal auf seiner Seite. Auch wenn der Schulz, den man gesehen hatte, mit dem Schulz, dessen Foto in den Zeitungen zu finden war, weniger Ähnlichkeit hatte als der Papst mit Udo Jürgens, so war ja möglich, dass sich Schulz einer Gesichtsoperation unterzogen hatte.

»Idioten!«, brummte Schneeganß. »Der Schulz ist nicht der Täter, der ist doch das Opfer!«

»Weiß man's?«, fragte Hinz. »Bei einem Suizid wäre er beides.«

Schneeganß reagierte ungehalten. »Nichts spricht für einen Selbstmord, kein Abschiedsbrief, keine Bemerkung zu seiner Frau oder wem sonst immer. Ich war und bin der Meinung, dass wir es mit einer Entführung zu tun haben.«

Hinz verharrte in seiner Standby-Schaltung, wozu sich aufregen, so verbrauchte man nur unnötige Energie. »Mit Verlaub, Herr Kollege, aber dann hätte wohl langsam eine Lösegeldforderung eingehen müssen oder wenigstens eine kleine Nachricht: ›Hallo, wir haben ihn.‹ Selbst wenn er ihnen beim Kidnapping gestorben sein sollte.«

»Das ist doch kein Argument«, sagte Schneeganß und warf einen Blick zu Hinz hinüber, der sagen sollte, dass der Schwachsinn auch vor ihm nicht haltmachte. »Ist dir schon mal aufgefallen, dass Kidnapper der lieben Ehefrau oder einer anderen Beziehungsperson zuflüstern: ›Keine Polizei, sonst …!‹? Vielleicht verhandeln die längst miteinander – und wir wissen von nichts.«

»Meinetwegen …« Hinz stritt sich grundsätzlich nicht, weil heftiger Streit der Gesundheit Abbruch tat: Der Blutdruck erhöhte sich, Magengeschwüre drohten, Krebszellen konnten aktiviert werden.

Wieder klingelte das Telefon, und da sie ausgemacht hatten, abwechselnd abzunehmen, musste sich Schneeganß dazu durchringen, den Hörer von der Gabel zu nehmen und ans Ohr zu pressen. Er rasselte sein Verslein herunter.

»Ich habe den Schulz gesehen«, flötete eine Dame. »Hier bei uns im Lust-Center. Wollen Sie nicht schnell vorbeikommen und …«

»Und schon, aber nicht Schulz erwischen«, sagte Schneeganß. »Du hältst mich von der Arbeit ab, Simona.«

»Silke, Mensch! Ich kratz' dir die Augen aus!«

»Entschuldigung, aber der Stress hier!« Schneeganß feixte. Solche kleinen Irrtümer gehörten zu seinem Programm. An seinem internen Werbespruch ›Mich im Bett gehabt zu haben, krönt das Leben jeder Frau!‹ war seiner Ansicht nach schon ein Körnchen Wahrheit. Er verabredete sich mit Silke für den nächsten Abend und ging wieder daran, die Liste derer, die wegen Schulz angerufen hatten, zusammenzustreichen. Ein Mindestmaß an Plausibilität musste schon sein.

Wieder tat das Telefon seine Pflicht, und diesmal musste sich Hinz bequemen, den Hörer abzunehmen. Er griff nach ihm so angeekelt, als würde er eine glibberige Schlange anfassen müssen. Doch nach dem ersten Wortwechsel hellte sich sein Gesicht schlagartig auf.

»Herr Schulz, das darf doch nicht wahr sein?«, rief er.

»Doch ich stehe hier vor dem U-Bahnhof Viktoria-Luise-Platz …«

»Dann sind Sie gar nicht …?«

»Nein, ich bin nicht in den Zug nach Nollendorfplatz eingestiegen, sondern dem Schulz hinterher.«

Hinz fasste sich an den Kopf. »Ich denke, Sie selber sind der Siegfried Schulz …?«

»Nein, ich bin der Udo Schulz, habe aber den Siegfried Schulz eben gesehen. Hundertprozentig. Er ist hier in ein Restaurant rein.«

»Gut, warten Sie, wir schicken die Kollegen vorbei.«

Hinz veranlasste das Notwendige. Zehn Minuten später kam die Nachricht der Kollegen, dass es sich bei der angegebenen Person nicht um einen Siegfried Schulz handele, sondern um einen Gerhard Brückmann, eine gewisse Ähnlichkeit mit dem Gesuchten aber durchaus nicht abzustreiten sei, sodass der Tatbestand des groben Unfugs nicht vorläge.

»Wenn das ein Film wäre, könnte er heißen: ›Wie produziere ich Doppelgänger am laufenden Band‹«, sagte Schneeganß.

»Das hat diese Sandra Schulz ganz prima hingekriegt, Hut ab, schöne Reklame für sie.«

Es klopfte, und Schneeganß tat so, als würde er seine Waffe hochreißen und den ungebetenen Gast nach dem »Herein!« sofort erschießen wollen.

»Ja, bitte, wenn's denn unbedingt sein muss.«

Herein trat ein Typ von Mensch, der bei Schneeganß sowieso sofort auf der Abschussliste stand: Brillenträger, Schöngeist, Akademiker, Lyrikleser, Arschloch.

»Mein Name ist Mario Furmaniak«, begann der Eintretende.

»Und Sie kommen wegen Schulz?«, fragte Schneeganß.

»Ja …« Furmaniak war baff. »Woher wissen Sie das?«

Schneeganß gab sich gelangweilt. »Ich habe den Crashkurs im Gedankenscreening gerade mit einer Eins bestanden.«

»Gratuliere.«

Schneeganß lehnte sich zurück. »Keine Ursache, war ja kein Kunststück, denn heute kommen alle wegen Schulz.«

»Ich bin aber nicht alle«, sagte Furmaniak. »Und zwar deshalb, weil … Sie müssten sich eigentlich an mich erinnern können …«

»Warten Sie …« Und richtig, es machte Klick bei Schneeganß. »Sie sind der junge Mann, der den Porsche im Kanal entdeckt hat.«

»Genau.«

»Ich hab Sie aber nur aus der Ferne da stehen sehen, mit Ihrem Angelzeug«, suchte sich Schneeganß zu rehabilitieren. »Gesprochen haben wir ja nicht miteinander …«

»Nein, das war Ihr Kollege Mittmann.«

»Schön …« Schneeganß war nun doch gespannt, was dieser Angler noch gesehen haben konnte. »Sie haben also nicht nur den Porsche im Wasser gefunden, sondern auch den dazugehörigen Herrn Schulz …?«

Furmaniak staunte. »Wieso?«

»Weil Sie gesagt haben, Sie seien wegen Schulz gekommen ...?«

»Nur indirekt«, erwiderte Furmaniak. »Ich war nämlich gestern Abend essen im ›à la world-carte‹ ... Das ist da, wo Schulz ...«

»Ich weiß!«, rief Schneeganß.

Furmaniak ließ sich nicht beirren. »Und da ist mir die Frau des Wirts über den Weg gelaufen, Angela Wiederschein, früher mal Schauspielerin.«

Hinz hatte quasi mit offenen Augen geschlafen und erwachte erst wieder, als das Wort Wirtin fiel. »Frau Wirtin hatt' auch einen Popen«, murmelte er. »Und der hatt' im Hoden Isotopen ...«

»Gisbert«, sagte Schneeganß. »Geh doch endlich nach Hause.« Und zu Furmaniak gewandt fuhr er fort: »Mein Kollege hat nämlich eine Sommergrippe und über 39 Grad Fieber.«

»Nein«, protestierte Hinz. »Das sind nur die Tabletten gegen meine Allergie, die mich so müde machen. Gräser, Beifuß, Roggen – das vertrag ich alles nicht. Aber was war denn nun mit dieser Frau Wirtin?«

Furmaniak war etwas irritiert, denn das Organisationsklima in einer Mordkommission hatte er sich nicht ganz so locker vorgestellt.

»Ja, nun ...« So schnell fand er den Anschluss nicht mehr. »Ich bin mir sicher, dass ich sie schon vorher einmal gesehen habe, also die Frau Wiederschein, Angela Wiederschein.«

»Weil Sie da öfter essen gehen?«, fragte Hinz.

»Nein, ich war zum ersten Mal dort. Mein Professor hatte mich eingeladen. Ich selbst würde nie so viel Geld ausgeben. Also ... Zum ersten Mal habe ich Frau Wiederschein gesehen, als ich mit dem Rad am Oder-Havel-Kanal entlanggefahren bin, kurz bevor ich den Porsche entdeckt habe. Da ist sie mir entgegengekommen ... als Joggerin.«

»Was Sie nicht sagen!«, rief Schneeganß. »Und wie sicher sind Sie sich da?«

»Ziemlich sicher. Sie hatte zwar eine Mütze auf, tief ins Gesicht gezogen, und einen dicken Schal um, aber ... Es ist nun mal ein markantes Gesicht. Die Nase, so ein dicker Zinken ... wie bei der Steffi Graf.«

»Hm ...« Schneeganß wollte Bedenkzeit gewinnen. »Dann danken wir Ihnen erst einmal sehr herzlich, Herr Furmaniak, nehmen das alles zu Protokoll und sehen dann weiter. Sie wahren bitte Stillschweigen gegenüber allen anderen und ... hier ist mein Kärtchen, falls Ihnen noch etwas einfallen sollte. Wir hören auf alle Fälle voneinander.«

Schneeganß brachte Furmaniak höchstpersönlich zur Tür. Dann ließ er sich in seinen Drehsessel fallen und sah den Kollegen an. »Na, Gisbert, was sagst du dazu?«

»Hm ...« Nach diesem ausführlichen Kommentar war Hinz ziemlich erschöpft und musste, Dranginkontinenz befürchtend, erst einmal dringend auf die Toilette. »Ich glaube, meine Prostata ...«

»Ich weiß, unter Krebs tust du's nicht.«

Als Hinz zurückkam, sah er sehr erleichtert aus. »Du, ich weiß, was da abgelaufen ist ...«

»Was soll auf 'ner Toilette schon ablaufen?«

»Nein, in Frohnau – beziehungsweise am Kanal ...« Hinz machte es spannend. »Diese Angela Wiederschein ist doch Schauspielerin ...«

»Woher weißt du das?«, fragte Schneeganß.

»Weil ich andauernd beim Arzt bin«, antwortete Hinz.

Schneeganß konnte ihm nicht folgen. »Und da war sie auch ...?«

»Nein, da lese ich im Wartezimmer immer alles, was herumliegt – und da ist öfter mal was drin über sie. Ihr Kind ist gestorben, sie kann nicht mehr vor der Kamera stehen, sie ist mit den Nerven am Ende.«

»Und was hat das mit Schulz zu tun?«, wollte Schneeganß wissen.

»Sie hat ihn ermordet und sich mit seinen Sachen in den Porsche gesetzt und den dann oben in den Kanal gefahren.«

Schneeganß sah den Kollegen ganz entgeistert an. »Sag mal, Gisbert, du warst ja bereits bei allen möglichen Ärzten – auch beim Psychiater?«

»Ja, wegen meiner Schlafstörungen damals«, Hinz blieb ganz ernsthaft. »Aber gefunden hat der nichts, keine Traumatisierungen und so.«

»Na schön«, sagte Schneeganß. »Und warum sollte Angela Wiederschein den Onkel ihres Mannes umgebracht haben?«

»Weil sie 'ne Menge erben könnten.«

Schneeganß schüttelte den Kopf. »Da ist doch erst einmal Schulz' Frau dran.«

Hinz suchte nach anderen möglichen Motiven. »Vielleicht hat sie ihn geliebt – und er hat sie abgewiesen. Vielleicht wollte sie mit seinem Geld eine neue Karriere starten …?«

»Ach komm!«, rief Schneeganß. »Da lacht dich jeder Untersuchungsrichter aus, wenn du ihm das erzählst.«

Hinz war bereit, viel Kraft in diesen Disput zu investieren. »Dann erkläre du mir mal, warum dieser Furmaniak die Wiederschein morgens am Kanal gesehen hat?«

Schneeganß winkte ab. »Ach, das ist doch nur einer dieser Spinner, der sich die Belohnung verdienen will.«

Hinz lief weiterhin zur Hochform auf. »Nein, er hat ja – im Gegensatz zu den anderen – nicht Schulz, sondern Angela Wiederschein gesehen.«

»Vielleicht ist sie morgens mit Schulz losgefahren und oben

am Kanal ausgestiegen, um das Stück zurückzujoggen«, sagte Schneeganß.

Hinz trat an die Landkarte, die an der Wand hing und Berlin und Umgebung wiedergab. »Ich überschlage das mal ... Malzer Schleuse bis S-Bahnhof Frohnau ... Das sind über 20 Kilometer, ein halber Marathon, das läuft man nicht mal so eben am Morgen.«

»Na schön, ist sie nicht gejoggt«, sagte Schneeganß, sichtlich genervt.

»Kann sie auch gar nicht, sonst hätte sie ja jemand mit Schulz im Wagen sitzen sehen.«

Schneeganß wurde immer ungehaltener. »Mann, Gisbert, deine Verkleidungsthese ist wirklich absurd.«

»Ist sie nicht. Sie fährt als Schulz verkleidet zum Oder-Havel-Kanal, versenkt den Wagen dort und kehrt als Joggerin nach Frohnau zurück. Sie braucht ja nur bis zum S-Bahnhof Oranienburg zu laufen, das sind nicht ganz sieben Kilometer, das schafft sie mühelos, und dann fährt sie mit der S-Bahn zurück nach Frohnau.«

»Deine Fantasie möchte ich haben!«, rief Schneeganß.

»Vielleicht hat auch ihr Mann seinen Onkel umgebracht«, sagte Hinz. »Und sie hat ihm nur geholfen, die Leiche zu entsorgen ...?«

»Und wo hat sie die Leiche entsorgt?«

»Na, die wird im oder am Oder-Havel-Kanal liegen!«, rief Hinz.

Schneeganß rang die Hände. »Die Brandenburger haben doch mit ihren Suchhunden nicht das Geringste gefunden!«

»Na ja, Brandenburger ... Wenn wir das übernommen hätten, dann ...«

»Ach!« Schneeganß stand auf. »Komm, wir fahren nach Frohnau und sprechen mit deiner Täterin. Und sieh dir unterwegs schon mal deine neue Unterkunft an.«

»Wieso, ich will doch gar nicht umziehen?«

»Doch, in die Karl-Bonhoeffer-Nervenklinik.«

In einer Dreiviertelstunde waren sie in Frohnau und fanden Angela Wiederschein im Garten des ›à la world-carte‹, wie sie unter dem Kirschbaum saß und Eduard Mörike las. Matti Kemijärvi hatte die Polizisten hingeführt.

»Die beiden Herren möchten Sie wegen Ihres verstorbenen Onkels sprechen. Herr Schneeganß, Herr Hinz von der Kripo Berlin …«

Angela Wiederschein sah auf und hatte offenbar Mühe, so abrupt zu realisieren, dass es nun womöglich um Sein oder Nichtsein ging. Sie versuchte dadurch Zeit zu gewinnen, dass sie beim schnellen Aufstehen ihren Stuhl umriss und sich erst bücken musste, um ihn wieder aufzuheben. Dabei entglitt ihr der Gedichtband und sorgte dafür, dass ihr halbvolles Seltersglas, das im Gras gestanden hatte, umfiel. So vergingen die Sekunden.

Schneeganß und Hinz hatten nicht die Antennen, dies alles in seiner tieferen Bedeutung aufzufangen. Nach einigen einleitenden Floskeln kamen sie schnell zum Eigentlichen.

»Es tut mir leid, Frau Wiederschein«, sagte Hinz. »Ich bewundere Sie als Schauspielerin, aber wir müssen eben, wie es unsere Pflicht ist, jedem Hinweis nachgehen …«

»Ja, und?«, fragte Angela Wiederschein.

»Jemand will Sie am Morgen des 19. Juni oben am Oder-Havel-Kanal beim Joggen beobachtet haben, kurz nachdem der Porsche von Siegfried Schulz im Kanal gelandet ist.«

Angela Wiederschein lachte so laut, dass Carola Laubach nebenan böse guckte. »Wie denn? Wie heißt das bei den Esoterikern: Bilokation, dass man zur selben Zeit an zwei verschiedenen Orten sein kann. Nein, im Ernst: Ich habe hier oben im Haus im Bett gelegen, und tief und fest geschlafen. Ich bin ja erst kurz nach Mitternacht von meiner Theater-

gruppe zurückgekommen und war völlig fertig. Fragen
Sie meinen Mann. Freddie und Gudrun werden das auch
bestätigen können.«

Die beiden Angestellten zögerten keinen Augenblick, dies
zu bezeugen, und als Schneeganß und Hinz wieder im Auto
saßen, fühlten sie sich so wie nach einer Hertha-Niederlage
im Olympiastadion.

»Das macht mir alles keinen Spaß mehr«, murrte Schneeganß.

»Wir werden ja auch nicht dafür bezahlt, bei der Arbeit
Spaß zu haben«, sagte Hinz.

*

Carola Laubach war der geborene Misanthrop. Sie wusste
das auch, und immer wieder gab es Phasen in ihrem Leben,
in denen sie versuchte, dagegen anzugehen. Wie jetzt, als
Siegfried Schulz verschwunden war – und sie gesehen hatte,
wie ihr Nachbar des Nachts etwas in seinem Garten vergraben hatte … Eine Leiche vielleicht? Wenn das nun Schulz
gewesen war, zuvor ermordet von Wiederschein …? Mit oder
ohne Wissen seiner Frau. Möglich war in diesen Zeiten alles.
Aber man hatte Schulz am frühen Morgen in seinen Porsche
steigen sehen – wie das, wenn er vorher ermordet und bei
Wiederschein unterm Kirschbaum verscharrt worden war?
Eine Frage, auf die sie keine Antwort wusste. Das hinderte sie
daran, zur Polizei zu laufen, denn vielleicht war es nicht gut,
sich die Wiederscheins noch mehr zu Feinden zu machen.

Schulz war und blieb verschwunden – und wenn er nun doch
bei Wiederschein drüben unterm Kirschbaum lag …? Aber er
war am nächsten Morgen fortgefahren. Das ließ Carola Laubach nicht los, und es arbeitete in ihr, Tag und Nacht. Immer
wieder dasselbe, wie früher eine Schallplatte, die einen Sprung

hatte. *Erkläret mir, König Örindur, / Diesen Zwiespalt der Natur.* Das ging ihr immer wieder durch den Kopf, aber auch Goethes: *Wir sind so klug, / und dennoch spukt's in Tegel.* Angenommen, drüben hatten sie ihren Onkel umgebracht, aus welchen Gründen auch immer, und Wiederschein hatte die Leiche bei sich im Garten vergraben, wie konnten ihn dann Leute wie Pfarrer Eckel, die über jeden Verdacht erhaben waren, am Morgen noch höchst lebendig gesehen haben? Vielleicht hatten sie einen Doppelgänger engagiert ...? Das erschien Carola Laubach die wahrscheinlichste Lösung zu sein. Es gab so viele arme Teufel in der Stadt, auch unter Schauspielern, die alles taten, wenn man ihnen 5.000 Mark in die Hand drückte. Dann hatte Wiederschein also den perfekten Mord begangen. Glaubte er jedenfalls ... Es wäre einer gewesen, wenn sie ihn nicht beim Graben gesehen hätte.

Lass die Toten ruhen, misch dich da nicht ein! Das war die eine Stimme in ihr, aber da war auch noch eine andere – und die befahl ihr: Melde dich bei der Polizei und lass sie nachsehen, ob Schulz drüben unterm Kirschbaum liegt.

Und vielleicht hätte sie bis ans Ende ihrer Tage geschwiegen, wenn ihr nicht beim Spaziergehen auf den Brachen zwischen Frohnau und Stolpe auf Höhe des Pechpfuhls Axel Siebenhaar über den Weg gelaufen wäre, ihr Dorfgendarm, wie sie ihn nannte. Da fiel ihr sofort wieder ein, was Schiller den Marquis im ›Don Carlos‹ sagen ließ: *Den Zufall gibt die Vorsehung – zum Zwecke / Muß ihn der Mensch gestalten.*

»Na, heute ohne Uniform? Als Zivilfahnder also ...?«

Siebenhaar lachte. »Nicht hier im Brandenburgischen. Ich gehe schlicht und einfach als Privatmann spazieren.«

Carola Laubach tat geheimnisvoll. »Dann kann ich Ihnen also gar nicht erzählen, was ich Ihnen erzählen wollte ...?«

»Worum geht es denn?«

»Um diesen Wiederschein.«

Siebenhaar horchte auf. »Um den vom Restaurant da?«

»Ja.«

»Was ist mit dem?«, fragte Siebenhaar.

»Dessen Onkel ist doch spurlos verschwunden, dieser Autohändler ...«

»Siegfried Schulz, ich weiß. Haben Sie etwa eine Ahnung, wo der ...?«

»Ja ...« Carola Laubach machte eine kleine Pause, um die Wirkung ihrer Worte zu erhöhen. »Ich vermute, dass er bei Wiederschein unterm Kirschbaum liegt.«

»Wie ...?« Siebenhaar konnte das nicht einordnen.

Carola Laubach musste erst abwarten, bis eine radelnde Wandergruppe vorüber war. »Ich habe Wiederschein in der Mordnacht gesehen, wie er in seinem Garten etwas vergraben hat.«

»Mordnacht?«, fragte Siebenhaar. »Welche Mordnacht? Es steht doch noch gar nicht fest, dass Schulz einer Bluttat zum Opfer gefallen ist.«

»Nein, aber ... Alles sucht nach seiner Leiche; ich weiß, wo sie liegt.«

Siebenhaar hatte Mühe, sich nicht an den Kopf zu fassen. »Aber, liebe gute Frau Laubach, Schulz ist am Morgen nach Ihrer angeblichen Mordnacht gesehen worden, wie er in seinen Porsche gestiegen und abgefahren ist. Wie soll ihn Wiederschein da vergraben haben?«

»Weggefahren ist ja nicht Schulz selbst, sondern ein Doppelgänger.«

»Im Film gibt's das, aber nicht im wirklichen Leben«, erwiderte Siebenhaar.

»Im wirklichen Leben ist Hape Kerkeling für die holländische Königin gehalten worden«, hielt ihm Carola Laubach entgegen.

»Bitte, Frau Laubach, lassen wir's lieber«, sagte Siebenhaar. »Ich hab's nicht so gerne, ausgelacht zu werden. Andererseits …« Wiederschein gehörte ja zu den Menschen, die
er hasste.

*

Es hatte sich in Frohnau in Windeseile herumgesprochen:
»Wiederschein hat den Schulz umgebracht und bei sich im
Garten vergraben!« Auch in einer bevorzugten Wohngegend
mit Menschen der gehobenen Stände war die Gier nach Neuem
groß, und so strömten alle, die nichts Dringendes zu tun hatten, Schulkinder und Hundebesitzer an der Spitze, zum ›à la
world-carte‹, um zuzusehen, wie die Leiche ausgebuddelt und
im Zinksarg weggeschafft wurde. Sicher, man kannte das aus
dem Kino und aus dem Fernsehen. Aber live war eben live
und durch nichts zu ersetzen.

Die Polizei war zwar mit einem Mannschaftswagen
angerückt, aber Siebenhaar tat alles, um strikte Absperr-
maßnahmen zu verhindern, denn zum einen wollte er seinen
Frohnauern die Show nicht verderben und zum anderen gönnte
er es diesem Arschloch Wiederschein von ganzem Herzen, so
an den Pranger gestellt zu werden. Wenn auch die Straße vor
dem Restaurant abgesperrt war, so bot doch das Baugrundstück nebenan allen Gaffern genügend Platz, und wer dort
keinen Platz mehr fand, der durfte gern bei Carola Laubach
an den Zaun treten.

Schneeganß stand neben Siebenhaar und wartete, bis die
Männer vom L K A unterm Kirschbaum angekommen waren.
Nachdem ihn der Dorfgendarm angerufen hatte, war er sofort
zu seinem Vorgesetzten geeilt, um sich das Placet einzuholen,
das Nötige zu veranlassen. Man hatte keine Sekunde gezögert,
zu eindeutig schienen die Fakten.

Vorn am Eingang des Restaurants hing das Schild ›Vorübergehend geschlossen‹, und Wiederschein, seine Frau und das Personal des ›à la world-carte‹ lehnten schweigend am Anbau. Schneeganß musste unwillkürlich an die Wendung denken: Sie wurden kurzerhand an die Wand gestellt. Aber noch war es nicht so weit …

Als Staatsanwalt und Untersuchungsrichter eingetroffen waren, fuhren die Spaten der beiden Männer vom LKA in den Boden, der hart und trocken war. Im inneren Zirkel ging es still und würdig zu, was aber die Zuschauer anging, da plapperte alles und erging sich in witzigen Bemerkungen, und wäre nicht Wiederschein gewesen, der, die Blicke seiner alten Freunde vermeidend, ernst und schweigend vor sich hinsah, so hätte man glauben können, diese Ausgrabung sei Teil des alljährlichen Frohnauer Weinfestes. Angela Wiederschein hatte die Augen geschlossen und murmelte etwas, das Schneeganß wie ein Gebet erschien.

Die Männer mit dem Spaten kamen indes nicht weiter, weil ihnen dicke Wurzeln im Wege waren. »Holt mal jemand ein Beil!«

»Moment!«, rief Schneeganß. »Wenn da einer erst eine Woche liegen soll, dann können die Wurzeln nicht schon wieder nachgewachsen sein.« Damit wandte er sich an Siebenhaar. »Die Frau Laubach soll kommen und uns ganz genau die Stelle zeigen, wo nachts gegraben worden ist.«

Carola Laubach meldete sich von drüben. »Das Grundstück von Herrn Wiederschein betrete ich nicht, das habe ich mir geschworen.«

»Gott, können Leute albern sein«, murmelte Schneeganß. »Dann gehe ich hier mal auf und ab, und Sie rufen ›Halt!‹, wenn ich an der richtigen Stelle angekommen bin.«

»Ja.«

Nun hatte aber Schneeganß Bedenken, hier in aller Öffentlichkeit Ostereiersuchen zu spielen, so mit Zurufen ›Wasser, Wasser‹, wenn man weit entfernt vom Fundort war und sich sogar noch von ihm entfernte, bei ›Kohle‹ kam man ihm näher, und ›Feuer!‹ wurde gerufen, wenn das versteckte Osterei zum Greifen nahe war. »Machen Sie mal«, sagte er deshalb zu Hinz.

Und so ließ sich dann Gisbert Hinz so lange dirigieren, bis Carola Laubach »Halt!« gerufen hatte.

Die beiden LKA-Männer waren so herrlich lakonisch, dass es in Hollywood problemlos zum Oscar für die beste Nebenrolle gereicht hätte. So setzten sie in anderthalb Metern Entfernung von der ersten Stelle zur zweiten Grabung an. Hier war die Erde wesentlich lockerer, was die Vermutung bestätigte, dass an dieser Stelle erst vor kurzer Zeit jemand gebuddelt hatte.

Die herausgeworfenen Schollen wurden immer größer und immer gelblicher, und schnell war eine Grube ausgehoben, die knapp zwei mal zwei Meter messen mochte.

»Vielleicht finden sie hier noch Erdöl«, hörte Schneeganß jemand sagen.

»Eher Kohle«, entgegnete Pfarrer Eckel. »Während der Blockade wollten die West-Berliner oben zur Invaliden-Siedlung hin einen Braunkohletagebau eröffnen, da soll ja wirklich etwas liegen.«

Aber keine Braunkohle wurde zutage gefördert, sondern dicker Lehm. Kein Wunder, denn die Ortschaft hinter Frohnau hieß Glienicke, und Glin war das slawische Wort für Lehm.

Mit einem Male kam der Ruf von einem der LKA-Leute: »Hier liegt wirklich was!«

Schneeganß und die anderen Offiziellen drängten nach vorn. Und siehe da, nicht lange, so war ein Toter aufgedeckt, der zu großen Teilen noch in Kleiderresten steckte. Der Lehm musste alles konserviert haben.

Die Bewegung wuchs, und alle Augen richteten sich auf Wiederschein und seine Frau, die wie versteinert vor sich hinstarrten und nur dann und wann einen scheuen Seitenblick in Richtung Grube taten.

»Nun haben sie ihn!«, murmelten die Leute, wobei Schneeganß nicht klar war, ob sie Schulz als Opfer oder Wiederschein als Mörder meinten.

Eine Pause trat ein, dann fasste Schneeganß Wiederschein und seine Frau am Arm und führte sie dicht an die Grube.

»Und, was sagen Sie nun?«

Wiederschein verzog keine Miene, seine Frau faltete die Hände wie zum Gebet und sagte dann fest und feierlich: »Ich sage, dass dieser Tote unsere Unschuld bezeugen wird.«

Und während sie so sprach, kam der Chef der L K A -Leute zu Schneeganß und sagte, ohne irgendeine Frage abzuwarten, mit kühler Geschäftsmäßigkeit das, was die Sensation des Tages werden sollte.

»Ja, der Tote hier liegt schon lange an dieser Stelle. Ich denke, seit den letzten Kriegstagen, seit April, Mai 1945. Wahrscheinlich ein desertierter deutscher Soldat.«

Kaum dass diese Worte gesprochen waren, so war ihr Inhalt auch schon bewiesen, und jeder schämte sich, so wenig kaltes Blut bewahrt zu haben und die armen Wiederscheins im Vorhinein verurteilt zu haben. Alle nahmen sich vor, es wiedergutzumachen.

6.

... und nur selten war es, daß irgendwer ernsthaft auf den Fall zu sprechen kam und bei der Gelegenheit seine Verwunderung ausdrückte, daß die Leiche noch immer nicht angetrieben sei. Dann aber hieß es, »der Tote lieg im Schlick, und der Schlick gäbe nichts heraus, oder doch erst nach fünfzig Jahren, wenn das angeschwemmte Vorland Acker geworden sei. Dann würd er mal beim Pflügen gefunden werden, geradso, wie der Franzose gefunden wär.«

(Theodor Fontane, ›Unterm Birnbaum‹)

Angela Wiederschein litt schwer unter ihrer Schuld. Jetzt, wo der Verdacht dank der List ihres Mannes von ihnen genommen worden war, wurde alles nur noch schlimmer. Oft war sie versucht, zu diesem Schneeganß zu gehen und ein Geständnis abzulegen, denn für fünf Jahre im Gefängnis zu sitzen und wirklich zu büßen, erschien ihr als Erlösung. Aber es war unmöglich, diesen Weg allein zu gehen, und ihr Mann hätte womöglich vor Gericht ein Lebenslang zu hören bekommen, denn er war es ja, der Schulz mit dem Kissen erstickt hatte, sie war nur Mitwisserin und hatte beim Vertuschen der Tat Hilfe geleistet. Aber was hieß da ›nur‹? Hätte sie ihrem Mann energisch widersprochen, wäre Schulz noch am Leben, denn gegen ihren Willen hätte Rainer nicht handeln können. Wie sie es auch drehte und wendete: Sie war eine Mörderin. Die Erinnerungen jagten sie.

Doch wehe, wehe, wer verstohlen / Des Mordes schwere Tat vollbracht! / Wir heften uns an seine Sohlen, / Das furchtbare Geschlecht der Nacht.

Angela Wiederschein hatte Schillers ›Die Kraniche des Ibykus‹ in der Schule auswendig gelernt und konnte noch immer fast alle Strophen fehlerfrei aufsagen.

Sie hätte das alles eher bedenken sollen. So blieben ihr nur die Mediziner mit ihren Tabletten und Pfarrer Eckel mit seinen Versuchen, sie wiederaufzurichten, aber natürlich auch ihr Mann.

Sie konnte sich jetzt gute Ärzte leisten, denn nach Schulz' Tod waren sie ja schuldenfrei und hatten Geld wie nie zuvor auf ihrem Konto. Die Ereignisse der letzten Zeit hatten dem ›à la world-carte‹ zu viel Publicity verholfen, die Leute strömten nach Frohnau.

»Was kann ich für Sie tun, Frau Wiederschein?«

»Ich kann abends nicht einschlafen, Herr Doktor, und wenn ich dann weit nach Mitternacht eingeschlafen bin, habe ich so schreckliche Träume, dass ich gleich wieder wach bin. Alles zieht mich runter. Essen mag ich auch nicht mehr, denn andauernd habe ich Magenschmerzen und Durchfall.«

»Das hört sich ja gar nicht so gut an«, sagte der Arzt und maß erst einmal den Blutdruck. »185 zu 101 ... Das ist entschieden zu hoch, der Idealwert liegt bei 120 zu 80. Sind denn Ihre Lebensumstände so, dass Sie viel Stress und Ärger haben?«

»Nein, eigentlich nicht, aber seit dem Tod meines Sohnes damals ...«

»Haben Sie schon einmal an eine Therapie gedacht?«

»Ja, aber ...« Sie kam dem Arzt mit einer Reihe von Vorbehalten gegen alle Psychologen und Psychiater, denn sie konnte ihm ja schwerlich verraten, dass sie dort nicht hingehen würde, weil sie Angst hatte, sich als Mörderin zu entlarven.

Mit neuen Rezepten verließ sie die Praxis, und die Tabletten minderten in der Tat die körperlichen Beschwerden, die psychischen aber blieben nicht nur, sie wurden sogar schlimmer.

Angela Wiederschein fuhr nur noch selten in die Stadt und kapselte sich immer weiter ab, und wenn sie das Haus verließ, dann ging sie entweder zum Arzt oder in die Kirche. Und halbe Tage lang tat sie nichts anderes, als in der Bibel zu lesen.

Herr, mein Fels, meine Burg, mein Erretter, mein Gott, mein Hort, auf den ich traue, mein Schild und mein Horn des Heils und mein Schutz! Siehe mein Elend und errette mich ...

Begierig folgte sie jedem Wort, das von der Kanzel her laut wurde, und nach der Predigt ging sie zu dem guten, ihr immer gleichmäßig geneigt bleibenden Eckel hinüber, um, soweit es ging, ihm Herz und Seele auszuschütten und etwas von Befreiung oder Erlösung zu hören. Aber Seelsorge war nicht seine Stärke, noch weniger seine Passion, und wenn sie sich der Sünde geziehen und in Selbstanklage erschöpft hatte, nahm der Pfarrer nur lächelnd ihre Hand und sagte genau das, was sie nicht hören wollte.

»Liebe Frau Wiederschein, wir sind alle mal Sünder und handeln nicht so, dass es dem Ruhme Gottes entspricht. Sie aber haben eine Neigung, sich zu quälen, die ich zutiefst missbillige. Sich ewig anklagen, ist oft Dünkel und Eitelkeit, und wir dürfen nicht andauernd zerknirscht sein, weil wir unser Vorbild Jesus Christus nicht erreichen können. Kommen Sie, ich zeige Ihnen lieber, wie prächtig meine Goldfische im neuen Teich gedeihen. Sie sollten sich auch einen anlegen.«

Bei den Goldfischen angekommen, brachte sie vor, was ihr seit Tagen durch den Kopf ging.

»Schulz war doch Katholik, Herr Pfarrer, kann man für ihn keine Seelenmesse lesen lassen?«

Eckel stutzte. »Eine Seelenmesse wird meines Wissens entweder am Tag des Begräbnisses oder am Jahrestag des Todes eines Menschen gelesen – aber bei Schulz steht doch gar nicht fest, dass er tot ist, er kann sich ja auch abgesetzt haben, weil er Steuerschulden hat oder ihm irgendeine Mafia nach dem

Leben trachtet. Da wäre ein ›Requiescat in pace‹ – ›möge er in Frieden ruhen‹ – nicht ganz angebracht.«

Sprach Angela Wiederschein mit ihrem Mann, so brauchte sie sich nicht wie bei den Ärzten und dem Pfarrer krampfhaft kontrollieren und darauf achten, dass ihr kein falsches Wort entschlüpfte oder gar das Geständnis, eine Mörderin zu sein.

Wiederschein ließ keinen Dialog vergehen, ohne den Mord an Schulz moralisch zu rechtfertigen.

»Wieder ein Schwein weniger auf der Welt!«, rief er dann aus. »Und wir sollten einen Orden dafür bekommen, dass wir ihn eliminiert haben. Hunderte werden aufatmen und anfangen, wieder Freude am Leben zu haben.«

Mit matter Stimme wandte sie ein, dass man so nicht denken dürfe. »Richte nicht, auf dass du nicht gerichtet wirst. Es ist nicht unsere Aufgabe, Unmenschen aus dem Verkehr zu ziehen.«

»Doch!«, beharrte Wiederschein. »Schulz zu töten war soziale Notwehr!«

»Wenn alle das tun würden!«, hielt sie ihm vor.

»Es tun ja nicht alle. Leider.« Er legte seinen Arm um ihre Schultern. »Was kann ich denn tun, um dich ein wenig aufzuheitern?«

»Schulz wieder lebendig werden lassen …«

Sie schloss die Augen und sah ihn vor sich, wie er mit Borsalino und wehendem Staubmantel ins Restaurant gestürmt kam, ein skrupelloser Machtmensch, ein Sadist, ein Ekel – doch wenigstens ein Mann mit einem unverwechselbaren Profil und keiner dieser unscheinbaren und jederzeit austauschbaren Mitläufer.

Wiederschein lächelte. »Drüben auf dem Grundstück haben sie gerade den Beton für die Garage gegossen. Schulz ruht dort drunten so sicher wie ein Pharao in seiner Pyramide.«

Angela Wiederschein schüttelte sich. »Immer wenn ich die Garage sehe, werde ich an ihn denken müssen und …«

Wiederschein hatte eine Idee. »Pass mal auf: Ich nehme einen Kredit auf, den bekommen wir ja jetzt, und lasse dir eine kleine Studiobühne in den Garten setzen, das versperrt dir 1) den Blick auf die Garage und du kannst 2) dein eigenes Off-Theater aufmachen. Vom Centre Bagatelle mal abgesehen, ist ja Frohnau eine Kulturwüste – und die Leute werden sich freuen, ein Theater direkt vor der Gartentür zu haben. Erst gut essen, dann – ohne sich die Füße schmutzig zu machen oder nass zu werden – dem Kunstgenuss im TAW, im Theater Angela Wiederschein, frönen. Oder umgekehrt: erst das Theater, dann das Restaurant. Na, ist das nichts, das berühmte Licht am Ende des Tunnels?«

»Ja, kann ich mir schon vorstellen.«

»Gut, du!« Wiederschein war Feuer und Flamme. »Ich rufe gleich ein paar Architekten an, sie sollen sich sofort Gedanken machen.«

Angela Wiederschein hoffte, dass es bald konkret etwas zu planen gab, denn Arbeit war wohl immer noch die beste Therapie gegen ihre Depressionen und ihre anderen Krankheiten.

*

Sandra Schulz saß mit ihrem Anwalt zusammen, um sich sagen zu lassen, wie sie am besten mit einer Situation umgehen konnte, in der alles in der Schwebe war.

»Ja, Frau Schulz … Bis zu einer Todeserklärung kann Ihre Erbschaft nicht abgewickelt werden. Das wird alles durch das Verschollenheitsgesetz geregelt. Noch können wir gar nichts unternehmen. Ihr Mann gilt als vermisst, im In- und Ausland wird nach ihm gefahndet, und man rückt, nachdem man in Wiederscheins Garten die falsche Leiche gefunden hat,

immer mehr von der Arbeitshypothese ab, dass er einem Verbrechen zum Opfer gefallen ist. Eher wird angenommen, dass
er, warum auch immer, im wahrsten Sinne des Wortes abgetaucht ist. Da werden wir so schnell keinen Richter finden,
der uns eine Todeserklärung ausstellt.«

Sie sprachen noch eine Weile darüber, wie sie es am besten anstellte, die Firma zu leiten, dann verließ sie die Kanzlei und machte sich auf den Weg zu Klütz. Sie wollte ihn zu
Hause abholen, um mit ihm nach Frohnau auf sein Baugrundstück zu fahren.

Ihre Gefühle konnte sie noch immer nicht richtig einordnen. In der einen Sekunde war sie froh, von ihrem Mann befreit
zu sein, dann aber tat er ihr leid. Er war ein Tyrann und ein
Schurke, sicher, aber er konnte auch charmant und leiden-
schaftlich sein, und sie hatte ihm eine Menge zu verdanken.

In der Stubenrauchstraße war schwer ein Parkplatz zu
bekommen. Weitab von Klütz' Mietshaus fand sie endlich
einen in der Kreisauer Straße. Um pünktlich bei ihm zu sein,
nahm sie die Abkürzung über den Friedhof. Dort war einiges
los. Eine Gruppe von gut und gerne 100 Trauergästen stand
um ein offenes Grab herum und lauschte den Worten einer
Pfarrerin, und eine wesentlich kleinere Schar ließ sich von
einem professionellen Cicerone zu den Gräbern von Marlene
Dietrich und Helmut Newton führen.

Sie fragte sich, ob und wann sie ihren Mann zu Grabe tragen
würden. Vielleicht nie … Sie merkte, dass sie von ihm so schnell
nicht loskam. Um diesen Ablösungsprozess zu beschleunigen,
ließ sie sich, kaum war sie eingetreten, von Klütz ins Schlafzimmer ziehen und kräftig vögeln. Dabei schrie sie mehr, als es
der Orgasmus eigentlich erforderte, denn etwas Besseres gab es
nicht, von all den belastenden Gedanken loszukommen.

Als sie wieder bei Sinnen war, sah sie, dass Klütz humpelte.

»Gott, bist du von dem einen Mal so erschöpft, dass du am Stock gehen musst?«

»Hör auf, das sind doch meine Verletzungen vom Fußball!«

Sie kuschelten noch eine Weile, bevor sie sich auf den Weg nach Frohnau machten. An der Detmolder Straße kamen sie auf die Stadtautobahn, die an diesem Sonnabend nicht ganz so voll war wie sonst. Sandra Schulz konzentrierte sich auf den Verkehr, Klütz war müde. Sie schwiegen und ließen die vorbeihuschenden Bilder auf sich wirken. Das Kraftwerk Wilmersdorf, dessen drei Schornsteine wie vergessene NATO-Raketen in den Himmel ragten, das silberne Raumschiff des ICC, der Funkturm, einst ein Riese, aber angesichts der Fernsehtürme in aller Welt zum Zwerg geschrumpft, das Siemens-Imperium im Spreetal unten, der Flughafen Tegel.

Sandra Schulz kam es vor, als sähe sie das alles zum ersten Mal. Sie befand sich im Ausnahmezustand, seit ihr Mann verschwunden war. Alle Kontraste waren schärfer, alles war irgendwie unwirklich.

»Wenn er nun doch ermordet worden ist?«, fragte sie plötzlich.

»Wer?«

»Na, mein Mann!«

»Das höre ich nicht so gerne«, sagte Klütz.

»Was hörst du nicht so gerne?«

»Dass du ›mein Mann‹ sagst.«

»Was soll ich denn sonst sagen?«, fragte sie.

»Na: mein Ex.«

Sie schüttelte den Kopf. »Das finde ich albern.«

»Dann meinetwegen: Schulz.«

Sie wollte sich nicht streiten. »Gut, wenn nun Schulz doch ermordet worden ist, obwohl sie bei Wiederschein auf dem Grundstück einen ganz anderen gefunden haben …?«

Klütz sah sie von der Seite an. »Traust du das seinem Neffen denn zu?«

Sandra Schulz überlegte. »Dazu kenne ich ihn zu wenig, aber er und mein ... er und Schulz haben sich nicht gerade prächtig verstanden.«

»Mit wem hat sich Schulz schon prächtig verstanden?«, erwiderte Klütz.

»Eben. Darum kommen ja auch mindestens zwei Dutzend Leute als Mörder infrage, und ich kann einfach nicht verstehen, warum dieser Schneeganß die nicht alle unter die Lupe nimmt, alle, die auf Rache aus sein könnten.«

Sandra Schulz gab nicht viel auf Gefühle, Vorahnungen und den ganzen kabbalistischen Hokuspokus, aber sie wusste ganz einfach, dass ihr Mann nicht mehr lebte. Ein Lebender hätte irgendwelche geheimnisvollen Wellen ausgesendet, die sie erreicht haben würden. Aber da kam nichts. Schulz war vor dem ›à la world-carte‹ in seinen Porsche gestiegen, das war Fakt, und man hatte wenig später seinen Wagen im Oder-Havel-Kanal gefunden, ohne ihn. Also musste auf dem Weg von Frohnau nach Oranienburg jemand in seinen Wagen gestiegen sein. Wahrscheinlich ein Mann, vielleicht auch eine Frau. Der oder die musste ihn ermordet, irgendwo in Straßennähe versteckt und dann den Wagen im Kanal versenkt haben. Schneeganß hatte ihr zwar versichert, die Brandenburger hätten die Gegend, durch die Schulz gefahren sein musste, sorgfältig abgesucht, aber nichts gefunden, doch das glaubte sie nicht, denn überall hatten sie zu wenig Personal. Sie war furchtbar zornig auf die Berliner Kripo, und als sie vor Klütz' Baugrundstück angekommen waren, griff sie erst einmal zum Handy, um einen befreundeten Journalisten anzurufen.

»Du, Peter, bitte mach mal was! Entweder sind die bei der Kripo unfähig oder sie wollen nicht, aber für mich steht fest, dass Siegfried zwischen Frohnau und Oranienburg ermordet worden ist und seine Leiche da irgendwo verbuddelt ist, wahrscheinlich im Wald zwischen Borgsdorf und Lehnitz. Dieser Schneeganß soll endlich mal in die Gänge kommen, seine These, dass Siegfried entführt worden ist, die ist doch Quatsch! Da hätte sich längst schon einer bei mir gemeldet.«

Nach diesem Gespräch ging es ihr besser, und sie folgte Klütz in wesentlich besserer Stimmung. Action is satisfaction.

Zwei Minuten später stand sie auf dem inzwischen hart gewordenen Boden der späteren Garage. Keinen Meter unter ihr lag ihr Mann im märkischen Sand, ohne dass sie es ahnte.

»Das ist ja alles wunderbar«, sagte Klütz.

»Was ist wunderbar?«

»Na, der Baufortschritt hier. Wenn das so weitergeht, können wir hier im neuen Heim Weihnachten feiern.« Klütz strahlte.

Sie lachte. »Na, so schnell möchte ich nun doch nicht in's Heim.«

Klütz merkte nicht, dass sie das Altenheim gemeint hatte. »Du kannst doch nicht ewig allein bei dir in Wannsee in der Riesenvilla hocken.«

»Ich werde mir einen Harem zulegen, einen Männerharem. Es gibt so viele arbeitslose Traummänner, die für so ein Leben dankbar wären. Wenn ich erst das Vermögen meines Schulz geerbt habe ...« Sie freute sich diebisch über diese Wendung.

Diesmal hatte Klütz ein Ohr für solche Nuancen. »Vielleicht hat dein Schulz dich bereits enterbt – und zwar wegen mir.«

»... und alles seinem Neffen hier vermacht.« Sie blickte auf Wiederscheins Grundstück hinüber, wo einige Gäste auf der Terrasse der ›à la world-carte‹ saßen und tafelten, sonst aber niemand zu sehen war.

Klütz zeigte auf den ehemaligen Pferdestall. »Der Makler hat mir erzählt, dass sie da ihre Gäste unterbringen, wenn die es nicht mehr nach Hause schaffen. Dort wird dein Schulz seine letzte Nacht verbracht haben …«

Sie sah ihn staunend an. »Woher weißt du denn das? Meinst du nicht, dass er bei seinen Verwandten im Haus geschlafen hat? Die werden bestimmt ein Gästezimmer haben.«

»Keine Ahnung. Das musst du doch wissen.«

»Ich war nur einmal hier draußen, zur Einweihung des Restaurants, und da sind wir abends wieder nach Hause. Rainer hat uns nicht angeboten, bei ihm zu übernachten.«

»Schöne Verwandtschaft«, murmelte Klütz.

»Ach, weißt du …« Sandra Schulz steckte sich eine Zigarette an. »Ich war mal in einer WG, da hatten wir auch einen Ethnologen, und der hat immer von den Dobu erzählt, das ist ein Eingeborenenvolk auf Neuguinea, deren Kultur nur durch Hass und Bosheit zusammengehalten wird – und das funktioniert seit Jahrtausenden.«

»Deinem Schulz müssen ja die Ohren klingen«, sagte Klütz.

»Ja, er als die große Integrationsfigur. Schade, dass er nicht mehr unter uns ist.«

*

»Herr, unser Gott, ausgelöscht wurde hier ein Leben von fremder Hand, aber nicht von der Hand eines Feindes, sondern von der eines Kameraden, eines falschen Kameraden.«

Rainer Wiederschein hatte es sich nicht nehmen lassen, zur Trauerfeier für den Soldaten zu gehen, dessen sterbliche Überreste er unter seinem Kirschbaum entdeckt hatte und die von den LKA-Leuten später ausgegraben worden waren. Alles sprach dafür, dass der Mann, dessen Namen man anhand seiner Erkennungsmarke herausgefunden hatte, als Deserteur von einem Feldjäger oder einem SS-Mann erschossen und schnell vergraben worden war.

Pfarrer Eckel hatte Mühe mit dieser Predigt. »Herr, wir sind fassungslos, wir können nicht begreifen, was Menschen dazu treibt, einen anderen Menschen zu töten. Ende April 1945, Hitler hat seinen Krieg verloren, Millionen Menschen sind gestorben, sind im KZ ermordet worden, sind auf dem Schlachtfeld zerfetzt worden, in den Luftschutzkellern erstickt, auf der Flucht erfroren oder ertrunken, Berlin liegt in Trümmern ... Da will dieser junge Mensch, den wir unterm Kirschbaum gefunden haben, das Einzige retten, was ihm noch geblieben ist: sein Leben. Und er flüchtet sich nach Frohnau, um hier unterzutauchen und zu warten, bis der Wahnsinn endlich vorüber ist – da spüren die Schergen des Führers ihn auf und erschießen ihn. Nach über 50 Jahren wird er gefunden ... Und nur zu rasch geht uns in einer Stunde wie dieser der Satz über die Lippen: ›Wie kann Gott das zulassen?‹ Doch dabei vergessen wir nur zu schnell, dass nicht du, Herr, das Böse vollbringst, sondern wir selbst – wir Menschen sind es, die einander dieses Schreckliche antun.«

Wiederschein hatte das Gefühl, dass nicht der Pionier Gerhard Röder im Sarg vor ihm lag, sondern der Kaufmann Siegfried Schulz, und irgendwann alle Blicke in seine Richtung gehen würden und die ganze Kirche anfangen würde zu schreien: ›Dort sitzt sein Mörder!‹

»Herr, lass du uns gerade in Augenblicken wie diesen unsere eigene Schuld vor dir erkennen, damit wir nicht maßlos werden in unserem Zorn, damit nicht der Gedanke an Rache jeden anderen Gedanken in uns erstickt.«

Wiederschein zitterte am ganzen Körper und geriet geradezu in Panik, weil er fürchtete, die Gewalt über sich zu verlieren und seine Schuld ins Kirchenschiff hinauszuschreien.

Als aber die Glocken läuteten, war dieser Anfall bereits vorüber, und er lief in der Mitte des Trauerzuges mit zum Grab, um seine drei Hände Erde auf den hellen Kiefernsarg zu werfen.

Was er dabei murmelte, hörte niemand, denn die Worte waren an seinen Onkel gerichtet: »Es tut mir leid, und ich würde es gern ungeschehen machen ...«

Die Reue war wie ein Fieber über ihn gekommen, und er hatte es nicht verhindern können, aber schon auf dem Weg nach Hause war er wieder frei davon und fand es gut und richtig, die Welt von einem Unmenschen wie Siegfried Schulz befreit zu haben.

Als er im ›à la world-carte‹ angekommen war, zuckte er zusammen, denn die modisch chic gekleidete Dame, die dort auf der Bodenplatte der Garage stand, hatte eine unglaubliche Ähnlichkeit mit seiner angeheirateten Verwandten, mit Schulz' Frau. Er hatte Sandra Schulz in seinem Leben keine dreimal gesehen und seit der Hochzeit, zu der die ganze Familie eingeladen worden war, eigentlich gar nicht mehr, sodass seine Verunsicherung verständlich war. Doch, sie war einmal zum Essen im Restaurant gewesen, aber da hatte er nur ein paar Worte mit ihr gewechselt.

Für die Ferne brauchte er eine Brille, und so machte er ein paar Schritte in Richtung Zaun. Da sah er dann, dass sie es tatsächlich war. Mein Gott, und sie stand genau auf der Grabplatte ihres Mannes, ohne auch nur das Geringste zu ahnen, zu spüren, zu fühlen. Wäre er nicht so erschrocken gewesen, hätte Wiederschein gegrinst: Eine schönere Tragikomödie ließ sich nicht denken.

Warum aber stand sie auf der Baustelle nebenan? Dass der Professor Schönblick sein Grundstück mitsamt dem begonnenen Neubau verkauft hatte, war ihm natürlich zu Ohren gekommen, aber er wusste nicht, an wen. Doch unmöglich an Sandra, das hätte ihm Schulz sicher erzählt, als er hier gewesen war, und es wäre des Zufalls auch zu viel gewesen. Und wer war der Mann an ihrer Seite? Ihr Anwalt, ihr Lover, ein Privatdetektiv?

Wiederschein war sich unsicher über die optimale Vorgehensweise. Sollte er im ›à la world-carte‹ verschwinden, ohne sie zu begrüßen, oder sollte er offensiv auf sie zugehen und über das Verschwinden ihres Mannes mit ihr reden? Er entschloss sich zur zweiten Variante und tat so, als würde er gedankenverloren durch seinen Garten schreiten, um aus der Remise hinten eine Liege zu holen. Ganz wie er es erwartet hatte, rief sie seinen Namen, als er an ihr und ihrem Begleiter vorüberkam. Gut gespielt fuhr er zusammen.

»Sie hier, Frau Schulz? Oder: Sandra … Hatten wir uns eigentlich … als Cousin und Cousine oder Onkel und Tante oder Tante und Neffe oder was weiß ich …?«

»Nein, aber duzen wir uns.«

Sie kam an den Zaun, der von ihm nur notdürftig geflickt worden war, nachdem er Schulz hindurchgezogen hatte.

»Mein herzliches …« Wiederscheins Herzschlag setzte aus. Fast hätte er gesagt ›mein herzliches Beileid‹ und sich verraten, denn diese Wendung gebrauchte ja nur einer, der wusste, dass der Lebens- oder Ehepartner des anderen gestorben war.

Sandra Schulz lächelte. »Danke für dein Mitgefühl, ja, es ist schon schrecklich alles, aber …«

Nun lächelte auch Wiederschein, denn dieses Aber sagte alles, fasste zusammen, dass der Tod ihres Mannes für sie ein Geschenk des Himmels war. Und irgendwie kam er sich wie ein Killer vor, den sie dafür bezahlt hatte, Schulz aus dem Weg zu schaffen. Irgendwie juckte es ihn zu sagen: ›*Den Dank, Dame, begehr' ich nicht!,* aber wenn Sie 10.000 Dollar auf mein Konto überweisen würden, hätte ich nichts dagegen, denn so viel muss es Ihnen doch wert gewesen sein, von diesem Scheusal erlöst zu werden.‹

Das sagte er nicht, er fragte sie, nachdem sie eine halbe Minute lang pietätvoll geschwiegen hatten, ob sie nach Frohnau gekommen sei, um mit ihm und Angela über die letzten Stunden ihres Mannes zu reden.

»Nein, das auch, aber … Darf ich dir Karsten Klütz vorstellen.« Sie wartete, bis Klütz an den Zaun gekommen war und Wiederschein die Hand gereicht hatte. »Karsten und ich …«

»Ich habe das Grundstück hier gekauft«, sagte Klütz. »Wir werden also in Zukunft Nachbarn sein.«

»Freut mich«, log Wiederschein, denn dieser Klütz war ihm vom ersten Augenblick an herzlich unsympathisch. Typen wie er hatten ihn auf dem Schulhof immer verprügelt. Später waren sie dann Polizisten und Zöllner geworden und hatten ihn in den Knast gebracht.

»Karsten war mal ein bekannter Fußballer«, erklärte ihm Sandra Schulz.

»Ah, ja.« Wenn Wiederschein etwas hasste, dann waren es diese hirnlosen Jungmillionäre. Es war offenbar Sandras Schicksal, immer nur auf Kotzbrocken abzufahren. Aber es gab ja auch Frauen, die Mörder liebten. Wie seine zum Beispiel.

»Du hast ein wunderschönes Restaurant«, sagte Sandra Schulz.

»Ja, kommt doch bitte rüber«, sagte Wiederschein. »Ihr seid herzlich eingeladen. Unsere Dorade heute ist fantastisch.«

Sandra Schulz schüttelte sich. »Nein, kein Fisch.«

»Wieso, bist du Vegetarierin?«

»Nein, aber mein … aber Schulz könnte noch im Oder-Havel-Kanal liegen …«

»Oh, Pardon!«

Wiederschein führte die beiden ins Restaurant und bat Matti Kemijärvi wie auch Bharati, sie mit ganz besonderer Aufmerksamkeit zu behandeln. Er selbst bat um die Erlaubnis, sich für ein paar Minuten entfernen zu dürfen.

»Ich will nur Angela holen, damit wir zu viert beim Essen ein wenig plaudern können.«

Als Wiederschein durch den Flur ging, kreuzte Freddie seinen Weg. Er wollte schnell vorüber, doch sein Faktotum hielt ihn am Ärmel fest.

»… kleinen Moment mal bitte!«

»Was ist denn?« Wiederschein wollte schnell zu Angela, um ihr *die* Neuigkeit des Tages mitzuteilen, und reagierte etwas ungehalten.

Freddie hielt ihm eine BahnCard First 25 hin, ausgestellt auf den Namen Siegfried Schulz und mit dessen Foto versehen.

Wiederschein war kreideweiß geworden und stotterte. »Ja, klar, das ist seine, aber was soll ich damit, ich fahre nie mit der Bahn …«

»Die hat hinten am Zaun gelegen«, sagte Freddie.

Dabei streifte ihn der alte Gauner mit einem Blick, den man wissend nennen konnte. Sollte er alles durchschaut haben, aber den Mund halten, weil er andernfalls alles verloren hätte: sein sicheres Einkommen, sein Zuhause, seine Familie?

Wiederschein fing sich wieder und versuchte, gelassen zu wirken. »Die wird er verloren haben, als er nachts pinkeln gegangen ist. Ich weiß, dass er Toiletten hasst und sich lieber im Freien an einen Baum stellt.« Mit viel Mühe hatte er bei seinem letzten Satz die Vergangenheitsform vermieden.

»Ich wollte es Ihnen ja nur gesagt haben.«

Damit entfernte sich Freddie in Richtung Weinkeller. Wiederschein sah ihm nachdenklich hinterher. Hatte Freddie Beweise, würde er anfangen, ihn zu erpressen? Und er ermahnte sich: Aufpassen, Wiederschein, aufpassen! Und nicht mehr blass werden. Kaltblütig sein, sonst gibt es noch ein Unglück!

*

Carola Laubach ging, obwohl sie eigentlich Atheistin war und keinen Pfennig Kirchensteuer zahlte, fast jeden Sonntagvormittag zur Kirche. Wie anders hätte sie sonst kompetent über die Predigten der Pfarrerinnen und Pfarrer herziehen können. Eine Bibel hatte sie zu Hause, und so würzte sie ihr Urteil über die Geistlichen stets mit einem Vers aus der Bibel, so zum Beispiel Hiob Kapitel 15, Verse 2 und 3: *Soll ein weiser Mann so aufgeblasene Worte reden und seinen Bauch so blähen mit leeren Reden? Du verantwortest dich mit Worten, die nicht taugen, und dein Reden ist nichts nütze.* Auch Matthäus Kapitel 22, Vers 14, ließ sich als Munition benutzen: *Denn viele sind berufen, aber wenige sind auserwählt.* Und ließ sich weder im Alten noch im Neuen Testament etwas Ätzendes finden, dann tat es auch Theodor Fontane: *... Das ist immer das Schlimme, dass die Menschen gerade die Passion haben, die sie nicht haben sollen.*

Pfarrer Eckel bekam von ihr nie eine bessere Note als eine Vier minus, und das, was er sagte, hinterließ bei ihr keinerlei Wirkung, er predigte also bei ihr in der Tat nur tauben Ohren. An diesem Sonntag aber sollte das Wunder geschehen, dass er Worte fand, die ihr zu Herzen gingen.

Eckel kam noch einmal auf das zurück, was im Garten des ›à la world-carte‹ geschehen und Rainer Wiederschein widerfahren war. Dazu wählte er als Einstieg eine Textstelle aus einem der weithin unbekannten prophetischen Bücher.

»Bei Sacharja steht im 7. Kapitel, in den Versen 9 und 10 geschrieben: *Richtet recht, und ein jeglicher beweise an seinem Bruder Güte und Barmherzigkeit; und tut nicht Unrecht den Witwen, Waisen, Fremdlingen und Armen; und denke keiner wider seinen Bruder etwas Arges in seinem Herzen.* Nun, liebe Gemeinde, ein jeder von uns frage sich, wer denn im Fall des Toten im Garten unseres Gasthauses nicht auch einen Stein auf einen unserer Brüder geworfen hat? Es steht fest, dass unser Bruder Rainer Wiederschein keinen anderen Menschen umgebracht und unter seinem Kirschbaum vergraben hat, auch hier hat der Schein getrogen, und wir alle müssen ihm Abbitte leisten, einige mehr, andere weniger.«

Dabei hatten sich alle Augen auf Carola Laubach gerichtet, und sie, die sonst nie einer in Verlegenheit bringen konnte, wäre am liebsten vor Scham im Boden versunken, so sehr setzte das Kreuzfeuer so vieler Augen ihr zu. Sie verstand sich selbst nicht mehr und nickte nur leise mit dem Kopf, als würde sie von jetzt ab jedes Wort billigen und schätzen, das Eckel noch sprach, und war beim Vaterunser zutiefst gerührt, als es hieß: *Und vergib uns unsere Schuld, wie auch wir vergeben unseren Schuldigern.*

Von Wiederschein ließ sie also ab, zumal sie eine Verleumdungsklage seinerseits befürchten musste. Und es war echte Reue, die sie da an den Tag legte, aber damit war das Böse in ihr nicht abgetötet, es suchte sich nur eine andere Zielperson, und die hieß Karsten Klütz.

Seit sie den Exbundesligaprofi zum ersten Mal auf seinem Grundstück gesehen hatte, hasste sie ihn, und ihrem Freund Axel Siebenhaar gegenüber spuckte sie Gift und Galle.

»Gibt es denn kein Gesetz, das es dem Plebs verbietet, nun auch noch unser schönes Frohnau zu besetzen? Ein Fußballer! Fußball ist barbarisch, ist Unkultur hoch drei. Und wie der Mann schon aussieht: Die Neandertaler sind zurück. Im Grundgesetz steht, dass die Würde des Menschen unantastbar ist, aber meine Würde ist in hohem Maße angetastet, wenn dieser Klütz, dessen Intelligenzquotient mit 70 noch zu hoch angesetzt ist, mein Nachbar wird. Außerdem, was ist denn das für eine Moral: Dieser Schulz wird noch vermisst, da nimmt er sich dessen Frau zur Geliebten. Das ist doch widerlich!«

Der Polizist zuckte mit den Schultern. »Da kann man nichts machen: Geld regiert die Welt, und er hat es gehabt, um dem

Professor Schönblick Grundstück und Rohbau abzukaufen. Und zwischen ihm und Ihnen liegt ja noch das Restaurant, als Puffer sozusagen.«

Für Carola Laubach war das nur ein schwacher Trost, und es arbeitete in ihr, Tag und Nacht. Wie konnte sie verhindern, dass Klütz, war sein Haus erst fertig, wirklich den Frohnauer Lebensraum mit ihr teilte, wie konnte sie ihn eliminieren?

Sie brütete lange über dieser Frage, dann hatte sie eine Möglichkeit gefunden, Klütz unter Druck zu setzen. Sie rief bei der Kripo an und ließ sich mit Gunnar Schneeganß verbinden.

»Hier spricht Carola Laubach, die Nachbarin von Herrn Wiederschein ... Frohnau, das ›à la world-carte‹, Sie wissen ja. Entschuldigen Sie die Störung, Herr Kommissar, aber es wird ja um zweckdienliche Hinweise im Falle Schulz gebeten, und da habe ich Ihnen von einer weiteren Beobachtung Kenntnis zu geben, die ich für wesentlich halte ...«

»Ja, und das wäre ...?«, fragte Schneeganß.

Carola Laubach zögerte nicht lange, um zum Eigentlichen zu kommen. »Wissen Sie eigentlich, dass Frau Schulz einen Liebhaber hat?«

»Über unsere bisherigen Ermittlungsergebnisse darf ich Ihnen keine Mitteilung machen.« Schneeganß blieb förmlich und hielt sich bedeckt.

»Sie hat einen, und der heißt Karsten Klütz. Ein Fußballer, der das Grundstück neben Herrn Wiederschein gekauft hat.«

»Und wo ist da der Zusammenhang mit dem Verschwinden von Herrn Schulz?«, wollte Schneeganß wissen.

»Was, den sehen Sie nicht?« Die Ignoranz des Kommissars war ein weiterer Beweis für sie, wie schnell die deutsche Gesellschaft verblödete. »Klütz hätte doch allen Grund gehabt, Schulz zu ermorden, um dessen Frau, Sandra heißt sie, für sich zu haben.«

Schneeganß blätterte in irgendwelchen Papieren. »Als Herr Schulz frühmorgens in seinen Porsche gestiegen ist, hat Herr Klütz in Schönefeld am Schalter gestanden, um für einen Flug nach München einzuchecken. Er ist ja Spielerberater, und es gab da eine Möglichkeit für ihn, einen seiner Jungstars unterzubringen. Dies bitte ich, vertraulich zu behandeln. Es steht zwar im kicker, aber ... Dann danke ich Ihnen für Ihre Aufmerksamkeit und wünsche Ihnen einen schönen Tag.«

*

Marco Kurzrock hatte noch immer eine geschwollene und violett schimmernde Nase, die gehörig schmerzte, wenn er zum Taschentuch greifen musste. Aber auch das Küssen war alles andere als lustvoll. So hoffte er, dass es Vanessa an diesem Abend dabei beließ, mit ihm ins Kino zu gehen. Sie wohnte in einem langweiligen Häuserblock in der Geisenheimer Straße, in dem ein Haus aussah wie das andere. Er kam vom Rüdesheimer Platz und hatte Glück, Ecke Markobrunner Straße einen Parkplatz zu finden.

Langsam stieg er die Treppen hinauf, denn geriet sein Blut zu sehr in Wallung, wurde es mit der Nase noch schlimmer.

»Aufpassen!«, rief er, als die Verlobte ihre Wohnungstür geöffnet hatte, denn für gewöhnlich kam Vanessa regelrecht auf ihn zugeflogen.

Doch heute dachte sie gar nicht daran, sich in seine Arme zu werfen, sondern gab sich mehr als distanziert und fauchte nur: »Natürlich muss man bei dir aufpassen, was denn sonst?«

Kurzrock verstand die Welt nicht mehr. »Was ist los?«

»Eine Menge ist los, komm erst mal rein!« Vanessa trat zur Seite. Er quetschte sich an ihr vorbei, ging ins kleine Wohnzimmer und setzte sich an den Tisch. »Ich fühle mich richtig als Angeklagter ...«

»Das Gefühl kennst du ja«, sagte sie.

Das saß, denn es ließ sich nicht abstreiten, dass er eine ganze Latte an Vorstrafen aufzuweisen hatte. Allesamt Jugendstrafen zwar, aber immerhin, zumeist Körperverletzung und Sachbeschädigung. So fragte er ziemlich kleinlaut, was denn nun sei. »Ich bin mir keiner Schuld bewusst ...«

»Und die 5.000 Mark?«, fragte Vanessa.

»Welche 5.000 Mark?«, fragte er zurück.

»Na, die plötzlich auf deinem Konto sind.«

Kurzrock gab sich harmlos. »Die sind für unser Schlafzimmer, Nessie!«

»Ich will wissen, wo die her sind?« Sie wurde immer mehr zur Staatsanwältin.

»Woher weißt du überhaupt, dass ich 5.000 Mark auf meinem Konto habe?«

»Na, woher wohl?« Sie war Bankkauffrau, und er hatte sein Konto bei ihrer Bank.

»Und das Bankgeheimnis?«, rief er.

»Lenk nicht ab, wo sind die her? Du, wenn du wieder ein Ding gedreht hast, dann ist es aus mit uns! Für immer! Das mach ich nicht mit!«

Was blieb ihm da anderes übrig, als ein Geständnis abzulegen und ihr die Sache mit Schulz und Klütz zu erzählen.

7.

*In »Unterm Birnbaum« aber phantasierte er die Gestalt
des freundlichen Mörders aus, den man harmlos-gutartig zu
nennen versucht wäre, lernte man ihn nicht schon bald als
Urheber einer raffiniert geplanten Untat kennen. (...) In der
Literatur zu »Unterm Birnbaum« ist sogar die Meinung ver-
treten worden, die Novelle endete künstlerisch überzeugender,
wenn dieser Mörder (...) unentdeckt geblieben wäre.*

(Helmuth Nürnberger, Nachwort zu ›Unterm Birnbaum‹,
dtv 12372, S. 148)

Gunnar Schneeganß saß am Schreibtisch und war sauer auf
sich. Das lag an diesem verdammten Schulz. Einerseits hätte
er dessen Verbleib gern geklärt, denn er hasste ungelöste Fälle
und litt unter dem Zwang, alles, was er begonnen hatte, erfolgreich zu Ende zu bringen, andererseits war es ihm mensch-
lich zutiefst egal, was aus diesem Kotzbrocken geworden war.
Es gab durchaus Opfer, deren Schicksal ihn aufwühlte, aber
Schulz gehörte bestimmt nicht dazu. Die Sache ganz einfach
ad acta zu legen, wagte er nicht, denn einige Boulevardblätter
hatten geradezu ein Preisausschreiben unter dem Motto ›Wo
steckt Schulz?‹ gestartet und hielten die Sache am Köcheln,
und immer wieder riefen Leute an, die ›zweckdienliche Hinweise‹ anzubieten hatten und auf die ausgelobten 25.000 Mark
scharf waren. Besonders aktiv waren die Menschen zwischen
Frohnau und Oranienburg, denn gängige Lesart war, dass
Schulz in den knapp 30 Minuten nach seinem Start am ›à la
world-carte‹ auf seinen Mörder gestoßen sein musste. Man
stellte sich das so vor, dass der am Straßenrand gestanden und

gewinkt hatte. Es musste ein Bekannter oder eine Bekannte gewesen sein, denn einen Fremden hätte Schulz ganz sicher nicht in seinem Porsche mitgenommen. Oder vielleicht doch, wenn es eine attraktive Frau gewesen war? Er soll ja kein Kostverächter gewesen sein und sogar einige Bordelle besitzen. Wer selber gerne Kriminalromane geschrieben hätte oder Tatort-Kommissar geworden wäre, konnte sich hier einmal so richtig austoben. Schneeganß hasste solche Leute, und auch Gisbert Hinz liebte sie nicht, weil sie ihm seine dienstliche Freizeit stahlen. Vor allem hätten sie diejenigen Hinweisgeber am liebsten auf den Mond geschossen, die auch noch so unverschämt waren, sie in ihrer Dienststelle aufzusuchen. Man erkannte sie schon an ihrem aggressiven Klopfen.

»Nein, keiner da!«, rief denn auch Schneeganß und ließ einen Knurrlaut folgen.

»Ich höre Sie doch«, kam es von draußen.

Da es eine weibliche Stimme war, ließ sich Schneeganß erweichen, ein gnädiges »Ja, bitte« folgen zu lassen. Die junge Frau, die daraufhin hereinkam, war durchaus angetan, seinen Flirtreflex auszulösen, und sogar Gisbert Hinz, dem der Gedanke an die körperliche Liebe ansonsten eher Angst und Schrecken einjagte, starrte gebannt auf das, was unter dem hellen Sommerkleid zu erkennen war.

»Bin ich hier richtig?«, fragte die junge Dame, die alles andere als schüchtern schien.

»Bei mir sind Sie immer richtig«, antwortete Schneeganß. »Aber ich bin leider im Dienst …«

»Bleiben Sie das auch mal rund um die Uhr. Mein Name ist Vanessa Sauer, und ich komme wegen der Sache da oben in Frohnau …«

»Wunderbar«, sagte Schneeganß. »Nehmen Sie Platz. Sie sind die Spur Nummer 200, herzlichen Glückwunsch.«

Hinz hatte das Gefühl, den Kollegen bremsen zu müssen.

»Entschuldigung, aber wir sind etwas genervt, weil durch die ausgesetzte Belohnung viele Anrufe kommen, die in den Papierkorb gehören.«

Schneeganß verzog das Gesicht, denn falscher konnte ein Bild nicht sein, besann sich aber auf die Würde, mit der er sein Amt auszuüben hatte. »Schön, Frau Sauer, wenn Sie so nett sind, uns in kurzen Worten darzulegen, was Sie zu uns geführt hat …«

Vanessa tat es nüchtern und ohne jede Phrase, sodass es sogar auf Schneeganß Wirkung zeigte.

»Sie meinen also, dass sich die Herren Schulz und Klütz furchtbar gehasst haben, und dass Klütz nach der Attacke durch Ihren Freund, hinter der er natürlich Schulz vermutet hat, zum Gegenangriff geblasen hat?«

»Ja, für mich ist Sandra Schulz durchaus ein Motiv.«

Schneeganß verfluchte Menschen, bei denen es zur Sucht geworden war, Krimis zu sehen, zu hören und zu lesen. Irgendwie deformierte das, und sie konnten nicht mehr anders, als anzunehmen, dass jeder Konflikt in einer Mordtat endete.

Andererseits … Als Vanessa gerade gegangen war, sah er nachdenklich zum Berliner Himmel hinauf.

»Was meinst du denn, Gisbert, haben wir in Karsten Klütz einen neuen Tatverdächtigen?«

»Ja, leider.« Hinz sah schon eine Menge Arbeit auf sich zukommen. »Denk nur mal an den Anruf dieser Nachbarin, dieser Laubach, die hat ebenfalls Klütz im Visier gehabt.«

»Das ist es ja, was mich stutzig werden lässt«, sagte Schneeganß und wiederholte dann den Lieblingsreim seines ersten Ausbilders. »Es ist nichts so fein gesponnen, 's kommt doch alles an die Sonnen.«

»Da müsste dieser Klütz aber ganz schön fein gesponnen haben«, sagte Hinz. »Ein Fußballer …«

»Die werden immer intelligenter, lass mal.«

»So intelligent, dass sie herausbekommen, wann einer von wo los will und wohin er fährt?«, fragte Hinz, konnte aber in seinem Gedankengang nicht fortfahren, weil es in seinem Kopf gepiekt hatte. »Au!« Er presste die linke Hand gegen die Schläfe.

»Das wird nur ein kleiner Schlaganfall sein«, sagte Schneeganß. »Du hattest heute noch keinen. Eine Gehirnblutung schließe ich mal aus, da bist du erst letzte Woche dran gestorben.«

»Mit so etwas spaßt man nicht!«

»Womit denn sonst bei dir? Aber vielen Dank für deine Vorlage. Ich nehme den Ball mal auf … Also: Klütz hält sich auf seinem Baugrundstück auf und bekommt mit, dass Schulz drüben bei seinem Neffen ist. Die beiden unterhalten sich draußen im Garten, und Klütz hört ganz deutlich, dass Schulz am nächsten Morgen ganz früh zur Ostsee hoch will. Daraufhin fährt er, Klütz, nach Frohnau hinaus, stellt sich auf der Brücke an den Straßenrand und wartet, bis Schulz vorbeikommt. ›Wir müssen mal über alles reden. Kann ich ein Stück mitkommen?‹ Klütz steigt ein – und irgendwo zwischen Frohnau und Oranienburg tötet er Schulz. Motiv Sandra, wie wir eben gehört haben. Kein schlechtes Szenario – oder?«

Hinz hatte immer noch mit seinen Kopfschmerzen zu tun. »Ich weiß nicht … Meinst du, der Schulz wäre so dumm beziehungsweise so leichtsinnig gewesen, anzuhalten und den Klütz mitzunehmen?«

»Schon, aber …« Schneeganß lachte und ließ seiner Fantasie freien Lauf. »Vielleicht hat er sich die Sache auch viel einfacher gemacht und den Schulz getötet, als der im Gästehaus nebenan ganz friedlich geschlummert hat.«

»Ja, und der tote Schulz ist dann morgens in seinen Wagen gestiegen und losgefahren!«, höhnte Hinz.

»Warum nicht?«, fragte Schneeganß. »Für diesen Fall haben wir schließlich unsere beiden Möglichkeiten: 1) den Doppelgänger, 2) den als Schulz verkleideten Klütz.«

Hinz winkte ab. »Ach!«

»Wieso? In diesen Zeiten ist alles möglich.«

»Willst du damit zum Chef gehen?«, fragte Hinz. »Wir machen uns doch lächerlich damit.«

»Irgendwann macht sich jeder einmal lächerlich«, sagte Schneeganß. »So ist das Leben eben. Jedenfalls kann uns niemand Untätigkeit vorwerfen, wenn wir den Medien nun Klütz als mutmaßlichen Täter zum Fraß vorwerfen.«

»Ein bisschen Butter müsste aber noch bei die Fische«, sagte Hinz.

Schneeganß überlegte. »Am schönsten wäre es ja, wenn man in dem Zimmer, in dem Schulz übernachtet hat, etwas von Klütz finden würde, ein Haar, einen abgebrochenen Fingernagel, ich meine, etwas, auf das die DNA-Fuzzies alle abfahren.«

*

Karsten Klütz hatte keine Begabung zum Songtexter und Sänger, sonst hätte er Daniel Powters ›Had a bad day‹ vorweggenommen, denn dieser 4. August 1998 sollte wirklich ein fataler Tag für ihn werden.

Es begann damit, dass er gegen 6 Uhr von einem gewaltigen Rums geweckt wurde. Es hörte sich an wie ein Erdbeben. Das aber konnte für Berlin ausgeschlossen werden, sogar in den Zeiten des Klimawandels. Dann musste ein Flugzeug abgestürzt sein. Seine Wohnung lag ja in der Tempelhofer Einflugschneise. Er stellte die Info-Welle des rbb ein und erfuhr, während er sich die Zähne putzte, dass ganz in seiner Nähe in der Lepsiusstraße ein viergeschossiges Wohnhaus eingestürzt war, wahrscheinlich nach einer Gasexplosion. Die Trümmer hätten mehrere Menschen unter sich begraben. Er schüttelte sich. Ein fürchterlicher Gedanke, verschüttet zu sein.

Vor dem Frühstück trat er auf den Balkon, um seine Blumen zu gießen. Schließlich war er gelernter Gärtner und wusste, dass man seine Pflanzen in den frühen Morgenstunden wässern musste, weil da am wenigsten Wasser verdunstete. Er hatte die schönsten Balkonblumen weit und breit, und manchmal fragte er sich, ob er nicht glücklicher sein würde, wenn er bei seinem erlernten Beruf geblieben wäre, anstatt Fußballprofi zu werden. Schuster, bleib bei deinen Leisten … Ihm gegenüber auf dem Friedhof begannen seine Berufskollegen ihr Tagewerk. Mit einer Friedhofsgärtnerei verdiente man nicht schlecht, und mit einer Landschaftsgärtnerei noch besser. Nein, es waren keine Gärtner, die dort an der Mauer zur Fehlerstraße hin am Werke waren, sondern Totengräber. Die nächste Erdbestattung lag an. Für wen wohl?

Allein zu frühstücken, war noch immer eine Qual für ihn. Was hatte es früher stets für einen Trubel gegeben. ›Leon, hör auf, dir einen ganzen Liter Milch auf deine drei Cornflakes zu gießen!‹ – ›Leonie, iss bitte ein bisschen schneller, du musst in drei Minuten los zur Schule.‹ – ›Rebecca, du musst nicht noch staubsaugen, bevor du ins Büro gehst, wir kriegen heute keinen Besuch!‹ Bei Rebecca musste alles immer sauber und ordentlich sein, sonst bekam sie ihre Krise. Und da er es eher etwas schlampig liebte, hatte sie zuletzt dauernd ihre Krise bekommen. ›Ordnung ist das halbe Leben‹, hatte einmal ein Sportjournalist über ihn geschrieben. ›Aber für die andere Hälfte steht Karsten Klütz: für das Überraschende, das Kreative.‹

Jetzt tauchte sein Name im kicker nicht mehr auf, und auch in der Berliner Fußball-Woche nur noch selten und ganz weit hinten. Obendrein meist mit negativem Touch, wie bei seiner letzten Roten Karte. Als schlechtes Vorbild für die Jugend wurde er hingestellt, als jemand, der auch noch seine letzten Sympathien verspielte.

Beim Kaffeetrinken las er die Sportteile der fünf Tageszeitungen, die er sich gestern gekauft hatte. Als Spielerberater musste man schließlich wissen, wer wo angesagt war. Es war schmerzlich, dass auch hier niemand über ihn wenigstens eine einzige Zeile verlor. Bei Berlin United spielte ein Psychologe, und der hatte ihm zu einer Therapie geraten. ›Du leidest unter einer narzisstischen Unersättlichkeit, und wenn du nichts dagegen tust, wirst du immer verbitterter werden.‹ Rebecca hatte das mitbekommen und gesagt, noch verbitterter ginge nicht mehr.

Alles Quatsch. Er war durchaus ein fröhlicher Mensch, wenn man ihn so akzeptierte, wie er war, Sandra hatte das bewiesen.

Klütz ging hinunter zu seinem BMW und machte sich auf den Weg nach Frohnau, um den Bauleuten auf die Finger zu sehen. Anschließend hatte er oben in Wedding einen Termin mit einem jungen Spieler, den er unter Vertrag nehmen wollte.

Als er vor seinem Grundstück stand, fiel ihm nur ein Standardsatz seines Vaters ein: Still ruht der See. Es war kurz vor 9 Uhr, und noch immer hatte sich kein Handwerker eingefunden. Wahrscheinlich hatte die Baufirma einen lukrativeren Auftrag an Land gezogen und ihre Leute dort beginnen lassen. Klütz fluchte laut und griff zum Handy, um den Architekten zu beschimpfen. Da dies ein alter Bekannter von ihm war, brauchte er kein Blatt vor den Mund zu nehmen. In seiner Erregung hielt es Klütz nicht auf einer Stelle, er musste auf und ab gehen, und da sich ihre Unterredung ein wenig in die Länge zog, kam er dabei am Zaun der Laubach vorbei, die gerade dabei war, ihre Rosen zu beschneiden.

»Das sind alles Arschlöcher!«, schrie Klütz. »Was, du kannst denen nicht verbieten, dass sie …? Ach, fick dich ins Knie!«

Der Laubach fiel fast die Gartenschere aus der Hand, als sie das vernahm.

»Das ist ja unerhört!«, rief sie. »Und so etwas zieht nach Frohnau! Der Pöbel hat hier nichts zu suchen, bleiben Sie in Neukölln, mein Herr!«

»Halt's Maul, alte Hexe!«, knurrte Klütz. »Ist das ein Scheißtag heute!«

Und der wurde nicht besser, als Klütz in einem Café in der Nähe des Leopoldplatzes Dhalak gegenübersaß, 17 Jahre, fast U18-Nationalspieler, Vater aus Eritrea, Mutter aus dem tiefsten Wedding, kein Hauptschulabschluss, aber mit einem Selbstbewusstsein, als sei er Beckenbauer und Pelé in einer Person. Widersprach ihm Klütz, kniff er die Augen zusammen, als wollte jeden Augenblick das berühmte ›Ich mach dich urban!‹ kommen, was heißen sollte: ›Ich schlag dich gleich so zusammen, dass du ins Urban-Krankenhaus eingeliefert werden musst.‹

»Dhalak, wenn du in die Bundesliga willst und später nach England, Italien oder Spanien, kann das dein Vater nicht mehr managen, dann brauchst du einen Profi als Berater.«

»Wen haben Sie denn nach Mailand vermittelt, äih?«

Klütz dachte zwar: Mein Lieber, dein Glück, dass wir beide nicht auf'm Platz stehen und gegeneinander spielen, denn sonst würdest du dich jetzt schon wimmernd am Boden wälzen! Er behielt aber die Nerven und lächelte. »Wenn ich schon zehn Spieler nach Mailand vermittelt hätte, würde ich nicht nur die paar lumpigen Prozente haben wollen, die du mir geben willst.«

Dhalak stand auf. »Ruf mich an, wenn du Real so weit hast, dass sie mir 'n Angebot machen.«

»Real Madrid oder real, die vom Supermarkt?«

»Du kriegst gleich 'n paar aufs Maul, du Arsch!« Damit verließ der Jungstar das Café.

Klütz blieb sitzen und zahlte das, was sie gegessen und getrunken hatten. Zweifel stiegen in ihm auf, ob er für einen Spielervermittler der richtige Typ war. War er zu hart, war er zu weich, wusste er zu viel vom Fußball oder zu wenig? Vielleicht war es doch besser, er machte irgendwo am Stadtrand eine Gärtnerei auf. Sandra konnte dann mit ihrer Modeschau in seine Gewächshäuser kommen. Er zog sein Handy aus der Tasche, um mit ihr über alles zu reden.

»Du, ich kann im Augenblick nicht.«

Dass sie so kurz angebunden war, traf ihn wie ein Fausthieb. »Was ist denn?«

»Ich bin gerade in einer Besprechung.«

Das konnte nicht stimmen, denn auf ihrem Terminkalender hatte er gelesen, dass sie an diesem Dienstag erst um 14 Uhr eine Besprechung hatte. »Habt ihr die verlegt?«

»Wieso verlegt? Ja, haben wir.«

»Schade.« Klütz suchte mit seiner Enttäuschung fertigzuwerden. »Dann sehen wir uns heute Abend.«

»Heute Abend bin ich mit Ramona verabredet.«

»Ach so …« Klütz schluckte, denn er wusste aus seiner Ehe, dass eine plötzliche Verabredung mit der besten Freundin immer ein Alarmzeichen war. Die Sache war klar: Sandra traf sich mit einem anderen Mann, und Ramona war dazu da, ihr ein Alibi zu verschaffen. »Und morgen?«

»Mal sehen, ich sag dir Bescheid. Tschüss dann.«

Ehe Klütz etwas erwidern konnte, hatte Sandra aufgelegt. Minutenlang saß er wie erstarrt da. Kein Zweifel, sie war dabei, ihn fallen zu lassen. Warum nur, und warum so plötzlich? War wirklich ein anderer Mann im Spiel oder hatte sie dadurch, dass Schulz verschwunden war, wieder zu ihm zurückgefunden? Oder unterstellte sie ihm, Klütz, womöglich, *er* hätte ihren Mann aus dem Weg geräumt? Er hörte sie zu Ramona sagen, dass sie mit einem Mörder unmöglich zusammenleben könne.

Klütz tröstete sich mit der alten Herberger-Weisheit, dass jedes Spiel 90 Minuten dauert, und in seinem war ja noch nicht abgepfiffen worden. Auch ein 0:3 ließ sich noch aufholen. Nein. Er hatte eine Vorahnung, dass das 0:4 und 0:5 bald folgen würden.

Er verließ das Café mit schlurfenden Schritten und fuhr zurück nach Friedenau. Als er in der Stubenrauchstraße aus dem Wagen stieg, verließ gerade eine schwarze Trauerschar den Friedhof. In der Grube, die von den Arbeitern am Morgen ausgehoben worden war, ruhte nun ein glücklicher Mensch. Glücklich deswegen, weil er erlöst war von allem.

Im Briefkasten lag ein Brief des Bezirksamtes. Noch auf der Treppe riss er ihn auf. Das Jugendamt teilte ihm mit, dass ihm auf Antrag der Anwältin seiner Frau der Umgang mit seinen Kindern bis auf Weiteres untersagt sei, da seine zunehmende Gewaltbereitschaft die Entwicklung von Leon und Leonie gefährde und seine mangelnde Impulskontrolle zur Sorge Anlass gebe, er könnte sie misshandeln.

»Noch eine Rote Karte«, murmelte Klütz. Es war perfide, ihm zu unterstellen, er würde mit den Kindern so umgehen wie mit seinen Gegnern auf dem Fußballplatz, aber natürlich hatten sich Rebecca und ihre Anwältin diese Vorlage nicht entgehen lassen.

Klütz war in der Stimmung, aus dem Fenster zu springen oder sich sonst wie umzubringen, so unerträglich war sein Zustand. Doch er war nicht der Typ zum spontanen Suizid, er war eher jemand, der sich in sein Schicksal ergab. Wenn man verlor, verlor man eben, und wenn der Schiedsrichter einen Elfmeter gegen einen verhängte, obwohl man den Gegenspieler, der sich vor Schmerzen am Boden krümmte, überhaupt nicht berührt hatte, nahm man das gottergeben hin. Das Einzige, was er sich nach deftigen Niederlagen erlaubte, war eine Vollnarkose, das heißt, er trank so lange, bis er umfiel und alles vergaß. Meist begann er mit Bier, dann folgten die härteren Sachen.

Er hatte gerade die erste Flasche ausgetrunken, da klingelte es an der Wohnungstür. Er fuhr hoch. Sandra? Doch noch. Hatte er sich also geirrt. Er lief zur Gegensprechanlage, nahm den Hörer ab, rief sein übliches »Ja, bitte …?« und hoffte, ihre Stimme zu hören. »Du …?«

»Nein: Ich. Kriminalpolizei.«

Klütz wusste sofort, was das bedeutete: Sie kamen in der Sache Schulz. Jemand hatte ihnen einen Tipp gegeben, entweder jemand aus Frohnau, Wiederschein oder diese fürchterliche Nachbarin, oder Rebecca und ihre Anwältin. Vielleicht auch Sandra selbst. Er drückte auf den Türöffner. »Kommen Sie rein …«

Die Kriminalbeamten kamen die Treppe herauf und stellten sich vor. Klütz fand sie beide nicht berauschend. Der Jüngere, der auf den komischen Namen Schneeganß hörte, schien ihm auf den ersten Blick ein arrogantes Arschloch zu sein, und der Ältere, Hinz, ein dementer Schluffi.

»Wir sind wegen Schulz bei Ihnen«, begann Schneeganß, als sie am Wohnzimmertisch Platz genommen hatten. »Sie kennen Siegfried Schulz?«

Klütz gab sich gleichmütig. »Sandras Mann, natürlich.«

»Und wie gut kannten Sie ihn?«

»Vom Sehen, aus der Ferne sozusagen.«

»Vom Sehen, aus der Ferne sozusagen«, wiederholte Hinz.

»Ja.« Klütz verstand nicht, was daran so besonders sein sollte.

Schneeganß legte seinen ersten Trumpf auf den Tisch. »Und Sie waren nicht in der Nacht vor seinem Verschwinden bei Schulz im Gästehaus des ›à la world-carte‹?«

Klütz zuckte zusammen. Die Schlinge legte sich um seinen

155

Hals. Was sollte er machen: den Beamten die Wahrheit sagen oder alles abstreiten?

Die Wahrheit hätte sich wie folgt angehört: ›Ja, ich war in der Nacht vor seinem Verschwinden bei Schulz drüben im Gästehaus des ›à la world-carte‹. Als ich auf meinem Grundstück war, um den Baufortschritt zu überprüfen, habe ich gesehen, wie ihm Wiederschein sein Zimmer gezeigt hat. Ich bin erst einmal nach Hause gefahren, habe mich aber mächtig gelangweilt, weil Sandra in Mailand war. Da bin ich ein zweites Mal nach Frohnau gefahren, um mit Schulz zu reden. In aller Ruhe und unter vier Augen. Unser Gespräch muss so zwischen 1 und 2 Uhr nachts stattgefunden haben. Wir haben uns eigentlich prima verstanden, nur eines wollte Schulz nicht: Sandra freigeben. Schließlich bin ich wieder nach Hause gefahren. Fürchterlich enttäuscht, und irgendwie habe ich ihn auch gehasst, aber passiert ist nichts.‹

Diese Wahrheit schien Klütz aber zu riskant zu sein, sodass er sich dafür entschied, alles abzustreiten.

»Nein, natürlich war ich nicht bei Schulz. Wozu denn auch? Dass er Sandra nicht freigeben würde, war von vornherein klar.«

Hinz hakte nach. »Sie behaupten also, in der Nacht vor seinem Verschwinden nicht bei Schulz im Gästehaus des ›à la world-carte‹ gewesen zu sein?«

»Das ist doch lächerlich, dass Sie mir den Mord an Schulz anhängen wollen!«, rief Klütz. »Nur weil ich von Haus aus Gärtner bin und der Gärtner immer der Mörder ist.«

»Wieso reden Sie von Mord?«, fragte Schneeganß. »Schließlich ist Schulz am Morgen quietschvergnügt und höchst lebendig in seinem Porsche davongefahren.«

Klütz verstand nun gar nichts mehr und fühlte sich mächtig ausgetrickst. »Aber warum sind Sie denn hier …?«

»Weil wir Haare von Ihnen im besagten Zimmer von Schulz

gefunden haben«, erklärte ihm Hinz. »Wie kommen die wohl dahin?«

Klütz hatte einen seiner genialen Momente: »Na, ganz einfach: Weil ich mit Sandra zusammen war, und die mit Schulz im selben Haus in Wannsee gewohnt hat, da überträgt sich das eben.«

*

Gunnar Schneeganß behauptete von sich, ein lebender Lügendetektor zu sein, und so schwor er Stein und Bein, genau zu wissen, dass Klütz gelogen hatte.

»Natürlich war er bei Schulz im Zimmer.«

»Und warum sollte er lügen?«, fragte Hinz.

»Weil wir ihn damit überführen können«, erwiderte Schneeganß. »Ein Motiv hat er, am Tatort war er.«

Hinz stand auf, um sich eine Tasse zu holen, schrie aber nach dem ersten Schritt so theatralisch auf wie ein tödlich getroffener Krieger bei den Karl-May-Festspielen. »Mein Fuß! Das wird ein Ermüdungsbruch sein.«

»Quatsch«, sagte Schneeganß. »Dir haben sie schon vor drei Jahren das Bein amputiert, wegen deiner Krampfadern damals, da kann nichts mehr brechen. Das ist der Phantomschmerz, nichts weiter.«

»Höchstens meine Arthrose.« Hinz humpelte durch den Raum.

»5,6 für den technischen Wert, 6,0 für die künstlerische Note«, sagte Schneeganß.

Hinz goss sich seinen Kaffee ein und kehrte schlurfend wie immer an seinen Schreibtisch zurück. »Du scheinst dich richtig auf diesen Klütz eingeschossen zu haben. Aber wie soll er Schulz ermordet haben, wenn er morgens … und so weiter.«

»Das ist der Knackpunkt, in der Tat …« Schneeganß dachte

nach. »Bleiben nur zwei Möglichkeiten: Entweder Klütz hat mit einem Doppelgänger gearbeitet, oder er hat sich als Schulz verkleidet …«

»Wo soll er so schnell einen Doppelgänger herbekommen haben?«, fragte Hinz.

»Dann ist er selbst als Schulz davongefahren, etwa dieselbe Figur haben sie ja, hatten sie ja.«

»Traust du ihm so viel … na, sag mal … Dingsda zu?«

»Chuzpe? Ja. Klütz ist der Mittelfeldregisseur alter Schule, und da muss man kreativ sein. Und die nötige Portion an Aggressivität hat er obendrein, siehe seine vielen Roten Karten.«

Das hatte er bereits eruiert.

»Und, was willst du nun weiter machen?«, fragte Hinz.

»Angreifen«, erklärte Schneeganß. »Als wir Wiederschein für den Mörder von Schulz gehalten haben, haben wir in seinem Garten nach der Leiche gesucht, und wenn wir jetzt Klütz für den Täter halten, dann müssen wir logischerweise auf dessen Grundstück suchen.«

*

Rainer Wiederschein liebte es, sich in der ruhigen Zeit zwischen 15 und 17 Uhr zu einer kleinen Pause zurückzuziehen und oben im Schlafzimmer ein kleines Nickerchen zu machen. Unten in der Küche kam Mohamadou allein mit allem klar.

Angela Wiederschein war den ganzen Tag nicht aufgestanden, weil ihr wieder einmal ihre Migräne mächtig zusetzte. Sie stöhnte nur leise, als sich Wiederschein neben ihr niederlegte.

Er war gerade eingenickt, als ihn lautes Hundegebell hochfahren ließ. Dazu hörte er Stimmen mehrerer Männer. In der Annahme, dass sich auf der Terrasse seines Restaurants ein heftiger Streit angebahnt hatte, lief er zum Fenster.

»Was ist denn?«, fragte Angela.

»Keine Ahnung.« Er trat auf den kleinen Balkon hinaus. »Nichts bei uns unten. Dann kann es nur bei Klütz drüben sein …« Wiederschein wandte sich zum Mansardenfenster, von wo aus man den besten Blick hinüber hatte. Was er dort sah, ließ ihn verstummen.

»Was ist denn?«, fragte seine Frau.

»Ich glaube, das ist die Kripo mit Suchhunden …«

»Gott!« Angela Wiederschein sprang aus dem Bett. »Dann werden sie gleich kommen und uns mitnehmen.«

»Quatsch!«, rief Wiederschein. »Wir sind doch aus dem Schneider, jetzt suchen sie da drüben, weil sie Klütz in Verdacht haben, Schulz …«

»Rainer, wir können nicht zulassen, dass ein Unschuldiger …!«

»Natürlich können wir.« Wiederschein war so gelassen, als ginge es lediglich darum, ob man einem Gast recht geben sollte, der schimpfte, dass die Trüffel auf seinem Filet nicht echt, das heißt, nicht aus Frankreich seien, sondern unecht und aus China. »Wir haben ja keine Todesstrafe mehr, und um Klütz tut es mir nicht leid, wenn der ein paar Jahre aus dem Verkehr gezogen wird. Die arme Sandra ist für diesen Dumpfmeier viel zu schade.«

*

Schneeganß hatte schon etliche Lokaltermine mitgemacht und staunte, wie gelassen Klütz das Anrücken der LKA-Leute erwartete. Selbst das Gebell der Suchhunde schien ihn völlig kaltzulassen. Wahrscheinlich hatte ihn das Dasein als Fußballprofi abgehärtet. Wer einen Elfmeter verwandeln konnte, wenn 50.000 gegnerische Fans ihn mit ihrem infernalischen Geschrei zu stören versuchten, den konnte auch eine solche Szene nicht erschüttern.

Die Hunde brauchten nicht lange, um etwas zu wittern. An der Garage begannen sie, wie wild zu scharren. Man riss sie zurück und fing zu graben an, erst mit Spaten, dann mit großen Schaufeln, mit denen sich mit jedem Schwung eine Menge Erde aus der Grube heben ließ. Der Boden war noch locker, und die Männer waren schnell in einer Tiefe von zwei Metern angekommen.

»Hier ist nichts!«, schrien sie nach oben.

»Aber die Hunde …« Schneeganß trat an die Grube. »Zu vermuten ist ja, dass Schulz vergraben worden ist, bevor man die Grundplatte der Garage gegossen hat. Vielleicht können Sie uns da weiterhelfen, Herr Klütz?«

»Nein, wie denn?«

Die L K A-Leute maulten etwas. »Sollen wir vielleicht die ganze Garage abreißen?«

»Ich möchte das nicht aus meiner eigenen Tasche bezahlen«, sagte Hinz. »Wir sollten uns erst mal absichern.«

Schneeganß zog sein Handy heraus und telefonierte mit seinem Vorgesetzten. »Traut man den Hunden, liegt unter der Garage wirklich etwas. Aber deswegen alles abreißen …?«

Man beriet sich noch eine Weile, dann wurde entschieden, eine Tiefbaufirma zurate zu ziehen und zu versuchen, von unten an den Toten heranzukommen, wenn denn dort wirklich einer liegen sollte. »Die sagen, sie könnten alles so abstützen, dass die Garage nicht einstürzen wird.«

Es dauerte eine Weile, bis die Goyatz Bau mit ihren Geräten und einem Tieflader mit Brettern, Balken und Eisenträgern angerückt war. Schneeganß, Hinz und Klütz setzten sich inzwischen auf die Terrasse des ›à la world-carte‹ und tranken etwas.

Wiederschein kam heraus, um sie zu begrüßen. »Von hier hat man einen so wunderbaren Blick auf die neue Grabung, dass ich Eintritt nehmen sollte. Vielleicht findet man diesmal einen Soldaten aus dem 30-jährigen Krieg, einen aus Wallensteins Lager.«

»Der verströmt keinen Aasgeruch mehr, da wären die Hunde nicht so närrisch«, sagte Hinz.

Wiederschein lachte. »Wer bei mir noch etwas essen möchte, gerne …« Dann wandte er sich an Klütz. »Wie geht es meiner, ja: Tante?«

»Sandra?«

»Frau Schulz, ja …«

Schneeganß ging dazwischen. »Tut mir leid, aber …«

»Pardon! Ich wollte wirklich nicht …« Wiederschein zog sich wieder zurück.

Dass die Suchaktion so lange dauern würde, hätte Schneeganß nicht erwartet. Als er die Bauarbeiter fragte, ob es nicht etwas schneller ginge, bekam er die Antwort, ob er vielleicht verschüttet werden möchte.

Um die Zeit totzuschlagen, fragte Hinz den Kellner, ob er ihnen Skatkarten leihen könne.

Schneeganß verzog das Gesicht, denn inzwischen waren jede Menge Polizeireporter herbeigeeilt, und man konnte unmöglich mit einem mutmaßlichen Mörder Karten spielen. Inzwischen hatte sich die Sache herumgesprochen, und Schneeganß zählte mehr Schaulustige als bei ihrer Grabung in Wiederscheins Garten. Menschen lebten von ihren kleinen Geschichten, und das hier war etwas, was man bei jeder Party und Geburtstagsfeier mit leuchtenden Augen erzählen konnte: ›Ich war dabei, als man Schulz' Leiche unter der Garage hervorgeholt hat.‹ Siebenhaar und seine Kollegen hatten wieder alle Mühe, die öffentliche Ordnung aufrechtzuerhalten.

Schneeganß ließ Klütz in der Obhut von Hinz auf der Terrasse zurück und sah sich im Garten des Baugrundstücks um. Der Maschendrahtzaun zu Wiederschein hin war alt und an vielen Stellen durchlöchert. Dort eine Leiche hindurchzubugsieren, war sicherlich kein Kunststück, zumal der Garten von Klütz gut einen halben Meter tiefer lag. Und dass man hier in der Nacht zwischen 1 und 4 Uhr beobachtet wurde, war äußerst unwahrscheinlich. Klütz hatte also in aller Ruhe ans Werk gehen können. Nachdem er Schulz vergraben hatte, war Zeit genug, sich zu säubern und die Sachen des Opfers anzuziehen. Natürlich durfte er sich beim Aufbruch frühmorgens in kein Gespräch mit Wiederschein und dessen Personal einlassen, aber alle hatten ja ausgesagt, der angebliche Schulz sei am Morgen wortlos zu seinem Porsche gegangen, ohne zu frühstücken und groß Abschied zu nehmen. Schneeganß konnte sich genau erinnern, was Wiederschein zu Protokoll gegeben hatte: ›… Dann ist er einfach an uns vorbei, furchtbar missgestimmt …‹ Klar, wenn jemand Verdacht geschöpft hätte, nicht den echten Schulz vor sich zu haben, wäre Klütz' Spiel schnell vorbei gewesen. So würde man den Autohändler überall suchen, nur nicht auf seinem Grundstück … Dann aber war die Laubach gekommen und hatte den Verdacht auf Wiederschein gelenkt, was Klütz sicherlich zupassgekommen war, anfangs zumindest. Damit, dass sie ihn wenig später selbst auf dem Kieker haben würde, hatte er nicht rechnen können, ebenso wenig damit, dass Schulz mit Kurzrock eine Art Killer auf ihn angesetzt hatte und dessen Freundin deswegen zur Polizei gehen würde, er also plötzlich ins Fahndungsraster geriet. Das war alles so logisch, dass Schneeganß sein Vermögen darauf gewettet hätte, dass Klütz den Autohändler in der fraglichen Nacht umgebracht und auf seinem Grundstück vergraben hatte. Dann hatte er sich dessen Sachen angezogen, war als falscher Schulz mit dem Porsche Richtung Oranienburg gefahren, hatte den Wagen im Kanal versenkt und war anschließend mit der Bahn nach Berlin zurückgekehrt.

Zufrieden ging Schneeganß auf die Terrasse zurück.

Als es 19.30 Uhr geworden war, erschien Sandra Schulz im ›à la world-carte‹ und begrüßte erst Wiederschein, dann Schneeganß und schließlich Klütz.

»Das ist ja ein schrecklicher Verdacht «, sagte sie.

Hinz konnte nur mit Mühe ein Gähnen unterdrücken. »Für uns ist das alles Routine.«

In diesem Moment rief einer der Bauarbeiter vom Nachbargrundstück herüber, dass jetzt alles ausreichend abgestützt sei und man weitermachen könne.

»Okay, wir kommen!«, rief Schneeganß.

Für die beiden Hunde hatte man eine kleine Rampe angelegt. Als sie die Sohle der Grube erreicht hatten, sprangen sie hoch und versuchten, den Sand unter der Garage mit ihren Vorderpfoten zur Seite zu scharren. Die Hundeführer zogen sie weg, und die L K A -Leute machten sich wieder mit Spaten und Schaufel ans Werk, diesmal aber wesentlich vorsichtiger als am Nachmittag.

Kurz vor Sonnenuntergang schrie einer: »Aufpassen, da is was!« Und nun dauerte es keine fünf Minuten mehr, bis man Schulz gefunden hatte.

Seine Frau wurde, von Hinz und Wiederschein gestützt, zur Grube geführt, denn Schneeganß wollte so schnell wie möglich die letzte Gewissheit darüber haben, dass sie wirklich den Richtigen gefunden hatten.

»Ja, er ist es«, hauchte Sandra Schulz. Dann sank sie zusammen und musste ins Dominikus-Krankenhaus gebracht werden.

Schneeganß legte seine Hand auf Klütz' rechten Arm. »Sie sind vorläufig festgenommen. Wir unterhalten uns morgen früh etwas ausführlicher über alles.«

*

Karsten Klütz waren erst gegen 4 Uhr morgens die Augen zugefallen. Kämpfen oder kapitulieren – diese Entscheidung hatte ihn nicht einschlafen lassen. Die eine Stunde trug er voller Empörung alle Argumente zusammen, die für seine Unschuld sprachen, die andere wieder ließ er sich fallen und dachte mit dem Vaterunser: Dein Wille geschehe. Wenn die Welt ihn als Mörder sehen wollte, war er machtlos dagegen. Er hatte sich mit einem Virus angesteckt, gegen das es noch kein Mittel gab, dem Mördersein-Virus. In den Momenten, in denen er logisch denken konnte, fragte er sich, wer denn Schulz wirklich ermordet und unter seiner Garage vergraben hatte: Sandra selbst, Wiederschein oder ein unbekannter Dritter? Der Trick, sich Schulz' Sachen anzuziehen und als er höchstpersönlich in seinem Porsche davonzufahren, war gewiss genial, und es wäre sicherlich ein perfekter Mord geworden, wenn man ihn, Klütz, verdächtigt und auf seinem Grundstück nach Schulz gesucht hätte. ›Wieso, weshalb, warum – wer nicht fragt, bleibt dumm.‹ Er hatte oft genug mit seinen Kindern die Sesamstraße gesehen, als dass ihm dieses Liedchen nicht durch den Kopf gegangen wäre. Aber auf die Fragen, die er sich stellte, gab es keine Antworten. Außer der vielleicht, dass die Menschen Gewissheit brauchten und ihn deshalb zum Mörder machten, wenn dabei auch jegliche Logik flöten ging. Andererseits, er schrie es gegen die Wände seiner Zelle: »Mein Gott, ich war es doch nicht!« Dann wieder hatte er genau vor Augen, wie er Schulz getötet hatte: Er hatte ihm das dicke, flauschige Kissen, das auf dem Sessel neben dem Bett gelegen hatte, auf Mund und Nase gedrückt. Daran hatte er bei ihrem Gespräch wirklich immer wieder gedacht. Es war zu verlockend gewesen. Und da er an der Leiche, als sie Schulz unter seiner Garage hervorgezogen hatten, kein Blut gesehen hatte, nichts, was auf eine Schuss-, Stich- oder Schlagverletzung hingewiesen hätte, war er automatisch davon ausgegangen, dass man Schulz wirklich mit diesem Sofakissen erstickt hatte. »Man …? Du warst es, du selbst, du verdrängst es nur!« Es kamen Minuten, da war er überzeugt davon, Schulz tatsächlich ermordet zu haben. Anschließend schlug er mit dem Kopf gegen die Wand, wieder und wieder, und schrie: »Nein, ich war es nicht, ich war es nicht!« Das ging so lange, bis er eine sonore Stimme hörte: »Doch, du warst es, gib es endlich zu!«

Innerlich derart zerrissen und fürchterlich überdreht, saß er dann Schneeganß und Hinz gegenüber. Schneeganß eröffnete das Spiel mit einem Zug, der Klütz ziemlich überraschte, denn er trug ihm seine Hypothese so vor, als sei es schon die Anklageschrift.

»Sie sehen, wir spielen mit offenen Karten, Herr Klütz«, schloss er nach etwa einer Minute. »Und Sie haben nun die Chance, mich in allem zu widerlegen.«

Klütz fühlte sich überfahren und konnte nur stammeln, wo er denn anfangen solle?

»Na, vielleicht mit dem, was wir gleich abhaken können, weil es unstrittig ist«, riet ihm Hinz, der ihm offenbar wesentlich mehr Sympathien entgegenbrachte als Schneeganß. »Dass Sie Sandra Schulz wirklich lieben und mit ihr ein neues Leben anfangen wollten …«

Klütz nickte. »Ja, das wollte ich.«

»Aber Schulz stand Ihnen im Wege?«

»Ja.«

Schneeganß schaute interessiert auf seine Fingernägel. »Er konnte Sandra nicht loslassen …?«

»Ja.« Mehr wollte Klütz zu diesen Fragen nicht einfallen, und er kam sich vor wie ein Hilfsschüler, der nicht bis drei zählen konnte.

Schneeganß, so kam es Klütz vor, schien nur eines im Sinn zu haben: Die Sache möglichst schnell zu Ende zu bringen. Und so kam er übergangslos zur Frage des Alibis.

»Herr Klütz, zur Tatnacht. Kurz vor Mitternacht ist Schulz zum letzten Mal gesehen worden, der wirkliche Schulz. Da ist er vom Restaurant nach hinten ins Gästehaus gegangen. Eingeschlafen sein wird er spätestens gegen 1 Uhr. Und um 5 Uhr ist der falsche Schulz zu seinem Porsche gegangen. Die Tat muss also zwischen 1 und 4 Uhr begangen worden sein. Können Sie uns bitte sagen, wo Sie sich zu dieser Zeit aufgehalten haben?«

Klütz überlegte lange. Was sollte er sagen? Er wusste, dass er in der Falle saß und keine Chance mehr hatte.

»Sie haben recht mit den Haaren«, begann er.

»Welchen Haaren?«, fragte Hinz.

»Meinen Haaren, die man bei Schulz im Zimmer gefunden hat.«

»Oh!« Schneeganß war plötzlich wieder interessiert. »Sie geben also zu, bei Schulz im Gästehaus gewesen zu sein.«

»Ja. Ich war erst zu Hause und bin später noch mal nach Frohnau gefahren, um mit ihm zu reden. Dass er Sandra freigeben soll.«

»Und?«, fragte Hinz. »Hat er?«

»Nein.« Klütz merkte, dass das die falsche Antwort war, und korrigierte sich schnell. »Doch.«

»Was denn nun?«, fragte Schneeganß.

»Erst hat er nicht wollen, schließlich aber doch, und ich bin dann wieder nach Hause.«

»Als er tot war?«, wollte Schneeganß wissen.

»Nein, als er noch höchst lebendig war!«, rief Klütz, nun wieder zum Kämpfen bereit.

»Und wie kommt es dann, dass wir ihn gestern unter Ihrer Garage gefunden haben?«, fragte Schneeganß.

»Was weiß ich!«, rief Klütz.

Hinz beugte sich vor. »Wie ist denn das Gespräch mit Schulz so gelaufen?«

Klütz suchte sich zu erinnern. »Eigentlich ganz ruhig und sachlich.«

»Klar«, höhnte Schneeganß. »Wo Sie doch dafür bekannt sind, nie die Nerven zu verlieren, weder auf dem Fußballplatz noch anderswo.«

»Bei den Roten Karten bin ich vorher immer provoziert worden«, sagte Klütz.

Schneeganß lachte. »Und Schulz hat Sie nicht provoziert, wie?«

»Doch, auch, aber ...«

Schneeganß zog sich seinen Notizblock heran. »Dann schreibe ich einmal: Frage nach dem Alibi entfällt, da der Beschuldigte zugibt, zur Tatzeit am Tatort gewesen zu sein. Kommen wir also zum nächsten Punkt: Wie haben Sie denn Herrn Schulz ...«

»Ich war es nicht, der ihm das Kissen auf Mund und Nase gedrückt hat!«, schrie Klütz.

Schneeganß und Hinz konnten es nicht fassen. Eine solche Steilvorlage war ihnen noch nie serviert worden.

»Ah, woher das Täterwissen?«, entfuhr es Hinz.

Klütz verstand sich selbst nicht mehr. Warum hatte er das gesagt? Nein, er hatte es nicht gesagt, es war gegen seinen Willen mit seiner Stimme gesagt worden. Da steckte etwas in ihm, das ihn zerstören, das ihn in den Knast bringen wollte.

»Nur der Täter kann wissen, wie Schulz zu Tode gekommen ist«, sagte Schneeganß.

Klütz realisierte, dass er in diesem Spiel gegen die Kripo aussichtslos mit 0:6 hinten lag. Und so waren die Tore gegen ihn gefallen: Das 0:1 – er hatte ein Motiv, das zwingend war. Das 0:2 – er hatte kein Alibi. Das 0:3 – er war zur Tatzeit am Tatort gewesen. Das 0:4 – er verfügte über ein Wissen, das nur der Täter haben konnte. Das 0:5 – er stand in dem Ruf, ein äußerst aggressiver Mensch zu sein. Das 0:6 – das Opfer war auf seinem Grundstück gefunden worden.

»Fehlt uns nur noch Ihr Geständnis, Herr Klütz«, sagte Schneeganß.

Klütz wusste, dass er am nächsten Tag in allen Medien sein würde – und das hatte er seit Jahren nicht mehr genießen können. Wenn er seine Geschichte exklusiv verkaufte, brachte das eine Menge Geld, und noch mehr, wenn er später vor Gericht sein Geständnis widerrief und den Beamten unlautere Verhörmethoden vorwarf, die an Psychofolter grenzten. Das war die eine Triebkraft, die andere und wohl viel stärkere war der Wunsch, sich fallen zu lassen und eine Auszeit vom Leben zu nehmen, sich ins Gefängnis zu flüchten wie in ein Kloster. Kein Kampf mehr um die Liebe einer Frau, kein Kampf mehr um das Recht, seine Kinder zu sehen, kein Kampf mehr, einen Spieler unter Vertrag zu nehmen und einen passenden Verein für ihn zu finden, sondern nur die Ruhe in der Zelle und das Gleichmaß aller Tage. Dass er sich im Knast schnell Respekt verschaffen würde, bei den Mitgefangenen wie dem Personal, daran zweifelte er keine Sekunde. Und ein Lebenslänglich würde es sicherlich nicht geben, wenn seine Verteidiger sich geschickt genug anstellten und auf Totschlag plädierten beziehungsweise auf Notwehr, weil Schulz ihn attackiert hatte. Er war sich voll bewusst, dass es eine Art Selbstmord war, was er da vorhatte, aber gerade das war es ja, was er wollte.

So senkte er schließlich den Kopf.

»Ja, ich war es.«

III. TEIL

(2008)

8.

Als er aber den Burgunder in die Hand nahm, gab er dem Jungen, halb ärgerlich halb gutmütig, einen Tipp auf die Schulter und sagte: »Bist ein Döskopp, Ede. Mit grünem Lack, hab ich dir gesagt. Und das ist gelber. Geh und hole ne richtige Flasche. Wer's nich im Kopp hat, muß es in den Beinen haben.«
Ede rührte sich nicht.
»Nun, Junge, wird es? Mach flink.«
»Ich geih nich.«
»Du gehst nich? Warum nich?«
»Et spökt.«
»Wo?«
»Unnen … Unnen in'n Keller.«

(Theodor Fontane, ›Unterm Birnbaum‹)

Hansjürgen Mannhardt brauchte Papier und Bleistift, um sich klarzumachen, wer alles zu seiner Großfamilie gehörte, denn Michael und Elke, seine beiden Kinder aus erster Ehe, hatten mit mehreren Partnerinnen beziehungsweise Partnern etliche Kinder gezeugt, mal ehelich, mal nicht ehelich, und zudem hatten sowohl er als auch Lilo, seine Exehefrau, neue Familien gegründet. Sieben Enkelkinder hatte er, einige schon in einem Alter, in dem sie ihn zum Uropa machen konnten, was er fast so fürchtete wie einen Schlaganfall.

Selten kamen alle zusammen, da musste schon einmal ein Onkel seinen 90. Geburtstag feiern oder eine allseits beliebte Tante zu Grabe getragen werden. So wie diesmal Tante Elsa, die als Krankenschwester viel Gutes getan hatte. Es war Brauch gewesen, bei plötzlich auftretenden Beschwerden, insbesondere an Sonn- und Feiertagen und spätabends, wenn kein Arzt zur Hand war, erst einmal Tante Elsa anzurufen und zu fragen, ob die Symptome, die man aufzuweisen hatte, noch auf einen grippalen Infekt hindeuteten oder schon auf eine Lungenentzündung.

Tante Elsa hatte zeitlebens in Friedenau gewohnt, zuletzt am Südwestkorso, und so war es logisch, dass sie auf dem kleinen Friedhof an der Stubenrauchstraße beigesetzt wurde. Als sie in langer Schlange zwischen den Gräbern standen und warteten, bis sie an der Reihe waren, ihre drei Hände voll Erde auf den Sarg zu werfen, hatte Mannhardt Zeit genug, die Wohnung ins Auge zu fassen, in der Karsten Klütz gelebt hatte. Komisch. Früher hätte man gesagt ›Berlin is doch 'n Dorf‹, heute sagte man ›Alles hängt mit allem zusammen‹. In den letzten Tagen hatte er Klütz' Aufzeichnungen Zeile für Zeile gelesen, und immer wieder stand ihm das Bild vor Augen, wie Klütz ihn angefleht hatte: ›Bitte, Herr Kommissar, Sie haben doch jetzt Zeit genug: Gehen Sie meinen Fall noch einmal durch. Ich schwöre Ihnen bei Gott und bei allem, was mir heilig ist, dass ich den Mord damals nicht begangen habe. Ich habe alles aufgeschrieben und stecke Ihnen meine Papiere nachher schnell zu … Bitte, retten Sie mich!‹

Beim Leichenschmaus in einem Café am Südwestkorso saß Mannhardt dann neben einem Enkel, der auf den schönen Namen Orlando hörte. Man kannte sich kaum.

»Bist du auf einem Florida-Urlaub deiner Eltern gezeugt worden?«, fragte Mannhardt.

»Nein, mein Vater ist doch Shakespeare-Fan.«

Mannhardt staunte. »Wenn dein Vater mein Sohn Michael ist, dann ist mir das unbegreiflich, denn wenn der das Wort Literatur gelesen hat, kam er mit einer Kanne an und hat mich gefragt, ob er einen Liter Atur holen soll. ›Papa, was ist Atur eigentlich?‹«

Orlando hatte Schwierigkeiten mit Kalauern dieser Art und konnte nur ausrufen: »Ach, Opa!«

Mannhardt bemühte sich nun, das Niveau zu heben, und fragte seinen Enkel, wie denn Orlando und Shakespeare zusammenhängen würden?

»In ›Wie es euch gefällt‹ gibt es ein Paar: Orlando und Rosalinde.«

»Studierst du Literatur oder Anglistik?«, fragte Mannhardt.

»Nein, Jura.«

Mannhardt verzog das Gesicht. »Jura ... Was willst du werden, wenn du fertig studiert hast: Rechtsverdreher ...?«

»Nein, Strafrichter.«

»Wunderbar!«, rief Mannhardt. »Das sind die Leute, die immer alle freisprechen, die wir mühsam geschnappt haben. In dubio pro reo, wegen der schweren Kindheit.«

»Das sind doch Vorurteile«, wandte Orlando ein.

»Sind Vorurteile auch Urteile?«, fragte Mannhardt.

»Sind Ratschläge auch Schläge?«, fragte Orlando zurück.

»Ich sehe, wir verstehen uns prächtig«, sagte Mannhardt. »Willst du nicht mein Enkel werden?«

»Ja, Opa.«

So ging es noch ein Weilchen, bis Heike sie ermahnte, sich mit ihrer Fröhlichkeit ein wenig zurückzuhalten, schließlich käme man nicht aus einer Blödelshow, sondern von einer Beerdigung.

Als sie dann auf der Straße standen, um sich wieder in alle Himmelsrichtungen zu zerstreuen, hatte Mannhardt eine Idee.

»Hör mal, Lando Or, hast du nicht Lust, eine kleine Einführung in die kriminologische Praxis mitzumachen?«

»Mit wem denn?«

»Mit einem erfahrenen Lehrbeauftragten der hiesigen

Fachhochschule und altgedienten Praktiker: deinem Bullen-Opa.«

»Ja, gerne.« Orlando freute sich. »Mein Semester geht ja erst im Oktober los. Um was dreht es sich denn?«

»Um einen Mann namens Klütz, der hier in dem Haus gegenüber gewohnt hat, bis ihm deine Kollegen wegen Mordes 15 Jahre aufgebrummt haben. Er hat zwar ein Geständnis abgelegt, es aber später widerrufen.«

»Da hat ihm aber keiner mehr geglaubt …?«

»So ist es. Als ich mit meinen Studenten in Tegel war, hat er mir seine Aufzeichnungen in die Hand gedrückt. Da will ich nun recherchieren … Ja, doch!« Dieser Ausruf des Unmuts bezog sich auf Heike, die an ihrem Wagen stand und zum Aufbruch drängte, Silvio neben sich.

»Das ist also dein Sohn?«, wollte sich Orlando vergewissern.

»Ja, warum?«

»Weil es schon komisch ist, wenn einer einen Enkel hat, der dreimal so alt ist wie sein Sohn!«

»Hansjürgen, kommst du endlich!«

»Zu Befehl, meine strenge Gebieterin!« Mannhardt salutierte kurz, bevor er seinem Enkel die Hand drückte. »Wir telefonieren miteinander.«

Das taten sie dann am Vormittag des nächsten Tages, und Mannhardt riet Orlando, zum Verständnis des Falles Klütz Fontanes Kriminalroman ›Unterm Birnbaum‹ zu lesen.

»Irgendwie ist das, was sich da draußen in Frohnau abgespielt hat, eine Fontane-Paraphrase.«

»Was für eine Phrase?«, fragte Orlando.

»Pisa!«, rief Mannhardt. »Eine Paraphrase ist in der Musik eine freie Bearbeitung von Tonstücken. Siehe die Paraphrasen von Franz Liszt über Verdis Opern ›Emani‹ und ›Rigoletto‹.«

»Es ist schön, wenn die ältere Generation ihr Wissen an die jüngere Generation weitergibt«, erklärte Orlando. »Wir sollten uns beim Bundesministerium für Familie bewerben, ob wir nicht bei einer Werbekampagne mitmachen können. Wir beide an jeder Litfaßsäule.«

»Besser an einer Litfaßsäule kleben als an einem Laternenpfahl hängen«, sagte Mannhardt. »Der Soldat, den sie in Wiederscheins Garten gefunden haben, ist 1945 wahrscheinlich als Deserteur an einem Laternenpfahl aufgehängt worden.«

»Wer ist Wiederschein?«, fragte Orlando.

»Ich erzähl dir mal alles ...«

Das dauerte eine gute halbe Stunde, dann, als er wieder aufgelegt hatte, trat Mannhardt an sein Bücherregal und nahm sowohl die literarische Plauderei ›Mord und Totschlag bei Fontane‹ zur Hand als auch den Roman ›Unterm Birnbaum‹ selbst.

Im August 1885 hatte ›Die Gartenlaube‹ begonnen, ›Unterm Birnbaum‹ abzudrucken. Das Ganze spielte in Tschechin, einem deutschen Dorf im Oderbruch, nachempfunden der Ortschaft Letschin, in der Fontanes Vater von 1838 bis 1850 Apotheker gewesen war und ihn als Gehilfen beschäftigt hatte. Der Roman sollte ein Flop werden, denn das damalige Publikum interessierte sich für das Arme-Leute-Milieu eines Oderbruchdorfes nur wenig.

Der Protagonist heißt Abel Hradschek und kommt als Kind kleiner Leute aus dem Böhmischen, ist eigentlich von Haus aus Zimmermann, eröffnet aber um Michaeli 1820 in Tschechin ein Gasthaus und Materialwarengeschäft. Dem Glücksspiel verfallen, macht er viele Schulden und droht zu verarmen, wovor seine Frau Ursula, einst Schauspielerin, furchtbare Angst hat. Als Hradschek, ein Freund der Gartenarbeit, unter seinem Birnbaum gräbt, stößt er auf das Skelett eines französischen Soldaten, der im Jahre 1813 hier verscharrt worden ist.

›Der Fund bringt ihn auf die Idee, einen raffinierten Mord-plan auszuführen, der ihn von seinen Geldnöten befreien und die Polizei auf eine falsche Fährte locken sollte‹, las Mannhardt in der Einführung zum Roman. ›Doch kaum ist der gefürchtete Schuldeneintreiber beseitigt und im Keller vergraben, die Polizei plangemäß von der Unschuld des Ehepaars Hradschek überzeugt, beginnen Gewissens-qualen ...‹

Mannhardt machte sich an die Lektüre. Die nur 108 Seiten waren zwischen Mittagessen und Tagesschau mühelos geschafft, und als er die letzte, kursiv gesetzte Zeile gelesen hatte – ›Es ist nichts so fein gesponnen, 's kommt doch alles an die Sonnen.‹ – rief er seinen Enkel an, um sich mit ihm für einen Ausflug nach Frohnau zu verabreden.

*

Mannhardt hatte in seinem ersten Leben, das heißt in seiner Ehe mit Lilo und den Kindern Michael und Elke, in Herms-dorf gewohnt, dem Ort vor Frohnau, von der Stadtmitte aus gesehen, und so sprachen sie bei der Fahrt mit der S-Bahn zuerst einmal über die Familiengeschichte und dann erst über Karsten Klütz und Rainer Wiederschein. Langsam aber kamen sie zum Thema.

»Wie hat dir denn ›Unterm Birnbaum‹ gefallen?«, fragte Mannhardt seinen Enkel.

»Nun ...« Orlando war sich in seinem Urteil nicht ganz schlüssig. »Ganz spannend und eine Art vorweggenommener Sozio-Krimi, aber die Leute reden mir zu viel, und dadurch wird das alles zu langatmig.«

»Damals haben sie eben viel geredet, was sollten sie ohne Fernsehen sonst auch anderes machen? Sich zu unterhalten, war die einzige Unterhaltung. Und außerdem sollen wir uns bei Fontane durch das, was sie sagen, ein Bild von ihrem Charakter machen.«

»Mannhardt, setzen: Eins«, sagte Orlando.

»Das habe ich in der Schule nie zu hören bekommen. Es hat ja bei mir auch nur zum Ersten Kriminalhauptkommissar gereicht.«

»Nur? Eure Berufsgruppe wird doch wie kaum eine andere, Ärzte und Pfarrer einmal ausgenommen, in den Medien glorifiziert.« Sein Enkel meinte es gut mit ihm und wollte ihn trösten, ohne aber zu merken, dass man nur Opfern Trost spendete.

Mannhardt reagierte dementsprechend nur mit einem eher säuerlichen Lächeln. »Klar, als Beamter des gehobenen Dienstes ist man im Leben ganz weit nach oben gekommen und gehört zu den Schönen und den Reichen.«

»Sollen 99,99 Prozent aller Deutschen Selbstmord begehen, weil sie im Ranking unserer Milliardäre nicht auftauchen?«, fragte Orlando.

»All die, die nicht Aldi sind«, ergänzte Mannhardt. »Nein, wir haben ja genug Brot und Spiele, Alkohol und Drogen, Partys und Klubs. Und jemanden umbringen kann man selbstverständlich auch noch, wenn sich sonst kein Sinn im Leben finden lässt. Oder man gehört zur Generation Doof, dann hat man's ohnehin leicht. Immer ganz cool, denn was ich nicht weiß, das macht mich nicht heiß.«

»Sei doch nicht so verbittert!«, rief Orlando.

»Lass mich doch verbittert sein!«, gab Mannhardt zurück. »Die einen haben ihr Jodeldiplom, die anderen ihre Bittergottesdienste.«

»Solche Stimmung bringt dich aber eher ins Grab«, hielt Orlando ihm entgegen.

Mannhardt lachte und kam ihm mit einem Spruch aus seinen besten Mannesjahren. »Wer früher stirbt, ist länger tot.«

»Irgendwie wird deine Generation defätistisch, was Sinn und Ziel der Bundesrepublik angeht.«

»Das ist zweifelsfrei die einzig vernünftige Reaktion«, sagte Mannhardt und zitierte dann mit einigem Pathos: *Frommt's, den Schleier aufzuheben, / Wo das nahe Schrecknis droht? / Nur der Irrtum ist das Leben, / Und das Wissen ist der Tod.*

»Fontane?«, fragte sein Enkel.

»Nein, Schiller: ›Kassandra‹. Aber bei Fontane heißt es dazu: Das ist das Tiefste, was je über Mensch und Menschendinge gesagt worden ist.«

»Ein schönes Leben, was der Klütz fast zehn Jahre lang im Knast geführt hat«, sagte Orlando. »Nur weil dein Kollege Schneeganß sich damals geirrt hat.«

Mannhardt blieb philosophisch. »Wer weiß, ob sein Leben draußen auch so erfüllt gewesen wäre. Und außerdem hat er ein Geständnis abgelegt.«

»Und vor Gericht widerrufen!«

»Bloß, dass ihm keiner mehr geglaubt hat. Künstlerpech.«

Mit Dialogen dieser Art erreichten sie Frohnau, stiegen zur Brücke hinauf und gingen zur Straße, an der das ›à la world-carte‹ gelegen war.

Mannhardt erinnerte sich. »Hier hatte ich mal einen Fall, wo ein Nachbar den anderen mit einem Osterei vergiften wollte, mit einem, das mit Zyankali gefüllt war, und da hinten am Ludolfinger Weg gab es mal ein junges Paar, das keinen Job finden wollte oder konnte und von der Rente eines Onkels gelebt hat – der war jedoch längst tot, und die Sache ist erst aufgeflogen, als das Gerücht aufkam, der Alte sei ermordet worden. Aber das war ja alles nicht so spektakulär wie die Leiche unterm Kirschbaum beziehungsweise unter der Garage.«

Als sie vor der Villa standen, in der einst Wiederschein sein ›à la world-carte‹ betrieben hatte, fühlten sie sich an die DDR des Jahres 1990 erinnert: Alles war verfallen und in einem jämmerlichen Zustand.

Mannhardt kam ein Schlager in den Sinn, den sie vor 50 Jahren bei einem solchen Anblick alle gesungen hatten: Rosemary Clooney, ›This Ole House‹.

This ole house once knew his children / This ole house once knew his wife / This ole house was home and comfort / As they fought the storms of life / This old house once rang with laughter / This ole house heard many shouts / Now he trembles in the darkness / When the lightnin' walks about ... Weiter kam er nicht mehr.

Orlando klatschte Beifall. »Deutschland braucht den Superstar nicht länger zu suchen, hier ist er: mein Opa! Aber sag mal: Was ist denn das, was du da gesungen hast? Hast du in der Volkshochschule eine neue Fremdsprache gelernt?«

Mannhardt war ein wenig gekränkt, hatte er doch sein bestes Englisch bemüht. »Wenn du das nicht verstehst, musst du dir eben die deutsche Fassung anhören: Bruce Low: ›Das alte Haus von Rocky Docky‹.« Und auch da kannte er die erste Strophe. »Das alte Haus von Rocky Docky hat vieles schon erlebt. Kein Wunder, dass es zittert, kein Wunder, dass es bebt. Das Haus von Rocky Docky sah Angst und Pein und ...«

»Diese Bruchbude hier offenbar auch«, sagte Orlando. »Wenn der Schulz hier wirklich ermordet worden ist ...«

»Komm, gehen wir mal rein.« Mannhardt war neugierig.

Orlando zögerte. »Wir behandeln das zwar erst im vierten Semester, aber juristisch gesehen ist das bestimmt nicht koscher.«

»Und wenn? Wo ein Loch im Zaun ist, da ist auch ein Weg.«

Ein vielleicht zehnjähriger Junge, der ein wenig Ähnlichkeit mit Harry Potter hatte, kam vorüber und konnte den schwarzen Neufundländer, den er an der Leine führte, kaum bändigen, so sehr bellte das Tier und gebärdete sich wie närrisch.

»Gehen Sie nicht rein in das Haus!«, rief ihnen der Junge zu. »Da drin spukt es, und der Hund, der wittert das.«

»Wir glauben nicht an Spuk und böse Geister, Hertha BSC wird Deutscher Meister«, sagte Mannhardt.

Orlando lachte. »Aber erst, wenn ich Opa bin – oder noch ein paar Jahre später.«

»Wirklich!«, beharrte der Junge. »Mein Freund sagt, dass da noch 'ne Leiche drin liegt.«

»Wie heißt du denn?«, fragte Mannhardt, man konnte ja nie wissen.

»Jasper.«

»Sehr schön. Und was weißt du noch so über dieses Haus?«

Der Junge bekam es nun mit der Angst zu tun. »Nichts weiter. Und ich muss jetzt nach Hause.« Damit ließ er sich von seinem Hund zum nächsten Baum ziehen.

»Das fängt ja gut an«, sagte Orlando. »So viel suspense hatte ich gar nicht erwartet.«

»Lass dieses blöde Wort!«, rief Mannhardt. »Seinetwegen habe ich mal in einer Englischarbeit eine Fünf bekommen, weil ich nämlich suspense mit Suspensorium übersetzt habe.«

Sein Enkel wollte es nicht glauben. »Deswegen schon?«

»Nein, vor allem, weil der Lehrer Fritz hieß und wir immer gesungen haben: ›Für unseren Fritz hat das Suspensorium noch lange nicht den richtigen Sitz.‹ Er hatte nämlich – wie sagt man – ein gewaltiges Gekröse, aber immer viel zu knapp geschnittene Hosen an. Nicht der Mädchen in der Klasse wegen, sondern der Jungen … Und das zu Zeiten des Paragrafen 175.«

Mannhardt weitete das Loch im Zaun, indem er ein paar Latten zur Seite drückte.

Sie kamen ohne Mühe in den Vorgarten. Der Rasen war offenbar seit Jahren nicht mehr gemäht worden, die Hecken hatte niemand beschnitten, und erst recht nicht die Algen mit einem Hochdruckreiniger vom Mauerwerk entfernt. Im Souterrain und im Parterre waren alle Fenster mit Brettern vernagelt, im ersten Stock erblickten sie eine Reihe zerdepperter Scheiben. An einigen Stellen war der Putz in großen Brocken von der Wand gefallen. In der Dachrinne wuchsen kleine Birken. Der Transparentkasten mit dem Namen des Restaurants war weithin zertrümmert worden, sodass nur noch ›a la … car…‹ zu lesen war, als würde es sich hier einmal um ein Autohaus gehandelt haben.

»Vom Schmuckstück zum Schandfleck«, stellte Mannhardt fest.

»Der Clou wäre natürlich, wenn wir hier eine Leiche finden würden«, sagte Orlando. »Eine, die uns dann den wahren Mörder finden lässt.«

»Das ist hier nicht der Tatort Tegel.« Mannhardt meinte damit die alljährlich stattfindende Reinickendorfer Kriminacht in der Humboldt-Bibliothek am Hafen.

Orlando lachte. »Die ganze Welt ist ein einziger Tatort.«

Mannhardt hatte durchaus die Absicht, in die verlassene Villa einzudringen und sich in den Räumlichkeiten umzusehen. Vor allem war er neugierig, ob es einen Kellerraum gab, der dem von Abel Hradschek in Tschechin irgendwie ähnelte. Noch mehr aber reizte ihn im Augenblick das Gästehaus, in dem Siegfried Schulz aller Wahrscheinlichkeit nach ermordet worden war. Jedenfalls nach Meinung des Gerichts wie des Kollegen Schneeganß.

Doch dieses Gästehaus des ›à la world-carte‹ gab es nicht mehr, der ehemalige Pferdestall war abgerissen worden.

»Warum denn das?«, fragte Mannhardt an seinen Enkel gewandt.

Orlando hatte eine logische Erklärung dafür. »Meinst du denn, da hat noch einer drin übernachten wollen, nachdem überall zu lesen stand, wo man Schulz ermordet hat?«

Mannhardt war ein wenig enttäuscht. »Klar, es ist Unsinn, aber ich hatte irgendwie gehofft, auch nach so langer Zeit noch was zu finden, was uns weiterbringen würde.«

Sie suchten an der Rückfront des Hauptgebäudes nach einer Möglichkeit, in das Innere des Hauses zu gelangen, ohne etwas aufbrechen zu müssen oder sich die Kleider zu zerreißen. Die Tür des Anbaus schien sich am ehesten ohne spezielles Werkzeug öffnen zu lassen. Mannhardt begann, das Schloss genauer zu untersuchen.

Eine keifende Stimme ließ ihn zusammenzucken. »Hallo, was machen *Sie* denn da?«

Mannhardt fuhr herum und sah am Zaun zum Nachbargrundstück eine alte verbitterte Dame stehen, die er aus Klütz' Memoiren zu kennen glaubte. »Ah, Sie sind die Frau Laubach …?«

»Sind Sie ein ehemaliger Schüler von mir?«

»Ja«, log Mannhardt. »Der Hansjürgen aus der 5a.«

»Und was haben Sie hier zu suchen?«

Einen Augenblick schwankte er, dann schien es ihm doch am klügsten zu sein, der Laubach die Wahrheit zu sagen. »Wir sind im Auftrag von Herrn Klütz nach Frohnau gekommen. Es geht um die Wiederaufnahme seines Verfahrens.«

»Wieso denn das?«, wollte Carola Laubach wissen.

»Weil er inzwischen bestreitet, die Tat damals wirklich begangen zu haben.«

»Das fällt ihm jetzt erst ein, dass er es nicht gewesen ist …?« Die Laubach tippte sich an die Stirn. »Der ist wohl meschugge.«

»Das passiert bei einem Confessor gelegentlich, dass er später umfällt«, erklärte Mannhardt.

»Wie denn das?«, fragte die Laubach.

»Das kommt schon mal vor, dass einer bereitwillig mit der Kripo zusammenarbeitet und Verbrechen zugibt, die er gar nicht begangen hat, aus welchen Gründen auch immer: aus Geltungssucht, weil er sich selbst bestrafen will, weil er gelobt werden will, weil er seine Ruhe haben will, weil es ein versteckter Selbstmord ist. Da kommt immer viel zusammen. Und bei Klütz scheint die jahrelange Therapie dazu geführt zu haben, dass er die Tat bestreitet und sich dem Leben wieder stellen will,« erklärte Mannhardt.

»Wem soll man denn heute noch glauben?«, fragte die Laubach. »In dieser Welt ist doch alles durcheinander! Erst hätten wir schwören können, dass es der Wiederschein gewesen ist, dann haben sie die Leiche von Schulz drüben unter der Garage gefunden, und der Klütz hat alles gestanden … Und nun? Soll alles wieder von vorn losgehen?«

Mannhardt zuckte mit den Schultern. »Keine Ahnung. Das hängt davon ab, was wir herausfinden.«

»Sie sind Kriminalbeamter?«, wollte die Laubach wissen.

»Ja.«

»Lügen Sie nicht so frech! Nicht in Ihrem Alter.«

Mannhardt duckte sich unwillkürlich. Lehrerinnen wie die Laubach hatten in solchen Fällen früher immer mit dem Stück Kreide geworfen, das sie gerade in der Hand hatten.

»In Ihrem Alter ist man längst pensioniert«, fuhr die Laubach fort.

»Pardon!« Mannhardt deutete eine leichte Verbeugung an. »Ich war früher wirklich Leiter der 12. Mordkommission, bin aber immer noch sozusagen im Dienst, weil ich an der Fachhochschule für Verwaltung und Rechtspflege, wo unsere Kriminalkommissare ausgebildet werden, weiterhin einen Lehrauftrag im Fach Kriminologie habe. Und das hier ist einer meiner Studenten …« Er zeigte auf Orlando.

»Ja«, kam es ergänzend von seinem Enkel. »Wir haben gerade mit einem Projekt über ungelöste Fälle begonnen …«

»Im Fachjargon ›nasse Fische‹«, ergänzte Mannhardt. »Und irgendwie ist der Fall Schulz so ein nasser Fisch.«

Carola Laubach zeigte sich mit diesen Antworten zufrieden und verzichtete darauf, die Polizei zu rufen.

So wagte es Mannhardt, weitere Fragen zu stellen. »Wem gehört inzwischen dieses Grundstück …?«

»Das entzieht sich leider meiner Kenntnis. Die Eigentümer wechseln häufig. Zuletzt war der andere Nachbar im Gespräch, der Herr Professor Schönblick.«

Mannhardt staunte. »Der hat doch das Baugrundstück damals mitsamt dem Rohbau an Karsten Klütz verkauft …?«

»Ja, aber dann, als Herr Klütz verurteilt worden war, von ihm zurückerworben. Zu einem viel geringeren Preis, wie man mir erzählt hat, da es lange Zeit als schwer verkäuflich galt.«

»Wegen der vergrabenen Leiche, klar.« Mannhardt nickte. »Und was ist eigentlich aus Wiederschein und seiner Frau geworden?«

»Auch davon habe ich keine genaue Kenntnis, ich weiß nur, dass die beiden damals nach Bremen gegangen sind.«

9.

*Er sah deutlich die ganze Geschichte wieder lebendig werden,
und ein Schwindel ergriff ihn, wenn er an all das dachte, was
bei diesem Stande der Dinge jeder Tag bringen konnte.*

(Theodor Fontane, ›Unterm Birnbaum‹)

Rainer Wiederschein arbeitete, wie schon so oft in seinem
Leben, als Kellner, diesmal in der Bremer Altstadt. Es war
schwere Arbeit, die er hier zu verrichten hatte, denn sie hatten
nicht nur im Parterre des schmalen Hauses im Schnoor ihre
Tische stehen, sondern auch in der ersten Etage, doch trotz
des vielen Treppensteigens war er immer fröhlich und stets
zu Scherzen aufgelegt. Jeder Tag war ein Geschenk für ihn,
denn eigentlich hätte er in Tegel im Gefängnis sitzen müssen.
Ja, es war ein Glück, dass er dem Schlachtfeld Berlin mit nur
kleinen Blessuren entronnen war. Und er schmiedete bereits
wieder große Pläne. Jetzt, wo er Angela nicht mehr am Hals
hatte, da … Ein lautes Hallo riss ihn aus seinen Träumen.

»Da ist er ja!« In der Tür stand Werner Woytasch. »Ich
wusste doch, mein Lieber, dass ich Sie hier in Bremen irgendwo
finden würde.«

»Ja, in Bremen ist alles etwas kleiner als in Berlin, nur im
Fußball sind wir um einiges größer.«

Sie schüttelten sich die Hände, und Wiederschein führte den
Gast aus Frohnau zu einem abgelegenen Tisch unter der nach
oben führenden Treppe, sodass man, war etwas weniger Betrieb,
ein paar Minuten ruhig miteinander plaudern konnte.

»Ich bin zu einer kommunalpolitischen Tagung hier«,
erzählte Woytasch. »Oben im Bürgerpark. Und da komme

ich mit einem Genossen aus Bremen ins Gespräch, der früher öfter mal mit mir in Ihrem ›à la world-carte‹ gegessen hat, und der erzählt mir, dass Sie hier im Schnoor gelandet sind. Also bin ich natürlich gleich her, um Ihnen Guten Tag zu sagen.«

»Eine gute Idee«, antwortete Wiederschein und setzte sich einen Augenblick neben Woytasch an den Tisch. Der Wirt sah das nicht gern, aber: na und?

Woytasch rechnete einen Augenblick. »Fünf Jahre ist es nun her, seit Sie aus Frohnau weg sind …«

Wiederschein lächelte. »So ist es. Wenn man total pleite ist, bleibt einem nur noch die Flucht. Und da Angela hier Verwandte hatte, sind wir nach Bremen gegangen.«

»Was macht denn Ihre Frau?«, fragte Woytasch.

»Keine Ahnung.« Wiederschein machte eine hilflose Geste, indem er beide Arme weit ausbreitete. »Wir haben uns getrennt, als sie zu den Hare-Krishna-Leuten in den Hunsrück gezogen ist. Die haben da ihren Tempel in einem Ort mit dem schönen Namen Abentheuer. Von da ist sie wohl nach Indien.«

Woytasch lachte. »Früher ist sie immer unserem lieben Pfarrer Eckel hinterhergelaufen – und jetzt sind es die indischen Götter. Mir war aber so, als hätte ich sie letztes Jahr noch bei uns oben in Frohnau gesehen …«

»Das muss ein Irrtum gewesen sein«, sagte Wiederschein schnell.

»Und wie geht es Ihnen so?«

»Danke, gut. Ich bin in der glücklichen Lage, dass ich nie mehr Angst um mein Geld haben muss, dass die Aktienkurse fallen und meine Fondspapiere nichts mehr wert sind, denn ich habe so viele Schulden, dass mir jeden Monat bis auf das Existenzminimum alles weggepfändet wird.«

Woytasch nickte mitleidig. »Ist denn das Restaurant wirklich so schlecht gelaufen?«

Wiederschein stöhnte auf. »Nach der Umstellung auf den

Euro immer schlechter. Und wenn die Leute gastronomisch was erleben wollten, sind sie in die Innenstadt gefahren. Jede Zeitung hat ja wöchentlich ein neues Sternerestaurant angepriesen.«

Woytasch blätterte in der Speisekarte. »Dabei war ja Ihre, wenn ich das hier so sehe ... Kükenragout, pfui. Aber Ihre Villa steht nach wie vor leer und verfällt so langsam, ein Käufer hat sich noch immer nicht gefunden. Es geht das Gerücht, dass sie da ein Altenheim bauen wollen, so richtig first class, dazu brauchen sie allerdings das Grundstück nebenan, aber die Laubach will nicht verkaufen.«

»Die lebt auch noch ...«, murmelte Wiederschein. »Und sorgt weiterhin dafür, dass die Atmosphäre ringsum schön vergiftet wird. Ist sie denn nun glücklich, dass sie den Schönblick wieder als Nachbarn bekommen hat, den großen Wirtschaftsweisen ...?«

Woytasch schüttelte sich. »Diesen gekauften Dreigroschenjungen der Konzerne? Wenn die ihm 10.000 Euro zahlen, weist er uns wissenschaftlich nach, dass nur ein Mindestlohn von 10 Cent die Stunde die Zukunft Deutschlands sichern kann.«

»Und was gibt es sonst Neues in Frohnau?«, fragte Wiederschein, den das Politische nach wie vor nicht interessierte.

»Eigentlich nichts, außer dass da draußen bei uns ein pensionierter Kriminalkommissar herumschnüffelt ...«

Wiederschein versuchte, sein Erschrecken zu verbergen. »Gräbt der noch einmal unter meinem Kirschbaum nach?«

»Sozusagen ja, denn Klütz hat wohl sein Geständnis widerrufen. Offiziell hält man das für Quatsch und macht nichts weiter, aber dieser Mannhardt, so heißt er, und natürlich auch ein paar Journalisten, sind nun wieder hinter der Geschichte her. Ich bin auch deswegen hier, um Ihnen zu sagen, dass da was an dummen Fragen auf Sie zukommen könnte. Mietzel hat mir erzählt, dass man bei ihm in der Kanzlei schon herumspinnt, dass Sie mit der Sandra Schulz was gehabt hätten und ... Ach, lassen wir das!«

*

›Erlernen Sie das edelste aller Handwerke, das Schreiben. Erfüllen Sie sich einen lang ersehnten Traum und halten Sie Ihr erstes gedrucktes Werk so in den Händen wie einen Sohn oder eine Tochter. Glauben Sie den Worten von William Stafford: »Das Schreiben ist eine Quelle der Freude, ein Weg, auf dem es viel zu entdecken gibt. Wer sein eigenes Leben schreibend verfolgt, vertrauensvoll und gelassen, empfindet die Welt immer als einladend und rätselhaft, als unermessliche Sphäre, die lebendige Realität und Unberechenbarkeit des Traums miteinander vereint.‹

Dieser Werbetext hatte Wiederschein gefallen, und so hatte er, nachdem Angela aus seinem Leben verschwunden war, den großen Belletristik-Kurs in einer Schule des Schreibens belegt. Nach gut einem Jahr hatte er seinen ersten Roman zu Ende geschrieben, und das Manuskript lag nun bei einem renommierten Verlag. Jeden Tag rechnete er mit einer begeisterten Antwort des Lektorats, denn der Plot war einfach hinreißend. Als Arbeitstitel hatte er ›Der Urug‹ gewählt, was sich ergab, wenn man Guru verkehrt herum las. Es ging in dem Buch darum, dass ein fürchterlich gestresster westlicher Manager nach Indien geht, um dort in einem Ashram ein anderer zu werden und den Weg zur Weisheit und zum wahren Leben zu finden, am Ende aber der Guru unter seinem Einfluss den ganzen ›esoterischen Firlefanz‹ zu hassen beginnt und mit ihm nach Berlin flüchtet, um in der Managementzentrale einer indischen Firma endlich seine Potenziale auszuschöpfen.

Kochte die Sache mit Schulz und Klütz jetzt wieder hoch, sah er gute Chancen, mit seinem Roman wahrgenommen zu werden und in die Talkshows zu kommen, zumal sein Held vor seiner indischen Episode in Berlin Ähnliches erlebt hatte wie er, das heißt, in Verdacht geraten war, jemanden ermordet zu haben. Wiederschein wusste, dass so ein bunter Vogel wie er bei ernsthaften Journalisten wie bei allen schnell bewegten Kulturfuzzies gute Karten hatte, und er erhoffte sich von seiner Rolle als Bestsellerautor ein neues Leben. Irgendwie würden die Leute merken, dass er ein düsteres Geheimnis mit sich herumtrug und ihn deswegen anhimmeln. Alle dürsteten ja danach, etwas Besonderes zu sein, und er war es: Er hatte einen Menschen kaltblütig ermordet, und es belastete ihn nicht im Geringsten, dass ein anderer für ihn mindestens 15 Jahre im Gefängnis saß. So war das Leben eben, was konnte er dafür.

Berauscht von seiner kommenden Bedeutsamkeit, verließ er gegen 22 Uhr seine Arbeitsstätte und ging zur Domsheide, um mit der Straßenbahn nach Hause zu fahren. Die Linie 2 brachte ihn nach Sebaldsbrück, von wo er bis zur Pletzer Straße, wo er unterm Dach zur Untermiete wohnte, nur wenige Minuten zu laufen hatte.

Während der Fahrt hing er seinen Gedanken nach. Der Besuch von Woytasch hatte ihn nicht sonderlich beunruhigt. Sollten sie das Verfahren ruhig wieder aufrollen, nach so vielen Jahren hatte er nichts mehr zu befürchten. Zu beweisen war ihm nichts, da konnte Klütz noch so eindringlich seine Unschuld beteuern. Auch von Angela drohte keine Gefahr, und mit Sandra Schulz hatte er nie Probleme gehabt, warum sollte die ein Interesse daran haben, ihn in die Pfanne zu hauen. So konnte er ganz berlinisch denken: Ihr könnt mich mal alle!

Am Steintor stieg Silke in die Straßenbahn. Mit der schlief er ab und an mal oder ging mit ihr ins Weserstadion, um Werder siegen zu sehen; es war nichts Ernsthaftes. Sie arbeitete als Verkäuferin in einer Bäckereikette und war eine ansehnliche Vertreterin der Generation Doof, aber nach Angela, die ständig so verquält herumgelaufen war wie eine Trägerin des Ingeborg-Bachmann-Preises, tat sie ihm unheimlich gut.

Silke überredete ihn zu einem Quickie bei sich zu Hause, und so war seine Stimmung glänzend, als er endlich in sein Zimmer trat. Auf seinem kleinen Schreibtisch lag ein dickes Kuvert, von seiner Wirtin dort platziert, und schon von Weitem erkannte er das Signet des Verlages, dem er das ›Urug‹-Manuskript geschickt hatte. Ein alter Hase hätte sofort gewusst, dass dies nichts anderes als Ablehnung des Stoffes heißen konnte, er aber dachte, man hätte ihm das Ganze wegen ein paar kleinerer Korrekturen nach Bremen geschickt.

Doch als er den Umschlag aufgerissen und den Begleitbrief gelesen hatte, war ihm zumute, als hätte er gerade sein Todesurteil vernommen. Nicht gedruckt zu werden, hieß ja irgendwie auch, nicht leben zu dürfen. Ende, aus!

Er fiel auf sein Bett und dachte, dass dies nichts anderes sein könne als die gemeinsame Rache von Schulz und Klütz. Jetzt bist du genauso tot wie wir!

Und zum ersten Mal in seinem Leben dachte er daran, allem ein Ende zu machen, sich selbst zu erlösen. Aber wie? Sollte er mit dem Rad nach Osterholz-Tenever fahren und sich von einem Hochhaus stürzen? Sollte er nach Mahndorf laufen, um sich vor den nächsten Zug zu werfen? Sollte er zum Dobben fahren und einem Polizisten die Waffe entreißen, um sich damit zu erschießen? Oder sollte er zu Hause bleiben und alle seine Schlaf- und sonstigen Tabletten auf einmal schlucken?

10.

*Im Dorfe gab es inzwischen viel Gerede, das aller Orten dar-
auf hinauslief: »Es sei was passiert und es stimme nicht mit
den Hradscheks. Hradschek sei freilich ein feiner Vogel und
Spaßmacher und könne Witzchen und Geschichten erzählen,
aber er hab' es hinter den Ohren, und was die Frau Hradschek angehe, die vor Vornehmheit nicht sprechen könne, so
wisse jeder, stille Wasser seien tief. Kurzum, es sei den beiden
nicht recht zu traun ...«*

(Theodor Fontane, ›Unterm Birnbaum‹)

Hansjürgen Mannhardt und sein Enkel hatten beschlossen,
nach Bremen zu fahren und mit Rainer Wiederschein zu
reden. Da sich Heike weigerte, Mannhardt ihren Wagen zu
überlassen, und Orlando zudem immer übel wurde, wenn
er länger als eine Stunde im Auto saß, blieb ihnen nur die
Bahn.

»Über Hannover dauert es rund drei Stunden«, sagte
Orlando, als er sich im Internet kundig gemacht hatte.
»Spandau ab: 7.05 Uhr, Bremen an: 9.51 Uhr.«

»Und wie viel Zeit hätten wir zum Umsteigen?«, fragte
Mannhardt.

Orlando sah auf seinen Computerausdruck. »17 Minuten.«

Mannhardt schüttelte den Kopf. »Das schaffe ich unmöglich.«

»Was denn, Opa, du schaffst es in Hannover in 17 Minuten
nicht vom Gleis 12 zum Gleis 11 – und das ohne Gepäck?«

»Was heißt hier 17 Minuten?«, fragte Mannhardt. »Wenn

unser Zug 20 Minuten Verspätung hat, womit ja immer zu rechnen ist, hätte ich minus drei Minuten – und das ist für einen älteren Menschen wie mich wirklich zu wenig.«

»Nicht jeder Zug hat Verspätung«, erklärte Orlando.

»Schön, wie du das sagst, das klingt wirklich verheißungsvoll, aber die Wirklichkeit wird dich mühelos widerlegen.«

Was sie dann tatsächlich tat, wenngleich sie bei der Abfahrt nur fünf Minuten Verspätung hatten, was bei der Bahn per Definition als pünktlich galt. Auf der Fahrt schaute Mannhardt aus dem Fenster und fragte sich, ob das Havelland, flach wie es war, beim Abschmelzen der Eiskappen auch überschwemmt werden würde.

»Schade um den Großen Havelländischen Hauptkanal«, sagte er. »Und schade um Effi Briests Heimat. Aber du bist ja mit deiner Lektüre mehr an der Oder als an der Havel …«

Das bezog sich darauf, dass sein Enkel in diesem Moment in Fontanes ›Unterm Birnbaum‹ blätterte, hoffend, die eine oder andere Parallele zu finden, die sie in der Sache Klütz weiterbringen konnte.

»Ich sehe doch eher die Unterschiede«, sagte er nach einiger Zeit. »Vor allem: Bei Fontane gibt es keinen Klütz.«

»Weil es noch keine Fußballer gab«, stellte Mannhardt fest. »Wie denn auch in den Jahren 1831 bis 1833?«

Orlando fixierte seinen Großvater. »Und deine jahrhundertelange Berufserfahrung sagt dir, dass es unterm Kirschbaum wie unterm Birnbaum war, also wie bei Fontane, dass Wiederschein seinen Onkel ermordet und seine Frau dann als Schulz mit dem Porsche davongefahren ist …?«

»Richtig. Szulski aus Polen gleich Schulz aus Berlin, das ist doch einsichtig genug, Ursel Hradschek gleich Angela Wiederschein.«

»Und Klütz?«

Mannhardt lachte. »Klütz ist nur eine neuzeitliche Arabeske.

Heutzutage hätte Fontane auch ans Fernsehen denken müssen, und da macht sich eine zweite Ebene immer gut. Mit einem Fußballprofi, einer Modemacherin, einem Ehedrama.«

»Hm, Wiederschein also.« Orlando blätterte in dem Kommentar, den Helmuth Nürnberger zu Fontanes Roman geschrieben hatte, und zitierte einige Zeilen: »Derjenige ist der Mörder, dem man die Tat eigentlich nicht zutrauen möchte, weil er gewiss nicht die Züge eines Gewaltverbrechers trägt und nur durch die äußeren Umstände zum Täter wird. Es ist das eigentlich Faszinierende an Fontanes Darstellung, wie wenig auffallend der Mörder ist …« Orlando machte eine kleine Pause. »Ich finde aber, dass Wiederschein höchst auffallend ist, ein Weltenbummler, ein Frauenheld, einer, der es zum Sternekoch bringen könnte, wenn er denn wollte, ein Paradiesvogel. Unauffällig ist doch gerade Klütz.«

Mannhardt schüttelte den Kopf. »Aber nicht mit seinen über 100 Bundesligaspielen.«

»Zur Zeit der Tat hat er nur in der Verbandsliga gespielt«, gab Orlando zu bedenken.

»Na schön, aber es gibt faktisch nichts, womit Wiederschein noch zu überführen wäre. Und freiwillig wird er bestimmt nichts gestehen.« Mannhardt machte sich da keinerlei Hoffnungen.

»Dann müssen wir uns eben an seine Frau halten«, sagte Orlando und verwies auf eine entsprechende Stelle im Nachwort: »Der Täter fürchtet nicht sein Gewissen, sondern nur die Entlarvung. Seine Frau aber erträgt den fortgesetzten psychischen Druck nicht; sie siecht dahin, ihre Ruhelosigkeit ist für alle bemerkbar.«

Mannhardt lachte. »Ach, komm, wer heutzutage Angela heißt, der hat doch sein großes Vorbild und ist durch nichts zu erschüttern.«

Orlando ließ sich nicht beirren. »Ich bin zwar kein Kriminalkommissar, aber später als Staatsanwalt Herr des Verfahrens, und

so weise ich Sie jetzt an, Herr Mannhardt, Angela Wiederschein
als Schlüssel im Fall Klütz zu sehen, denn als Fontane-Fan
müssen Sie doch sehen, dass dies der entscheidende Hinweis
ist: ›Seine Frau aber erträgt den fortgesetzten psychischen
Druck nicht …‹ Sie müssen wir aufs Korn nehmen, wenn ich
das anmerken darf.«

*

Angela Wiederschein saß in Allahabad am Ufer des Ganges und
murmelte das wichtigste Mantra des tibetanischen Buddhis-
mus: »Aum mani padme hum.« ›A‹ bezeichnete die Wach-
samkeit des Menschen, ›u‹ die Traumwelt und ›m‹ den tiefen
Schlaf. Aum war die mystische Silbe, die vom Atom bis zum
Universum alles erfasste. Angela wippte mit dem Oberkörper
leicht hin und her. Höre dein eigenes Atmen, höre den Klang
deines Atems, höre, wie der Klang deines Atmens zu einem
Mantra wird, spüre, wie sich das Mantra mit deinem Körper
vereint, fühle die Energie, die es produziert, lasse es fließen,
höre die innere Energie deines Körpers …
    Sie war nach Indien gekommen, um sich einen Guru zu
suchen. Bina guru gnana nahi! Ohne Guru gibt es kein Wissen.
Noch aber hatte sie keinen gefunden, noch musste sie selber
lesen, was bedeutsam war.
    *Woher hat diese Schöpfung sich erhoben, / ist sie geschaffen
oder unerschaffen, der eine nur, / der auf sie blickt aus höchs-
ter Himmelssphäre, er weiß es, oder er weiß es nicht?*
    Das war aus der Rigveda, aber alles, was sie bisher wusste,
war nur Stückwerk, es fehlte das Band, das alles einigte. Aber
es war gar nicht so einfach, einen guten Guru oder Ashram
zu finden. Die wahren Meister hatten es nicht nötig, nach
Kunden Ausschau zu halten, und das ›guru-shopping‹, wie
es viele Amerikaner betrieben, hasste sie.

Angela Wiederschein hatte Hunger. Sie stand auf, um in die Stadt zu gehen und sich ein annehmbares Restaurant zu suchen. Sie liebte die indische Küche, obwohl ihr die ungewohnte Schärfe der Speisen weiterhin Schwierigkeiten bereitete. Sie musste einen Liter Wasser nach dem anderen trinken, um das Essen zu entschärfen. An sich missfiel ihr aber die oberste Lebensmaxime des Inders: ›Khao, pio, maja karo!‹ – ›Iss, trink, hab Spaß!‹ –, denn sie war nicht nach Indien gekommen, um sich zu vergnügen.

»Namasté!«

Sie ging hinter einem hohen Beamten her, und alle begrüßten ihn mit außerordentlichem Respekt.

»One rupee, please!« Die Bettler hatten sie entdeckt und folgten ihr in froher Erwartung.

Am Straßenrand hockte ein Bauer und entleerte seinen Darm. Im Flugzeug hatten sie gespottet, dass es in Indien gar keine Epidemien geben könne, denn in der alten indischen Heilkunde der Ayurveda kämen Bakterien und Viren nicht vor.

Sie sah das Schild eines Restaurants und änderte ihren Kurs. ›Anand Bhavan‹, das hieß ›Tempel der Glückseligkeit‹. So hätten sie ihr Restaurant in Frohnau nennen sollen und nicht ›à la world-carte‹, dachte sie. In diesem Augenblick dudelte ihr Handy. Es dauerte eine Weile, bis sie es aus ihrem Rucksack gefischt hatte. Aber der Teilnehmer hatte noch nicht aufgegeben.

»Hallo, hier ist Pfarrer Eckel aus Frohnau!«

Angela Wiederschein blieb der Atem weg. »Das darf doch nicht wahr sein!«

»Wieso das?«

»Weil ich in dieser Sekunde gerade an Frohnau gedacht habe, an unser Restaurant, da ...«

»Diesen schönen Fall von Gedankenübertragung sollten wir gleich dem Institut für Parapsychologie melden«, sagte

Pfarrer Eckel. Sein Spott war verständlich, denn so zufällig war dies alles nicht, weil sie auch in ihrer Bremer Zeit immer engen Kontakt zu ihm gehalten hatte. »Ich wollte Ihnen auch nur sagen, dass der Fall Schulz im Augenblick von der Presse wieder hochgekocht wird, weil der Klütz sein Geständnis widerrufen hat und ein pensionierter Kriminalkommissar hier in Frohnau unterwegs ist und alle ausfragt.«

*

Mannhardt und Orlando erreichten Bremen ohne eine Sekunde Verspätung und überlegten, ob sie das dem Guinness-Buch der Rekorde melden sollten. Um 9.59 Uhr traten sie auf den Bahnhofsplatz, und da ihr Zug zurück nach Berlin um 19.18 Uhr abfuhr, hatten sie mehr als neun Stunden Zeit, um Rainer Wiederschein zu finden und mit ihm über das Damals zu reden. Das Geld für ein Hotelzimmer wollten sie sich sparen.

»Wohin, großer Meister?«, fragte Orlando.

»Zum Schnoor.« Mannhardt hatte in seinem früheren Leben einige Zeit in der Nähe Bremens gewohnt, sodass er sich in der Innenstadt ganz gut auskannte. Außerdem hatte es eine Menge dienstlicher Kontakte gegeben, sodass er ohne Mühe herausbekommen hatte, wo Wiederschein inzwischen arbeitete und wohnte.

Doch ehe sie losgingen, genoss Mannhardt erst einmal den regen Straßenbahnverkehr vor dem Hauptbahnhof. Sechs Gleise gab es hier, und man musste schon höllisch aufpassen, um nicht überrollt zu werden. Das war der Fluch der modernen Technik, dass die Niederflurzüge so leise waren. Ehe man sie hörte, hatten sie einen bereits erfasst. In Berlin gab es immer wieder Tote bei Begegnungen mit der Straßenbahn. Der Linie 8 nach Huchting konnten sie gerade noch ausweichen.

Sie machten sich auf den Weg zum Restaurant, in dem Wiederschein angeheuert hatte. Unter der Hochstraße hindurch kamen sie auf den Herdentorsteinweg, durchquerten die Wallanlagen und erreichten die Sögestraße. Als sie ihr Ziel erreicht hatten, war ihre Enttäuschung groß, denn der Wirt teilte ihnen mit, dass Wiederschein nicht zur Arbeit erschienen sei.

»Warum das?«, fragte Mannhardt.

»Weil er im Krankenhaus liegt. Verkehrsunfall. Heute Nacht.«

»Wo liegt er denn?«

»Links der Weser.«

Mannhardt war etwas desorientiert. »Ich meine, in welchem Krankenhaus?«

»Das Klinikum heißt so.«

Weiter wollten sie den freundlichen Mann nicht belästigen und fragten an der Domsheide einen Polizisten, wo das Klinikum Links der Weser läge.

»Draußen in Kattenturm.«

»Danke. Und wie kommen wir dorthin?«

»Mit der 4 Richtung Arsten.«

So kam Mannhardt doch noch in den Genuss einer Fahrt mit der Straßenbahn. Als ehemaliger West-Berliner hatte er in dieser Hinsicht einen gewissen Nachholbedarf, denn dort war der Straßenbahnverkehr 1967 eingestellt worden.

Sich zu Rainer Wiederschein durchzufragen, erwies sich als nicht sonderlich einfach, und so waren sie ein wenig erschöpft, als sie schließlich an seinem Krankenbett standen. Es war ein Zweibettzimmer, aber der andere Patient lag gerade auf dem Operationstisch, sodass sie ungestört miteinander reden konnten. Mannhardt stellte sich und seinen Enkel vor und kam etwas zögerlich auf den Grund ihres Besuches zu sprechen.

»Wir wollten Sie in Ihrem Restaurant aufsuchen, Herr Wiederschein, also nicht in Ihrem, sondern in dem, in dem Sie jetzt arbeiten, aber da sagte man uns, dass Sie einen Verkehrsunfall gehabt hätten …?«

Wiederschein zeigte auf seinen Turban. »Ja, ich bin auf der Osterholzer Heerstraße gegen einen Bus gelaufen, aber es geht schon wieder …«

Mannhardt nahm einen neuen Anlauf. »Wir kommen aus Berlin …«

»… und sind sozusagen von einer privaten Mordkommission«, fuhr Wiederschein fort. »Ich weiß. Dem lieben Herrn Klütz ist ja nun eingefallen, dass er meinen Onkel doch nicht umgebracht und bei sich vergraben hat, also muss ich es gewesen sein.«

Mannhardt war überrascht von der Leichtigkeit, mit der Wiederschein die Sache betrachtete. Abgebrüht hätte man früher zu diesem Verhalten gesagt, aber das schien ihm nicht das richtige Adjektiv zu sein. Die Floskel von der Leichtigkeit des Seins traf es wohl besser. Konnte ein Mörder so heiter und gelassen reagieren, wenn man ihn zu überführen suchte? Mannhardt wusste auch nach langen Dienstjahren keine schlüssige Antwort auf diese Frage. Ja, unter Umständen schon, wenn die Verdrängung funktionierte, wenn er seine Tat vor sich selbst hinreichend rechtfertigen konnte, wenn er soziopathische Züge aufwies, nein, wenn ein Mensch so sympathisch und liebenswert war wie dieser Rainer Wiederschein.

Orlando nutzte die Auszeit seines Großvaters, um ein paar Fragen zu stellen. »Sie wissen, dass in Berlin wieder viel über Klütz geredet und geschrieben wird?«

»Ja, von Freunden aus meiner Zeit in Frohnau.«

»Und was sagt Ihre Frau dazu?«

Wiederschein lächelte maliziös. »Keine Ahnung, ich habe sie seit zwei Jahren nicht mehr gesehen, seit wir geschieden sind.«

»Und wo ist sie abgeblieben, kann man sie mal sprechen?«

»Keine Ahnung.« Wiederschein gab sich gelangweilt.

»Sie ist ab ins Esoterische, sich selbst finden und der ganze Humbug, die indische Schiene … Erst war sie bei den Hare-Krishna-Leuten in einem Tempel im Hunsrück, dann ist sie ab nach Indien. Auf Nimmerwiedersehen.«

»Ah, ja«, murmelte Mannhardt. »Und was ist aus Ihrem Haus in Frohnau geworden?«

»Das interessiert mich nicht mehr.« Diesmal klang Wiederschein doch ein wenig bitter. »Das gehört jetzt alles anderen Leuten. Das alte Lied: Schulden, Konkurs, Zwangsversteigerung. Wir sind dann nach Bremen, wo Angela Verwandte hatte, und ich habe als Kellner gearbeitet. Was soll's? Mein Leben war immer eine Achterbahn, und von nun an geht's wieder bergauf.«

»Wie das?« Mannhardt kannte nur das Lied von Hildegard Knef, in dem das Gegenteil behauptet wurde.

»Meine Zukunft hat bereits begonnen: Romane, Drehbücher. Ich will mein Glück als Schriftsteller versuchen, und die Verlage reißen sich geradezu um mein erstes Manuskript.« Wiederschein strahlte so, als hätte er gerade den Nobelpreis erhalten.

»Worum geht es denn da?«, fragte Orlando der Höflichkeit halber.

»Um einen westlichen Manager, der total ausgebrannt nach Indien geht, um dort seinen inneren Frieden zu finden, und bei einem Guru landet. Das ist eine lange Geschichte, aber am Ende dreht der Manager den Guru um, und der kommt mit ihm nach Berlin, um endlich einmal richtig zu leben. Weil es um einen umgedrehten Guru geht, lautet der Titel auch ›Der Urug‹.«

»Ah ja.«

Mehr fiel Mannhardt zu diesem Thema nicht ein, und da in diesem Augenblick der Chefarzt mit seinem Gefolge das Zimmer betrat, war das auch das Ende ihres Gesprächs. Sie verabschiedeten sich und machten sich auf den Weg zurück in die Bremer Innenstadt.

199

»Na?«, fragte Mannhardt seinen Enkel, als sie im Fahr-
stuhl standen.

»Meiner Ansicht nach war er es«, antwortete Orlando ohne
längeres Nachdenken. »Und außerdem bin ich der Meinung,
dass er seine Frau umgebracht hat, um sie als Mitwisserin los-
zuwerden. Von wegen Indien! Wie heißt es so schön: Further
research is needed.«

*

Fiel das Wort Oderbruch, kam von Berlinern stets ein ›Ah …‹,
denn vieles wurde mit ihm assoziiert: Friedrich der Große
hatte begonnen, es trockenzulegen; im Norden, im Bruch
hinterm Berge, hatten Ehm Welks Heiden von Kummerow
den Erwachsenen den Spiegel vorgehalten; in Bad Freienwalde
hatte Walter Rathenau in einem kleinen Schloss seinen Landsitz
gehabt – und heute stand am Ortsrand eine Skisprungschanze;
über die Kinder von Golzow gab es Dokumentarfilme noch und
nöcher; am Ende des Zweiten Weltkriegs hatte die Schlacht um die
Seelower Höhen Tausende von Toten gefordert; auf der Festung
Küstrin hatte der junge Friedrich mit ansehen müssen, wie man
seinem Freund Katte den Kopf abschlug; und immer wieder gab
es ein Hochwasser, bei dessen Bekämpfung sich junge Politiker
hervortun und sich für künftige Ämter empfehlen konnten.

Ins Oderbruch hatte es auch Freddie und Gudrun ver-
schlagen. Nach der Pleite des ›à la world-carte‹ hatten sie ihr
Erspartes genommen und sich in Kienitz das Restaurant ›Am
Deich‹ gekauft. ›Kienitz im Oderbruch, dort, wo der Panzer
steht‹, hieß es im Internet.

Die beiden standen auf dem Deich, rauchten und schauten
versonnen auf die Oder hinab, deren Wässer gelassen Richtung
Ostsee flossen und auf der sich nur selten Lastschiffe, Aus-
flugsdampfer oder Sportboote sehen ließen. Seit Polen zu

den Schengen-Staaten zählte, tuckerten nicht einmal mehr die Schlachtschiffe der Grenzer vorüber. Die Höhenzüge drüben im Polnischen schienen auf einem anderen Planeten zu liegen.

»Was ist tiefer?«, fragte Freddie. »Teller oder Tasse?«

»Die Oder!«, rief Gudrun, stolz auf das Geleistete.

Die beiden waren im Ort gut aufgenommen worden, kamen doch ihretwegen etliche Touristen aus Berlin nach Kienitz, und außerdem hatte Freddie in der Gaststube ein großes Foto hängen, das ihn in der Kienitzer Straße zeigte. Die lag in Neukölln, und dort war er aufgewachsen. Er konnte also mit Fug und Recht behaupten, ein echter Kienitzer zu sein.

»Hast du das gelesen?«, fragte er Gudrun, mittlerweile seine amtliche Ehefrau, sie wie immer neckend.

»Du weißt doch, ich kann nur in deinen Augen lesen, sonst nicht. Was ist denn los?«

»Los ist, was nicht festgebunden ist.«

»Haha.«

Freddie wurde ernsthafter. »Es geht um den Wiederschein.«

Gudrun erschrak. »Wieso denn das?«

»Der Klütz hat sein Geständnis widerrufen, und nun sind sie auf der Suche nach einem anderen Mörder.« Freddie warf seinen Zigarrenstummel auf den Deich. »Ich hab kein gutes Gefühl dabei …«

»Warum das?«, fragte Gudrun.

»Weil ich schon immer geglaubt habe, dass … Als der Schulz damals zu seinem Porsche gegangen ist, da habe ich gestaunt, dass der so komisch geht. Und frühstücken wollte er auch nicht. Wenn das mal nicht die Angela war – als Schulz verkleidet …«

»Und warum hast du der Kripo nichts davon erzählt?«, wollte Gudrun wissen.

Freddie musste nicht lange nach einer Antwort suchen. »Weil man die Henne nicht schlachtet, die einem die goldenen Eier legt.«

Gudrun war für klare Verhältnisse. »Aber jetzt haben wir doch unsere eigene Henne, auch wenn es keine goldenen Eier sind, die sie legt.«

Freddie zog sich auf Kaiser Franz zurück. »Schau' mer mal.«

*

Mannhardt saß mit der Gefährtin seines Lebens und seinem Enkel am Abendbrottisch und diskutierte die Lage.

»Ich denke, du hasst unseren Finanzsenator?«, warf ihm Heike an den Kopf.

»Ja, wie fast die ganze Stadt: wegen seines Sarrazynismus.« Was er meinte, war der stadtbekannte Zynismus des Finanzsenators, Theo Sarrazin (SPD), der einmal von sich gegeben hatte, die Berliner Eltern sollten sich wegen der Erhöhung der Kita-Gebühren nicht so aufregen, schließlich wolle er ihre Kinder nicht ins KZ schicken.

»Und dennoch machst du Sarrazin eine große Freude, indem du im Falle Klütz ehrenamtlich das erledigst, wofür eigentlich seine bezahlten Beamten zuständig sind.«

»Ich will meine Pension nicht geschenkt bekommen, ich will sie mir verdienen«, sagte Mannhardt.

Sein Enkel schüttelte den Kopf. »Die hast du dir während deiner 40 Jahre im öffentlichen Dienst längst verdient.«

»Da habe ich ja das Geld geschenkt bekommen, das heißt, ich hätte wegen des Spaßes, den ich bei der Verbrecherjagd hatte, eigentlich jeden Monat etwas in die Staatskasse einzahlen müssen.«

Heike ermahnte die beiden Männer, zum Thema zurückzukommen. »Was wollt ihr denn nun weiter unternehmen, um die Frage aller Fragen zu klären: War es Klütz oder war es Wiederschein oder Wiederschein zusammen mit seiner Frau?«

Orlando Drewisch lachte. »In jedem besseren Krimi ist es immer einer, an den vorher keiner gedacht hat.«

»Das Leben ist kein Krimi, den sich ein Schreiberling am Computer ausgedacht hat«, sagte Mannhardt.

»Willst du deinen vergötterten Fontane auch als Schreiberling abtun?«, rief sein Enkel.

Heike ignorierte das Geplänkel. »Wie soll es denn nun weitergehen?«

Mannhardt sah auf seinen Notizzettel. »Erst einmal wollen wir mit Sandra Schulz reden, vielleicht hat die irgendeine Erleuchtung. Dann mit dem sehr verunehrten Kollegen Schneeganß, ob der nicht offiziell mitspielen will. Auch die Psychologin, die Klütz im Knast betreut hat, könnte uns weiterhelfen, eine gewisse Margrit Minder-Cerkez. Und schließlich wollen wir an die Oder, nach Kyritz, um zwei von Wiederscheins Leuten aus dem ›à la world-carte‹ zu befragen, die sollen dort ein Restaurant aufgemacht haben.«

»Opa, du redest etwas wirr«, sagte Orlando. »Kyritz liegt nicht an der Oder, sondern an der Knatter …«

»Nein, an der Jäglitz«, korrigierte ihn Mannhardt.

»Meinetwegen auch an der Jäglitz, auf keinen Fall aber an der Oder. Was du gemeint hast, war Kienitz.«

»Man wird sich ja mal versprechen dürfen. Kienitz ist ein Ortsteil von Letschin – und da hat Fontane einst gelebt und gearbeitet.«

»Ja, unterm Birnbaum! Wow!« Orlando riss die Arme hoch.

*

Sandra Schulz fanden sie in der alten Schulz'schen Villa in Wannsee. Sie war in zweiter Ehe mit einem Architekten verheiratet und zeigte keine große Lust, über die alten Zeiten zu reden.

»Wenn Klütz wirklich fast zehn Jahre unschuldig im Gefängnis gesessen hat, dann …« Mannhardt zielte auf ihr Mitleid ab.

»Unschuldig?«, fragte Sandra Schulz. »Wieso unschuldig: Er hat schließlich ein umfassendes Geständnis abgelegt.«

»Das tun viele Menschen«, sagte Mannhardt. »Denken Sie nur an den Mord an Martin Luther King. James Earl Ray hat gestanden, es gewesen zu sein, aber lesen Sie mal das Buch von William F. Pepper, dann wissen Sie, dass er es kaum gewesen sein kann.«

»Kommen Sie mir nicht mit dem Märchen von der Mafia, die Schulz erledigt hat und Klütz für sein Geständnis mit einigen Millionen belohnen wird, wenn er wieder draußen ist!«, rief Sandra Schulz.

»Sie waren mit Klütz eng liiert, Sie müssten doch eine Ahnung davon haben, ob er zu einer solchen Tat überhaupt fähig war, beziehungsweise was ihn dazu getrieben haben könnte, ein falsches Geständnis abzulegen.«

Sandra Schulz wich ihm aus. »Das ist alles schon zu lange her, und ich habe mir vorgenommen, alles zu vergessen. Mein erster Mann ist tot, ich lebe mit meinem zweiten glücklich und zufrieden, habe jetzt neben meiner Firma auch noch zwei reizende Kinder …«

Orlando grinste. »Also war es eigentlich ein Glück für Sie, dass Schulz …«

Sie fuhr auf. »Was soll das?«

Mannhardt winkte ab. »Sie haben ja Ihr Alibi für die Tatzeit, ich weiß: Mailand.« Er fragte sich aber, ob das damals wirklich jemand richtig abgecheckt hatte.

Sandra Schulz wollte zum Ende kommen. »Ich gebe also hiermit zu Protokoll: Ja, ich glaube, dass Karsten Klütz damals meinen Mann getötet hat, und dafür, dass er sich jetzt als Unschuldsengel hinstellt, fehlt mir jede Erklärung.«

*

Auf den Besuch bei seinem Exkollegen Gunnar Schneeganß freute sich Mannhardt nicht sonderlich. Arrogante Jung-männer mit Brilli im Ohrläppchen und Gel im Haar, Marke ›Deutschland sucht den Superdussel‹, standen bei ihm auf der emotionalen Abschussliste. Außerdem schien er im Fall Schulz wirklich ›Scheiße gebaut zu haben‹, wie Gisbert Hinz es am Telefon formuliert hatte. Der alte Hypochonder hielt sich auch als Pensionär durch seine vielen Krankheiten gesund, im Augenblick, so hatte er Mannhardt verraten, würde er sehr unter seinem Tennisarm zu leiden haben.

»Du hast doch nie Tennis gespielt …?«

»Trotzdem.«

Mannhardt marschierte mit gemischten Gefühlen durch die altvertrauten Gänge seines ehemaligen Dienstgebäudes. Einer-seits war er froh, dieser Tretmühle entronnen zu sein, ande-rerseits hätte er heulen können, dass nun alles vorbei war und am Ende seiner jetzigen Lebensphase Altersheim und Fried-hof auf ihn warteten.

Aber immerhin, er hatte seine kosmische Pflicht erfüllt und seine Gene weitergegeben, und wenn sein Enkel wirklich ein-mal Staatsanwalt wurde, dann war das ja irgendwie die Fort-setzung seiner Karriere auf anderer Ebene.

Schneeganß hatte sie erwartet und extra dafür gesorgt, dass es nichts zu trinken gab, weder Mineralwasser noch Kaffee oder Tee. Er wünschte, wie ihm deutlich anzusehen war, Mannhardt mit seinem Aktionismus zum Teufel, musste sich aber kooperativ zeigen, weil er wusste, dass sonst die Presse über ihn herfallen würde. Heike Hunholz, Mannhardts Lebensgefährtin, war Journalistin und hatte ihre Möglichkeiten und Kontakte.

Mannhardt konnte also damit rechnen, dass Schneeganß ihn nicht so einfach abwürgen konnte.

»Lieber Gunnar«, begann er. »Ich bin nicht der bezahlte Anwalt von Klütz und habe nichts gegen Wiederschein, der ein sehr netter Mensch ist, ich will mich ebenso wenig in deine inneren Angelegenheiten einmischen, aber irgendwie treibt es mich und meinen Enkel, die Wahrheit herauszufinden. Du weißt ja, dass ich süchtiger Fontane-Verehrer bin, und fast scheint es mir so, als würde der Alte hier seine Hand im Spiel haben und Regie führen. Unterm Birnbaum, unterm Kirschbaum … Schön, Klütz kommt in seinem Roman nicht vor, aber Wiederschein ist doch irgendwie der wiederauferstandene Abel Hradschek, und seine Frau ist ganz die Ursel. Um Fontane geht es mir vor allem.«

Schneeganß nahm das kommentarlos hin. »Nun gut … Meiner Ansicht nach hast du dich zu willig vor Klütz' Karren spannen lassen. Der ist zweifelsohne nur geil darauf, wieder mal im Mittelpunkt zu stehen. Das hat er doch schon lange nicht mehr gehabt. Nun aber: Ich widerrufe mein Geständnis, und sofort bin ich wie früher in den Medien. Und wenn es zu einem neuen Prozess kommen sollte, ist er der absolute King. Nein, du, ich spiel da nicht mit, solange es nicht hieb- und stichfeste Beweise dafür gibt, dass es dieser Wiederschein und seine Frau wirklich gewesen sein könnten. Oder meinetwegen auch der oder die große Unbekannte. Du bist also am Zuge.«

*

Sie hatten sich mit Margrit Minder-Cerkez in einem Café in der Fußgängerzone Alt-Tegel verabredet, was für Mannhardt sehr praktisch war, da er gleich nebenan am Tegeler Hafen zu Hause war. Orlando, der noch bei seinen Eltern in Tempelhof wohnte, kam mit der U 6. Sie trafen sich vor dem U-Bahn-Aufgang gegenüber der C & A -Filiale.

»Auf der Fahrt hierher ist mir erst klar geworden, dass wir uns bis jetzt nur für Wiederschein interessiert haben«, sagte sein Enkel, nachdem sie sich begrüßt hatten. »Aber die Wurst hat sozusagen zwei Enden zum Anbeißen – und das andere Ende, Klütz also, ist genauso wichtig.«

Mannhardt fand das Bild irgendwie schief für jemanden, der Staatsanwalt werden wollte, hielt sich aber mit der Kritik zurück, denn die jungen Menschen wurden ja zunehmend empfindlicher, wenn man ihre Einmaligkeit infrage stellte.

»Ja, du hast recht, denn wenn wir dahin kommen, Wiederschein die Tat nachzuweisen, Klütz aber plötzlich eine Kehrtwende macht und sagt: ›Ich war es doch‹, würden wir ziemlich dumm dastehen. Da hätten wir dann gleich zwei Täter auf einmal.«

Orlando Drewisch blieb stehen und rief. »Mensch, du, Opa, das isses vielleicht: Sie haben die Tat gemeinschaftlich begangen!«

»Quatsch!«

Sein Enkel blieb hartnäckig. »Warum denn nicht?«

»Weil …« Ein Argument, das Orlandos These schlagartig widerlegt hätte, wollte Mannhardt nicht so schnell einfallen. »Weil … Wie sollten sie sich denn kennen und verabredet haben?«

»Ja, wie wohl?« Orlando lachte. »Als Klütz bei sich auf dem Baugrundstück gestanden und Wiederschein gesehen hat.«

»Hm …«, murmelte Mannhardt. Möglich war alles. Dann

fiel ihm doch noch etwas ein. »Ausgeschlossen, bei Fontane gibt es nur einen Täter und nicht zwei, sieht man mal von Ursel Hradschek ab.«

Orlando schüttelte den Kopf. »Du, Fontane war immer sehr für das Neue, und wenn er wirklich das Drehbuch zu seinem Remake geschrieben hat, warum sollen da nicht zwei Täter vorkommen? Den Klütz hat er ja eh schon eingeführt, und was soll er nun mit ihm anfangen?«

»Je mehr ich darüber nachdenke …« Mannhardt blieb stehen. »Das würde auch erklären, was wir uns alle nicht so ganz erklären können: Dass Klütz zehn Jahre lang sozusagen freiwillig im Gefängnis gesessen hat.«

»Klar …« Orlando spann den Faden weiter. »Beide bringen Schulz um, vergraben ihn bei Klütz unter der Garage – und Klütz fährt als Schulz verkleidet im Porsche davon. Das ist des Rätsels Lösung!«

Als sie dann im Café Margrit Minder-Cerkez gegenübersaßen und ihr diese These von der Doppeltäterschaft vortrugen, lachte die nur.

»Nein, meine Herren, Karsten hat Schulz weder allein noch mit Wiederschein zusammen ermordet, Karsten ist absolut unschuldig.«

Sie sagte das mit einer Emphase, wie sie Mannhardt von vielen Politikerinnen der Partei aller Gutmenschen kannte, und die sie besonders dann an den Tag legten, wenn sie vor einer Fernsehkamera standen.

»Ich kenne Karsten Klütz bereits seit fünf Jahren«, sagte Margrit Minder-Cerkez. »Zeit genug, jemanden kennenzulernen und sein Handeln zu verstehen.«

»Und warum hat er den Mord denn auf sich genommen?«, fragte Orlando.

»Weil … Es war im Grunde ein Selbstmord, den er da begangen hat. Er hatte nicht mehr leben wollen, einerseits, es aber andererseits auch nicht geschafft, sich vor einen Zug zu werfen oder sich zu erschießen.«

Mannhardt blieb skeptisch. »Und woher rührt nun sein plötzlicher Sinneswandel?«

»Der rührt daher, dass wir uns lieben und er mit mir ein neues Leben beginnen möchte.«

*

Letschin war laut Reiseführer durch dreierlei bekannt. Erstens durch seine Schinkel-Kirche, von der allerdings nur der Turm den Zweiten Weltkrieg überlebt hatte, zweitens durch seine Gurkeneinlegereien und drittens durch die Tatsache, dass hier zwischen 1838 und 1849 Fontanes Vater eine Apotheke betrieben hatte.

»Welches ist der Zusammenhang zwischen Fontane und den eingelegten Gurken?«, fragte Mannhardt, als sie im Auto saßen und am Oderbruch angekommen waren. Weder Heike noch sein Enkel wussten es, und Silvio schon gar nicht, sodass er selbst die Antwort geben musste: »Fontane hat einmal geschrieben: ›Wenn ich in den Vesuv falle, etwas angebraten wieder herauskomme, nachdem ich unten die Erde habe kochen hören, dann es im Triumph nach Neapel geschafft habe und von einer Nonne und drei Engländerinnen gepflegt werde, so kann das jeder beschreiben, aber über »saure Gurken« und »warm sind sie auch noch« sich angenehm zu verbreiten, ist sehr schwer.‹«

Orlando hatte ›Unterm Birnbaum‹ mitgenommen und gerade noch einmal das Nachwort gelesen. »Da wird klar, dass Fontane öfter bei seinen Eltern in Letschin gelebt hat und dass das Tschechin im Roman mit Letschin gleichzusetzen ist. Und nicht nur das: ›Fontane hat die nie völlig aufgeklärten Vorgänge um den Tod eines Stettiner Geschäftsmannes (mutmaßlich) in

Letschin, die eben damals, als er dort weilte, für Aufregung sorgten, einige Jahre vorverlegt.‹«

»Dann ist der Plot also nicht mal auf seinem eigenen Mist gewachsen«, sagte Heike.

»Bitte nicht solch ein Pfui-Wort wie ›Mist‹ in Gegenwart des Jungen!«, rief Mannhardt, sie parodierend. »Du bist ja schlimmer als Dieter Bohlen.«

»Und als Detektiv hat sich Fontane bekanntlich nicht hervorgetan«, sagte Orlando. »Sonst hätte er ja die Sache damals aufgeklärt.«

»Hm …« Mannhardt musste einen Augenblick nachdenken. »Aber immerhin lassen sich bei ihm doch der Justizrat Vowinkel und der Pastor Hradschek das Personal vorführen, um es zur Sache zu vernehmen, das heißt, was ihnen durch den Kopf gegangen ist, als der mutmaßlich falsche Szulski am Morgen mit seiner Pferdekutsche davongefahren ist, und wie es mit ihrem Herren so stünde. Guck gleich mal nach.«

Nach einiger Suche hatte Orlando die fragliche Stelle gefunden. »Ja, der Ede zittert bei der Vernehmung und sagt über Hradschek: ›He is so anners.‹ Male, die Köchin staunt, weil Szulski vor seiner Abreise gar keinen Kaffee getrunken hat. Und Jakob wundert sich, als er Szulski die Treppe runterkommen sieht, ›dat he so ’n beten lütt utsoah‹. Auch wird sein Gruß nicht erwidert. ›… as ick to em seggen deih: »Na Adjes, Herr Szulski«, doa wihr he wedder so bummsstill un nickte man blot so.‹«

»Sehr schön«, sagte Mannhardt. »Ich sage ja, dass wir mit Freddie und Gudrun die Schlüsselfiguren vor uns haben.«

Derart plaudernd kamen sie nach Letschin, hakten alles ab, was abzuhaken war, und fuhren weiter Richtung Oder, den Blick auf die Hügel gerichtet, die schon drüben im Polnischen lagen. Kurz danach hatten sie Kienitz erreicht.

»Schön, dass sie den -ky nun schon mit einem eigenen Dorf

geehrt haben«, sagte Mannhardt, der ab und an schon mal Kriminalromane las. Nach einigen Irrfahrten hatten sie das Gasthaus ›Am Deich‹ erreicht.

Freddie und Gudrun waren ihnen durch die umfassende vorangegangene Recherche so vertraut, dass sie die beiden schnell ausmachen konnten. Freddie stand hinter der Theke, zapfte Bier und goss Getränke ein, während Gudrun in der Küche war und dem dunkelhäutigen Koch zur Hand ging. Wenn man sich auf die Zehenspitzen stellte, konnte man sie hinter der Durchreiche deutlich erkennen. Die Serviererin schien nach der Art, wie sie berlinerte, eine Einheimische zu sein.

Mannhardt stieß Heike an. »Du, Omma, darüber kannst du morgen gleich berichten: Die letzte Frau unter 30 in den neuen Bundesländern, die noch nicht ab in den Westen ist, um sich einen gut bezahlten Job und einen Mann mit einem Intelligenzquotienten über 100 zu suchen. Wir haben also eine echt Zurückgebliebene vor uns.« Einem Zuruf des Wirtes entnahmen sie, dass die besagte junge Frau auf den Namen Muriel hörte. »Wahrscheinlich ist sie Melkerin von Beruf, weil ihre Mutter beim Lesen des Namens Muriel gedacht hat, das hat was mit Kühen zu tun: Muh!«

Heike sah ihn böse an. »Erstens bin ich nicht Orlandos Oma, und zweitens, hör bitte auf, über die Märker zu lästern.«

Um sich die Wirtsleute geneigter zu machen, bestellten sie, ehe sie zur Sache kamen, erst einmal das Teuerste, was auf der Speisekarte stand. Das waren Zander in Butter gebraten und ein Steak vom Strauß.

»Einmal das Steak von Franz Josef«, sagte Mannhardt, als Muriel dann neben ihm stand, um die Bestellung aufzunehmen.

»Nicht doch lieber von Botho oder den Österreichern, Johann Vater oder Johann Sohn?«

Mannhardt war baff, Heike und Orlando grinsten schadenfroh. Es stellte sich heraus, dass Muriel eine entfernte Verwandte Gudruns war, in Berlin Politik und Kunstgeschichte studierte und nur an den Wochenenden als Serviererin arbeitete.

»Schade, Opa, dass du keinen Beruf hattest, wo man Menschenkenntnis erwerben konnte«, sagte Orlando.

»Wofür hat er mich denn gehalten?«, fragte Muriel.

»Ach, da schicke ich Ihnen mal eine Mail oder eine SMS.«

Muriel schien nicht abgeneigt, Orlando näher kennenzulernen, und schrieb ihm ihre Handynummer und ihre E-Mail-Adresse auf einen Bierdeckel.

Mannhardt lachte. »Wie hat schon Emile Durkheim gesagt: ›Das Verbrechen eint die aufrechten Gemüter.‹«

Muriel stutzte, dann ahnte sie, warum die Berliner hier waren. »Geht es um diesen Wiederschein beziehungsweise den Schulz und den Klütz?«

»So ist es, und es wäre nett, wenn Sie Gudrun und Freddie fragen würden, ob sie nachher eine Viertelstunde Zeit für uns hätten.«

Alles ließ sich glänzend an, und als die beiden später auf sie zukamen, sollte die Sache so schwer nicht werden.

Heike stellte sich als Journalistin vor, präsentierte ihren Presseausweis und erklärte, dass der Fall Klütz mit hoher Wahrscheinlichkeit wieder aufgerollt werde und dass dann Wiederschein und seine Frau wegen des Mordes an Siegfried Schulz auf die Anklagebank kämen. »Und Sie beide müssen dann an Eides statt aussagen, dass Sie damals nichts Auffälliges bemerkt hätten.«

»Und überführt man Sie des Meineids, sieht es schlecht aus um Ihre neue Existenz hier«, fügte Orlando hinzu.

Mannhardt konnte ihn kaum bremsen. »Langsam, Herr Staatsanwalt, langsam.«

Aber dieser Eröffnungszug blieb nicht ohne Wirkung, denn

Freddie setzte sich zu ihnen an den Tisch, um so leise sprechen zu können, dass die anderen Gäste nichts verstanden.

»Ja …« Es folgte ein tiefer Seufzer. »Ich will kein Denunziant sein … Und nachdem Klütz gestanden hatte, war ja auch alles klar.«

»Aber nun …?« Mannhardt sah ihn bittend an.

»Aber nun, wo Klütz sein Geständnis widerrufen hat, da … Ich hab's natürlich in der Zeitung gelesen und geahnt, dass hier mal jemand aufkreuzt und wieder alles aufwärmt.«

Heike bemühte sich, ihm die Brücke zu bauen, die nötig war. »Und als Sie gelesen haben, dass Klütz alles abstreitet, ist Ihnen wieder in den Sinn gekommen, dass Wiederschein es ja doch gewesen sein könnte.«

»Ja, mit Klütz zusammen.« Freddie beugte sich noch weiter zu ihnen herüber und schloss die Augen. »Wenn ich den Mann so vor mir sehe, der da morgens zum Porsche gegangen ist, dann … Das war nicht der Schulz. Und Kaffee getrunken hat er auch keinen, und kein Wort mit mir oder Gudrun gesprochen.«

»Ja, da kann ich mich nur ganz voll anschließen«, sagte Gudrun. »So war es damals, hohes Gericht.«

11.

»Vorwärts, Hradschek!«

Und zwischen den großen Ölfässern hin ging er bis an den Kellereingang, hob die Falltür auf und stieg langsam und vorsichtig die Stufen hinunter. (…)

Was noch geschehen mußte, geschah still und rasch, und schon um die neunte Stunde des folgenden Tages trug Eccelius nachstehende Notiz in das Tschechiner Kirchenbuch ein:

»Heute, den 3. Oktober, früh vor Tagesanbruch, wurde der Kaufmann und Gasthofsbesitzer Abel Hradschek ohne Sang und Klang in den hiesigen Kirchhofsacker gelegt. Nur Schulze Woytasch, Gendarm Geelhaar und Bauer Kunicke wohnten dem stillen Begräbnisakte bei. Der Tote, so nicht alle Zeichen trügen, wurde von der Hand Gottes getroffen, nachdem es ihm gelungen war, den schon früher gegen ihn wach gewordenen Verdacht durch eine besondere Klugheit wieder zu beschwichtigen. Er verfing sich aber schließlich in seiner List und grub sich, mit dem Grabscheit in der Hand, in demselben Augenblicke sein Grab, in dem er hoffen durfte, sein Verbrechen für immer aus der Welt geschafft zu sehn. Und bezeugte dadurch aufs Neue die Spruchweisheit: ›Es ist nichts so fein gesponnen, 's kommt doch alles an die Sonnen.‹«

(Theodor Fontane, ›Unterm Birnbaum‹)

Als Mannhardt, sein Enkel und Heike beisammensaßen, kamen sie natürlich auch auf diese Passage in Fontanes Roman zu sprechen und darauf, wo es Parallelen gab und wo im Fall Schulz/Wiederschein/Klütz die Dinge doch ganz anders lagen.

Orlando fasste zusammen, wie es in ›Unterm Birnbaum‹ zugegangen war: »Hradschek hat den ermordeten Szulski bei sich im Keller vergraben, da war gleich die Erde, eine Hausplatte aus Beton gab es damals nicht. Nun will er ihn fortschaffen und in die Oder werfen, weil das Gerede der Leute nicht aufhört und man über kurz oder lang an der richtigen Stelle suchen könnte. Als er unten ist, rollen oben Ölfässer über die Falltür, und er kann sich nicht mehr selbst befreien. Seine Leute, die nicht im Hause sind, bemerken sein Fehlen erst am nächsten Morgen und finden ihn dann tot im Keller. Die Hand des verscharrten Szulskis ragt aus der Erde. Wie Hradschek dort unten ums Leben gekommen ist, verschweigt Fontane, vielleicht ist der Mörder beim Anblick der Leiche kollabiert.«

»Das bringt uns doch nichts«, sagte Heike. »Denn Schulz ist nicht – von wem auch immer – in Wiederscheins Keller vergraben worden, sondern unter Klütz' Garage.«

»Trotzdem kommt Wiederscheins Keller eine zentrale Bedeutung zu«, sagte Mannhardt. »Ich habe das so im Gefühl, und mein Gefühl, das trügt mich nie. Denkt mal daran, was uns der Junge gesagt hat, als wir in Frohnau waren: ›Da drin spukt es.‹«

Nach diesen Worten waren sich sein Enkel wie die Gefährtin seines Lebens einig in ihrem Hohn und Spott, und Mannhardt musste gewaltig an sich halten, nicht aufzustehen und zu sagen: ›Ihr könnt mich mal …!‹

»Könnten wir bitte ein bisschen konstruktiver sein!«, bat er mit gepresster Stimme.

»Bitte.« Heike wurde dienstlich. »Was schlägst du vor?«

»Es geht doch darum, wie wir Wiederschein zu einem Geständnis bringen können, und da scheint mir nach wie vor der Königsweg zu sein, ihn mit dem Tatort zu konfrontieren.«

»Das Gästehaus des ›à la world-carte‹ ist doch längst abgerissen«, sagte Orlando.

»Aber das Haupthaus steht noch«, hielt ihm Mannhardt entgegen.

»Und?«, fragte Heike.

»Wir müssen versuchen, Wiederschein in seinen Keller zu locken, um ihn dort weichzuklopfen«, wiederholte Mannhardt.

»Aber dort unten liegt niemand!« Heike stöhnte gequält.

»Bei Fontane allerdings liegt dort unten einer!«, rief Mannhardt mit dem Eifer eines Sektierers.

»Gott, hör mir endlich mit deinem Fontane auf!«

»Lass ihm eben seinen Willen«, sagte Orlando in Richtung Heike.

»Ich bin kein Kind mehr, dem man seinen Willen lassen muss, damit es nicht mehr schreit«, ärgerte sich Mannhardt. »Das ist eine ganz logische Sache. Solange Wiederschein in Bremen hockt, haben wir keinen Einfluss auf ihn, nur hier in Berlin können wir ihn kleinkriegen.«

»Aber wie willst du ihn nach Berlin locken?«, fragte Orlando.

Mannhardt hatte ein wenig Angst vor Heike und zögerte mit einer Antwort. »Ich habe da eine Idee ...«

»Wir veranstalten in der verfallenen Villa eine Kellerparty!«, höhnte Heike.

»Genau!« Mannhardt gab sich kämpferisch. Nun gerade! »Er hat doch da einen Roman geschrieben, einen Roman mit stark autobiografischen Zügen ...«

»Ja«, lachte Orlando. »›Der Urug‹. Ein deutscher Manager dreht einen indischen Guru so um, dass der vom Ganges an die Spree wechselt und hier total verdeutscht.«

»Einen Verlag dafür hat er bisher nicht gefunden«, hakte

Mannhardt ein. »Aber wenn jetzt ein Filmproduzent kommt und sagt: ›Ich würde den Stoff gerne machen, zeigen Sie mir doch mal einen geeigneten Drehort. Ich habe gehört, Sie hatten eine Villa in Frohnau, die inzwischen nur noch mehr oder minder eine Ruine ist …‹ Wenn der Inder nun nach Berlin kommt und diese Villa erst einmal instand setzt und als seine Residenz ausbaut …«

»Das ist doch Hollywood!«, rief Orlando.

Mannhardt lachte. »Ohne einen Schuss Hollywood geht heutzutage überhaupt nichts mehr.«

»Und ohne Schneeganß ebenso wenig«, sagte Orlando. »Wenn schon, sollte das Ganze offiziell laufen, sonst möchte ich nachher nicht der Anwalt sein, der dich vertritt.«

Mannhardt nickte. »Meinetwegen auch mit Schneeganß, ich will mir nicht die Finger verbrennen. Schließlich bin ich Karsten Klütz gegenüber zu nichts verpflichtet.«

»Und wo willst du einen Filmproduzenten hernehmen, der da mitspielt?«, fragte Heike.

»Du hast doch neulich erst eine Reportage über einen verfasst … Ich komme nicht mehr auf den Namen …?«

»Das war der Hannes Hahn …«

»Ja, den sie gerade zum Honorarprofessor an der Filmhochschule gemacht haben.« Auch Orlando hatte von ihm gehört. »Der Zigarrenraucher … ›Prager Schinken‹ ist ein toller Film, vom Aufstand 68, da kriegt er vielleicht einen Oscar für.«

»Der wird sich auf das Spielchen mit Wiederschein nicht einlassen«, sagte Heike.

Mannhardt sah das anders. »Warum denn nicht? ›Der Urug‹ ist kein schlechter Stoff, und wenn Wiederschein damals wirklich seinen Onkel umgebracht hat, dann gibt das so viel Promotion, dass das Ding ganz von allein läuft. Der Abel Hradschek hat sich selbst eingesperrt – und dadurch ist bei Fontane der Fall gelöst worden, bei uns aber *wird* der

Wiederschein eingesperrt – und schmort da unten im Keller so lange, bis er ein Geständnis abgelegt hat.«

»Ohne mich!«, rief Heike.

»Du sollst ja auch nicht mit in die Villa kommen, du sollst nur den Professor Hahn überreden, dass er Wiederschein nach Berlin holt.«

»Da kannst du lange warten!«

»Wer lange wartet, zu dem kommt alles.«

*

»Be Berlin«, sagte Orlando Drewisch in Anspielung auf die neue Werbekampagne des Senats. »Be bescheuert.« Damit meinte er sich und seinen Großvater, wie sie da vor der verfallenen Villa des ›à la world-carte‹ standen und warteten. Auf den Filmproduzenten, auf Wiederschein, auf Schneeganß. Die kamen nicht, dafür tauchte Carola Laubach auf. Sie hatte sie hinter ihrem Erkerfenster erspäht.

»Haben Sie noch nicht genug Schaden angerichtet?«, fauchte sie.

»Wieso Schaden angerichtet?«, fragte Mannhardt.

»Na, wieder blickt ganz Berlin auf uns und wartet, dass ein neuer Mord geschieht.«

Orlando grinste. »Erhoffen Sie sich in dieser Hinsicht etwas für Ihre Person?«

»Wie?« Carola Laubach hörte nicht nur schwer, sie hatte auch Schwierigkeiten, hinter den Sinn des Gesagten zu kommen.

Orlando wurde direkter. »Wer will Sie denn ermorden?«

»Damit spaßt man nicht, junger Mann!«

»Die Kriminalkomödie und überhaupt das ganze Genre ist ein verzweifelter Versuch der Menschheit, mit dem Schrecken fertig zu werden«, erklärte ihr Mannhardt.

»Sie müssen mich nicht belehren!«, sagte Carola Laubach mit einiger Schärfe.

Mannhardt grinste. »Ich weiß, Sie waren selber einmal Lehrerin.«

»Selbst, nicht selber. Das ist Umgangssprache.«

»Aber wenn man miteinander umgeht, kann man doch auch die Umgangssprache gebrauchen«, wandte Orlando Drewisch ein.

»Es kommt immer auf den Adressaten an, junger Mann!«, belehrte sie ihn, um sich wieder in ihren Garten zu begeben. »Auf Wiedersehen.«

»Die Mordkommission kümmert sich gern um Sie!«, rief ihr Orlando hinterher.

»Sei doch nicht so gemein«, sagte Mannhardt.

»Da ist sie doch schon.« Orlando wies auf Schneeganß, der gerade in einem BMW angerollt kam.

Als er ausgestiegen war, begrüßte man sich mit professioneller Freundlichkeit, ohne Herzlichkeit zu heucheln.

»Klütz kommt nicht?«, fragte Schneeganß und gab damit zu verstehen, dass er die ganze Aktion für einen ausgemachten Schmarren hielt.

Mannhardt blieb gelassen. »Nein, das hättest du in die Wege leiten müssen, nicht wir. Aber bei ihm ist doch eh alles klar.«

Schneeganß verneinte das. »Bei ihm ist nur dann alles klar, wenn Wiederschein die Tat gesteht, vorher nicht. Ah, da ist er ja.«

Gerade rollte Professor Hahn vorbei, und neben sich hatte er Rainer Wiederschein sitzen. Sie hatten schnell einen Parkplatz gefunden und stießen zu Schneeganß, Mannhardt und Orlando.

»Sie auch hier?« Wiederschein schien überrascht.

»Sie wissen ja, dass Klütz ...« Schneeganß brauchte den

Satz nicht zu vollenden, um verstanden zu werden. »Und da ich den Fall damals federführend bearbeitet habe, bin ich jetzt ausgeguckt worden, die Sache zu verfolgen, falls der Mord an Schulz neu verhandelt werden sollte.«

Wiederschein lachte. »Ich habe inzwischen auch ›Unterm Birnbaum‹ gelesen, und nun erwarten alle von mir, dass ich in den Keller meines früheren Hauses gehen werde, um da die Leiche meines Onkels auszubuddeln. Vielleicht war es ja damals unter der Garage drüben nur sein Doppelgänger.«

Mannhardt ließ alle Hoffnung fahren, Wiederschein ins Bockshorn jagen zu können. Der erlitt bestimmt keinen Schwächeanfall, wenn die Falltür zu seinem Keller über ihm zugeschlagen wurde, und schrie: ›Holt mich hier raus, ich will alles gestehen!‹ Heike hatte recht gehabt, ihr Plan war nicht etwa genial, sondern nur kindisch. Gott sei Dank sorgte Professor Hahn dafür, dass die Szene erträglich blieb, indem er die ›location‹ kritisch unter die Lupe nahm.

»Herr Wiederschein, prima, diese alte Villa. Als Ihr Manager nach Indien geht, um dort erleuchtet zu werden, ist sie ein Prunkstück, während er zwischen Bombay und Delhi durch die Lande zieht, verfällt sie – und dann kommt der umgedrehte Guru, der Urug, zurück, um sie wieder herzurichten und zu seiner Residenz zu machen, während der Berliner Manager in Indien in den Müllbergen etwas zu essen sucht.«

»Der Reganam«, sagte Orlando.

»Wer?«, fragte Wiederschein.

»Na, der umgedrehte Manager.«

Dieserart war die Stimmung ziemlich entspannt, als Schneeganß die Schlüssel hervorzog, die er sich bei der Immobilienfirma besorgt hatte, um die Türen zur Villa aufzuschließen.

»Ich hätte sie ja gerne alle vier zu Austern und Kaviar eingeladen«, sagte Wiederschein. »Aber leider ist meine Küche nicht mehr auf einen solchen Ansturm eingerichtet.«

»Es riecht auch etwas unappetitlich«, sagte Professor Hahn, als Schneeganß die Eingangstür aufgeschlossen hatte und sie in den Flur getreten waren.

Mannhardt und Schneeganß hatten daran gedacht, dass ja die Stromleitungen von Vattenfall längst gekappt worden waren, und sich mit Taschenlampen versehen. Die wurden nun eingeschaltet, und in ihrem Schein bewegte sich der kleine Trupp in Richtung Keller.

Als sie dort angekommen waren und vor einer Falltür standen, erklärte Wiederschein ihnen, dass es unter dem eigentlichen Keller noch einen geheimen Keller gebe.

»Diese Falltür hier ist das große Geheimnis des Hauses. Die Vorbesitzer haben, als es mit dem Nazireich zu Ende ging, die Hausplatte durchstoßen und unter dem Keller einen Schutzraum anlegen lassen, um sich und ihre Wertsachen vor den anrückenden Russen in Sicherheit zu bringen. Ich habe dieses Gewölbe für meine sündhaft teueren Weine genutzt, aber auch einen kleinen Tresor hinunterschaffen lassen.« Er machte eine kleine Pause, um die Wirkung seiner nachfolgenden Worte zu erhöhen. »Fontane zufolge muss hier der Szulski vergraben sein beziehungsweise der Schulz ... Viel Spaß beim Suchen, meine Herren.«

»Vascheißan kann ick ma alleene«, brummte Mannhardt.

Orlando scheiterte beim ersten Versuch, die Falltür, eine schwere Platte aus geriffeltem Stahl, mit den bloßen Fingern anzuheben, und auch als Schneeganß ihm zur Hilfe kam, gelang dies nicht.

»Wir brauchen eine Brechstange«, sagte Mannhardt. »Oder wenigstens einen Kuhfuß oder Schraubenzieher.«

Professor Hahn bückte sich. »Da vorn kommt man doch mit dem Finger runter. Da muss schon einer ...«

Nun hatte auch Orlando die kleine Vertiefung entdeckt, schob Mittel- und Zeigefinger seiner rechten Hand unter die

Falltür und hob sie so weit an, dass Schneeganß seine Fußspitze darunterschieben konnte.

Süßlicher Verwesungsgeruch schlug ihnen entgegen, so stark, dass sie die Tür fast hätten fallen lassen.

»Das kann nur von einer Leiche kommen«, sagte Mannhardt.

Und richtig, als sie wenig später die schwere Falltür mit vereinten Kräften angehoben hatten, erfasste der Lichtkegel ihrer Taschenlampen den Kopf einer Frau.

»Das ist doch ...« Schneeganß drehte sich um. »Herr Wiederschein, kommen Sie mal, das ist doch Ihre Frau.« Er schwenkte seine Taschenlampe wie einen Suchscheinwerfer. »Wo ist er denn geblieben?«

Wiederschein war schon die Treppe hinaufgestürmt und konnte entkommen, da es ihm gelang, Schneeganß und die anderen im Keller einzuschließen.

12.

Sosehr ich mich auch dagegen sträubte – mein Verleger drängte gebieterisch darauf, mich mit dem Neuruppiner Denkmals-Fontane ablichten zu lassen, um mit diesem Hochglanzfoto das Hinterteil unseres Buches angemessen zu schmücken. Fluchend fügte ich mich diesem Wunsche. Nicht nur wegen des zeitaufwendigen Ausflugs hinauf zum Rhin, sondern vor allem wegen der zu erwartenden negativen Sanktionen des Dichters hoch oben auf seinem Sockel. Und die kamen denn auch. Kaum hatte mich der mitgereiste Profi-Fotograf (...) in die gewünschte Positur gerückt, hörte ich Fontane auch schon schimpfen.

»Sie wagen es erneut, mir unter die Augen zu treten? Haben Ihnen meine Warnschüsse vom Mai noch nicht gereicht?«

Ich schielte auf seinen Stock, ob der sich nicht wieder in ein Gewehr verwandelte. »Sie kennen den Inhalt meines Manuskripts?«

»Das ist es ja: <u>Hundert Nadelstiche regen mehr auf als ein Kolbenstoß.</u> Kann Sie denn nichts mehr daran hindern, dieses Machwerk auch noch drucken zu lassen? (...) Dies alles diskriminiert mich doch letztendlich über alle Maßen!«

»Nein und abermals nein!«, rief ich da. »Sie als eigentlichen Vater des deutschen Krimis zu feiern war doch meine Absicht, nichts anderes. Und Sie wissen doch, wie das bei solchen Sachen ist: <u>Ohne ein gewisses Quantum von ›Mumpitz‹ geht es nicht.</u>« Wieder setzte ich darauf, ihn milde zu stimmen, indem ich seine eigenen Worte in meine Rede einflocht.

Aber Fontane ließ sich diesmal nicht so leicht besänftigen.

(Horst Bosetzky, ›Mord und Totschlag bei Fontane‹)

Das Gutachten der Gerichtsmediziner ließ keinerlei Zweifel daran, dass Angela Wiederschein Selbstmord begangen hatte. Eine Unmenge an Tabletten hatte sie geschluckt und sich zudem die Pulsadern aufgeschnitten. Auch ihr Abschiedsbrief hätte nicht klarer sein können ...

›Hiermit gestehe ich, an der Ermordung von Siegfried Schulz beteiligt gewesen zu sein. Mein Mann, Rainer Wiederschein, hat ihn mit einem Sofakissen erstickt und später unter der Garage des Nachbargrundstücks vergraben, während ich in seinen Sachen in den Porsche gestiegen und weggefahren bin. Es hat mich von Anfang an bedrückt, dass ich so viel Schuld auf mich geladen habe. Das betrifft nicht nur Schulz, sondern auch den armen Klütz, der so lange unschuldig im Gefängnis gesessen hat. Mit dieser Schuld konnte ich nicht leben, aber mir fehlte auch die Kraft, reinen Tisch zu machen und Rainer und mich anzuzeigen. So bin ich nach Indien geflüchtet, habe aber auch dort meinen inneren Frieden nicht gefunden. Es gibt keine Erlösung für mich. Ich bitte alle diejenigen, denen ich Schaden zugefügt habe, um Vergebung. Es gibt keinen anderen Weg für mich. Der HERR vergebe mir! Angela W.‹

Orlando hatte ›Unterm Birnbaum‹ aufgeschlagen, um nach Parallelen bei Fontane zu suchen. »Bei ihm geht die Ursel Hradschek ja auch an ihrer schweren Schuld zugrunde und stirbt an Auszehrung und Nervenschwindsucht. Ein Selbstmord wäre aber auch da konsequenter gewesen.«

»Ich bin kein Dichter«, sagte Mannhardt. »Und Besinnungsaufsätze habe ich immer gehasst. Richte nicht, auf dass du nicht gerichtet wirst.«

»Bleibt noch Wiederschein«, sagte Orlando.

Mannhardt stöhnte. »Schneeganß ist total am Boden zerstört, dass er sich abgesetzt hat, ohne dass wir's verhindern konnten.«

»Dass Wiederschein der Mörder ist, daran kann ja nun kein Zweifel mehr bestehen«, sagte Orlando. »Er wird geahnt haben, dass seine Frau in ihrem Abschiedsbrief alles zugegeben hat.«

Mannhardt nickte. »Hundertprozentig. Damit ist Klütz ein für alle Mal exkulpiert.«

*

Klütz' Zelle stand offen, und Margrit Minder-Cerkez brauchte nicht extra einen Schließer anzufordern, um ihn sprechen zu können. Sie nahm keine Rücksicht mehr darauf, dass ihr dies im Dienst strikt untersagt war, und umarmte ihn lange.

»Du bist ja theoretisch schon ein freier Mann, aber ehe die juristischen Mühlen mit dem Mahlen fertig sind und du ganz formal entlassen wirst, werden wohl noch ein paar Tage vergehen.«

»Dann feiern wir meine Wiedergeburt …«

»Und meine auch.« Sie hatte die Scheidung eingereicht. »Wenn ich so bedenke, wie wir zueinandergefunden haben. Da könnte ich fast wieder in die Kirche eintreten: Die Wege des Herrn … Wie gar unbegreiflich sind seine Gerichte und unerforschlich seine Wege!«

»Ich werde jetzt meinen Trainerschein machen und mich langsam hocharbeiten. In zehn Jahren bin ich mit meinem Verein in der ersten Bundesliga!«

*

Rainer Wiederschein war bereits seit drei Tagen auf der Flucht. Nur gut, dass es Sommer war, da konnte er ohne Probleme im Wald übernachten, aber auch in leer stehenden Lauben und Zelten, die nur am Wochenende benutzt wurden. Eine Großfahndung wie beim Ausbruch eines gefährlichen Serientäters war in seinem Falle nicht ausgelöst worden. Was sollte er noch groß anstellen?

»Eine schöne Scheiße!« Wiederschein fluchte pausenlos vor sich hin. Natürlich hätte er von vornherein wissen müssen, dass Angela mit dem Druck nicht fertig werden würde. Hatte er aber nicht, und so war er heilfroh gewesen, dass sie sich nach Indien abgesetzt hatte. Leider ja vergebens. Und dann auch noch dieser symbolische Akt, sich ausgerechnet im Keller der Frohnauer Villa umzubringen! Klar, als Schauspielerin konnte man nicht anders, als theatralisch zu sein. Und mit ihrem Abschiedsbrief hatte sie ihm 15 Jahre Knast verschaffen wollen, wenn nicht gar lebenslänglich. Ihre späte Rache, weil er ihr Leben verpfuscht hatte. »Diese blöde Kuh mit ihrer scheiß Reue!« Dafür, dass sie dieses Schwein von Schulz aus der Welt geschafft hatten, hätten sie das Bundesverdienstkreuz kriegen müssen! Dass das irgendwie verwerflich sein sollte, konnte er beim besten Willen nicht erkennen.

Von Frohnau aus war er auf einem gestohlenen Fahrrad Richtung Birkenwerder geflüchtet und hatte sich zunächst in den Wäldern des Briesetals versteckt, bis er weiter Richtung Osten gezogen war. Ein erster Plan war schnell gefasst: irgendwie über Polen und Weißrussland in den Wilden Osten, um dort unterzutauchen. In Kasachstan oder Aserbaidschan würde ihn so schnell keiner finden. Dann konnte man immer noch weitersehen. Er war ein erfahrener Globetrotter. Aber erst einmal musste er durch das deutsch-polnische Grenzgebiet hindurch, und dort fuhren viele Streifen umher, seit Polen ein Schengenland war und man an der Oder-Neiße-Grenze nicht mehr kontrolliert wurde. Das Beste war, sich Zeit zu lassen.

Wen er hasste, war aber nicht Angela, das war Mannhardt. »Dieses verdammte Arschloch!« Wenn der die Sache mit

Klütz nicht wieder aufgerührt hätte, dann … »Ich knall das Schwein ab, wenn ich es noch mal sehen sollte«, schwor sich Wiederschein. Eine Pistole konnte er sich schnell beschaffen. Ein bisschen Geld hatte er bei sich.

Schlecht war es auch nicht, wenn er sich irgendwo einen Wagen klaute, um ein bisschen schneller an der Oder zu sein.

*

Mannhardt und sein Enkel saßen bei Freddie und Gudrun im Biergarten und warteten auf Wiederschein. Dichtes Gebüsch verhinderte, dass man sie von der Straße aus erkennen konnte.

»Links haben wir einen Kirsch- und rechts einen Birnbaum«, sagte Orlando. »Was soll da noch schiefgehen?«

Mannhardt stimmte ihm zu. »Nichts, denn Fontane führt ja Regie. In Letschin gleich Tschechin schließt sich der Kreis. Wiederschein wird hier auftauchen und zusehen, dass er bei Freddie und Gudrun so lange bleiben kann, bis es weniger gefährlich ist, nach Polen zu gehen.«

Als sei das nicht selbstironisch genug gewesen, fügte Orlando hinzu, dass Wiederschein gar nichts weiter übrig bliebe, als diesen Schritt zu tun, denn schließlich sei Szulski Pole gewesen.

Mannhardt nahm den Roman, den sein Enkel mitgebracht hatte, und blätterte so lange darin, bis er im Nachwort von Helmuth Nürnberger die gesuchte Passage gefunden hatte, in der von Fontanes Prädestinationsgläubigkeit die Rede war: »In ähnlicher Weise wie in ›Ellernklipp‹, wo der Täter an eben der Stelle den Tod findet, wo er den Sohnesmord verübte, und wie in ›Quitt‹, wo Mehnert Lenz (der fast mehr in Notwehr als in verbrecherischer Absicht gehandelt hat) auf dieselbe Weise stirbt wie sein Opfer, ereilt Hradschek sein Schicksal dort, wo er den Ermordeten vergraben hat: Das Gesetz erfüllt sich mit einer Folgerichtigkeit, die kein Ausweichen erlaubt.«

»Ach, Opa!«, rief Orlando mit liebevollem Spott. »Dann hätte es sich doch in Frohnau erfüllen müssen, aber da lag seine Frau tot im Keller und nicht er.«

»Ja, darum wird es auch der Keller hier in Kienitz sein.«

»Da kannst du lange warten.«

»Und wenn! Wir übernachten hier.«

Aber auch die Nacht über passierte nichts, und als sie morgens am Frühstückstisch saßen, waren sie todmüde, denn Freddie und Gudrun trauten sie nicht recht, und so hatte immer einer von ihnen Wache gehalten.

»Ganz schön albern«, sagte Orlando und köpfte sein weich gekochtes Ei.

»Mit fremden Augen gesehen sind alle Hobbys albern«, wandte Mannhardt ein.

»Lass uns nach Hause fahren«, sagte Orlando. »Der Zweck deiner Intervention ist doch erreicht: Klütz ist gerettet. Wiederschein zu jagen, ist Sache deiner Kollegen, die noch nicht a. D. sind.«

Auf dieses Stichwort schien Gunnar Schneeganß nur gewartet zu haben, denn als Mannhardts Handy dudelte, war es nicht Heike, sondern der Kollege aus der Keithstraße in Berlin.

»Wo steckst du denn gerade?«, fragte Schneeganß.

»Hier in Kienitz an der Oder.«

»Und dann hast du es nicht klatschen gehört?«

Mannhardt konnte Schneeganß nicht folgen. »Wer soll hier geklatscht haben? Hier ist kein Theater, und Platzeck ist auch nicht dabei, mit seinem Kaugummi den Deich abzudichten und die Dörfer zu retten.« Das bezog sich auf den brandenburgischen Ministerpräsidenten Matthias Platzeck, der sich im Sommer 1997 bei der Bekämpfung des Oderhochwassers große Verdienste erworben hatte.

Schneeganß rang die Hände. »Mensch, hast du nicht gehört, wie Wiederschein mit seinem Fluchtauto ins Wasser geklatscht ist!«

Mannhardt konnte es nicht fassen. »Wie, hier in Kienitz?«

»Nein, aber nahebei, Güstebieser Loose. Die Brandenburger hätten ihn fast gehabt, aber nun ist er wieder auf und davon. Möglicherweise in der Oder ertrunken.«

»Nein, bestimmt nicht, Szulski ist ja auch nicht in der Oder ertrunken.«

»Ja. Tschüss dann! Und haltet mal die Augen offen.«

Das machten sie, aber sie bekamen Rainer Wiederschein weder an diesem noch an den nächsten Tagen zu sehen. Was blieb ihnen übrig, als wieder nach Berlin zurückzukehren und die Sache zu vergessen.

Erst als es auf Weihnachten zuging, wurde Wiederschein wieder zum Thema, denn Schneeganß schickte Mannhardt eine E-Mail, in der zu lesen stand, dass man den Gesuchten im Grenzgebiet zwischen Kolumbien, Venezuela und Ecuador entdeckt habe. Er stecke in einem Camp der Guerilleros und betätige sich dort als Koch.

»Ah, die Filiale des ›à la world-carte‹ in Südamerika«, sagte Heike.

»Na, Opa, war wohl doch nichts mit deiner Hypothese, dass alles nur ein posthum geschriebener Roman Fontanes ist, ein Remake, eine Paraphrase von ›Unterm Birnbaum‹. Nichts da mit Fontane führt Regie.«

»Doch«, sagte Mannhardt. »Doch. Nur hat er sich beim Ende diesmal für das Muster ›Quitt‹ entschieden. Der Protagonist dort heißt Lehnert Menz, bringt im preußischen Teil des Riesengebirges den Förster Opitz um, einen ähnlichen Kotzbrocken wie Schulz, und flüchtet in die USA, in die Indianergebiete von Kansas. Dort stirbt er dann denselben Tod, den Opitz gestorben ist.«

»Meinst du, sie haben da im kolumbianischen Urwald ein Sofakissen, mit dem sie Wiederschein ersticken können?«, fragte Orlando.

»Wo ein Wille ist, ist auch ein Sofakissen«, sagte Heike, als Mannhardt so schnell keine spritzige Antwort einfallen wollte. »Aber was sagt denn Fontane dazu?«

»Der sagt …« Da musste Mannhardt nicht lange nachdenken: »Je älter ich werde, je mehr sehe ich ein: laufen lassen. Wo nicht Amtspflicht das Gegenteil erfordert, ist das das allein Richtige.«

»Du hörst also auf, Wiederschein zu jagen?«

»Ja sicher, das ist ja nicht mehr mein Amt. Und außerdem … Noch einmal Fontane … Mit seinem wohl berühmtesten Spruch: ›Alles Alte, soweit es Anspruch darauf verdient, sollen wir lieben; aber für das Neue sollen wir eigentlich leben.‹«

»Und was soll das heißen?«, fragte Heike.

»Das soll heißen …« Nun kam es, zugleich altersweise und selbstironisch, aber auch bitter: »Das Alte, das ist mein Fontane, das liebe ich, aber für das Neue lebe ich, für eine Welt, in der liebenswürdige Windhunde und kosmopolitische Lebenskünstler wie die Wiederscheins die größten Sympathien genießen und die größten Chancen haben. Wer siegt, hat recht – und Wiederschein hat in unserem Spiel gesiegt, und auf das Prinzip ›Quitt‹ zu hoffen, ist Narretei.«

Orlando sollte das Schlusswort haben. »Na, wenn ich Richter wäre, dann wüsste ich nicht, welches die schlimmere Strafe ist: in Tegel im Gefängnis zu sitzen oder in Kolumbien im Urwald zu stecken, wo einen jeden Augenblick irgendeine giftige Schlange beißen oder eine Kugel der Regierungstruppen treffen kann.«

»Das ist doch für Wiederschein keine Strafe!«, rief Mannhardt. »Das ist das größte Glück für ihn.«

ENDE

Weitere Krimis finden Sie auf den
folgenden Seiten und im Internet:
www.gmeiner-verlag.de

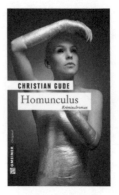

ERICH SCHÜTZ
Judengold
....

424 Seiten, Paperback.
ISBN 978-3-8392-1015-4.

JÜDISCHES GOLD Leon Dold ist Journalist. Als er am Bodensee für einen Dokumentarfilm recherchiert, stößt er auf einen Fall von Goldschmuggel und eine Geschichte, die schon im Dritten Reich begann: Jüdisches Kapital wurde damals in die Schweiz verschoben; ein Zugschaffner namens Joseph Stehle spielte offensichtlich eine tragende Rolle, auch ein Schweizer Bankhaus war involviert. Jetzt soll es gewaschen nach Deutschland zurückgebracht werden.

Auf der Suche nach den Hintergründen stößt Leon auf unglaubliche Machenschaften und verstrickt sich immer tiefer in den brisanten Fall: Eine Organisation, die Verbindungen in höchste Geheimdienstkreise zu haben scheint, von deren Existenz jedoch niemand etwas wissen will, streckt ihre tödlichen Fänge nach ihm aus ...

CHRISTIAN GUDE
Homunculus
....

327 Seiten, Paperback.
ISBN 978-3-8392-1013-0.

FEHLFUNKTION Technische Universität Darmstadt. Ein Team hochspezialisierter Informatiker und Ingenieure arbeitet an einem geheimen Projekt, finanziert von der japanischen Nakatomi Corporation. Ihr Ziel: Die Entwicklung des weltweit leistungsfähigsten und intelligentesten humanoiden Roboters.

Bei der feierlichen Verabschiedung des Landespolizeipräsidenten im neuen Darmstädter Kongresszentrum »Darmstadtium« wird der Android erstmals der Öffentlichkeit vorgestellt. Doch die Veranstaltung endet im Fiasko: Vor über 500 Gästen gerät die Maschine außer Kontrolle, ein Hochschulprofessor stirbt auf der Bühne – und Kommissar Rünz hat einen neuen Fall.

Wir machen's spannend

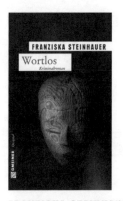

REINHARD PELTE
Inselkoller
....

278 Seiten, Paperback.
ISBN 978-3-8392-1014-7.

ZURÜCK IM SPIEL Kriminalrat Tomas Jung ist auf dem Karriereabstellgleis gelandet, ins Abseits gelobt als Leiter und einziger Mitarbeiter der regionalen Abteilung für unaufgeklärte Kapitalverbrechen in Flensburg. In fünf Jahren hat er es gerade mal auf sechs bearbeitete Fälle gebracht – keinen davon konnte er lösen. Kein Wunder, dass niemand mehr an ihn glaubt. Doch dies soll sich als voreilig erweisen.

Sein neuer Fall: der Gifttod einer einflussreichen Sylter Immobilienmaklerin. Beging die einsame, kranke Frau Selbstmord? Langsam und zögerlich beginnt Jung mit den Ermittlungen. Als er im Garten der Toten einen grausigen Fund macht, scheint die Klärung des Falls nah …

FRANZISKA STEINHAUER
Wortlos
....

321 Seiten, Paperback.
ISBN 978-3-8392-1026-0.

PUPPENZAUBER Der grausame Mord an einer schwarzen Studentin erschüttert Cottbus. Gibt es einen fremdenfeindlichen Hintergrund oder wurde die Haitianerin Claudine Caro tatsächlich Opfer eines Voodoo-Zaubers? Und wovor fürchtete sich die junge Frau bereits lange vor der Tat?

Kommissar Peter Nachtigall beginnt zu ermitteln und gerät schon bald in ein Dickicht aus dunklen Geheimnissen und brutaler Gewalt. Jeder, der das Opfer kannte, scheint plötzlich in Lebensgefahr zu schweben …

Wir machen's spannend

Das neue KrimiJournal ist da!
**2 x jährlich das Neueste
aus der Gmeiner-Krimi-Bibliothek**

In jeder Ausgabe:

- Vorstellung der Neuerscheinungen
- Hintergrundinfos zu den Themen der Krimis
- Interviews mit den Autoren und Porträts
- Allgemeine Krimi-Infos
- Großes Gewinnspiel mit ›spannenden‹ Buchpreisen

*ISBN 978-3-89977-950-9
kostenlos erhältlich in jeder Buchhandlung*

KrimiNewsletter
Neues aus der Welt des Krimis

Haben Sie schon unseren KrimiNewsletter abonniert?
Alle zwei Monate erhalten Sie per E-Mail aktuelle Informationen aus der Welt des Krimis: Buchtipps, Berichte über Krimiautoren und ihre Arbeit, Veranstaltungshinweise, neue Krimiseiten im Internet, interessante Neuigkeiten zum Krimi im Allgemeinen.
Die Anmeldung zum KrimiNewsletter ist ganz einfach. Direkt auf der Homepage des Gmeiner-Verlags (www.gmeiner-verlag.de) finden Sie das entsprechende Anmeldeformular.

Ihre Meinung ist gefragt!
Mitmachen und gewinnen

Wir möchten Ihnen mit unseren Krimis immer beste Unterhaltung bieten. Sie können uns dabei unterstützen, indem Sie uns Ihre Meinung zu den Gmeiner-Krimis sagen! Senden Sie eine E-Mail an gewinnspiel@gmeiner-verlag.de und teilen Sie uns mit, welches Buch Sie gelesen haben und wie es Ihnen gefallen hat. Alle Einsendungen nehmen automatisch am großen Jahresgewinnspiel mit ›spannenden‹ Buchpreisen teil.

Wir machen's spannend

Alle Gmeiner-Autoren und ihre Krimis auf einen Blick

ANTHOLOGIEN: Tödliche Wasser • Gefährliche Nachbarn • Mords-Sachsen 3 • Tatort Ammersee (2009) • Campusmord (2008) • Mords-Sachsen 2 (2008) • Tod am Bodensee • Mords-Sachsen (2007) • Grenzfälle (2005) • Spekulatius (2003) **ARTMEIER, HILDEGUND:** Feuerross (2006) • Katzenhöhle (2005) • Drachenfrau (2004) **BAUER, HERMANN:** Karambolage (2009) • Fernwehträume (2008) **BAUM, BEATE:** Ruchlos (2009) • Häuserkampf (2008) **BECK, SINJE:** Totenklang (2008) • Duftspur (2006) • Einzelkämpfer (2005) **BECKMANN, HERBERT:** Die indiskreten Briefe des Giacomo Casanova (2009) **BLATTER, ULRIKE:** Vogelfrau (2008) **BODE-HOFFMANN, GRIT / HOFFMANN, MATTHIAS:** Infantizid (2007) **BOMM, MANFRED:** Glasklar (2009) • Notbremse (2008) • Schattennetz • Beweislast (2007) • Schusslinie (2006) • Mordloch • Trugschluss (2005) • Irrflug • Himmelsfelsen (2004) **BONN, SUSANNE:** Der Jahrmarkt zu Jakobi (2008) **BOSETZKY, HORST [-KY]:** Unterm Kirschbaum (2009) **BUTTLER, MONIKA:** Dunkelzeit (2006) • Abendfrieden (2005) • Herzraub (2004) **BÜRKL, ANNI:** Schwarztee (2009) **CLAUSEN, ANKE:** Dinnerparty (2009) • Ostseegrab (2007) **DANZ, ELLA:** Kochwut (2009) • Nebelschleier (2008) • Steilufer (2007) • Osterfeuer (2006) **DETERING, MONIKA:** Puppenmann • Herzfrauen (2007) **DÜNSCHEDE, SANDRA:** Friesenrache (2009) • Solomord (2008) • Nordmord (2007) • Deichgrab (2006) **EMME, PIERRE:** Pasta Mortale • Schneenockerleklat (2009) • Florentinerpakt • Ballsaison (2008) • Tortenkomplott • Killerspiele (2007) • Würstelmassaker • Heurigenpassion (2006) • Schnitzelfarce • Pastetenlust (2005) **ENDERLE, MANFRED:** Nachtwanderer (2006) **ERFMEYER, KLAUS:** Geldmarie (2008) • Todeserklärung (2007) • Karrieresprung (2006) **ERWIN, BIRGIT / BUCHHORN, ULRICH:** Die Herren von Buchhorn (2009) **FOHL, DAGMAR:** Das Mädchen und sein Henker (2009) **FRANZINGER, BERND:** Leidenstour (2009) • Kindspech (2008) • Jammerhalde (2007) • Bombenstimmung (2006) • Wolfsfalle • Dinotod (2005) • Ohnmacht • Goldrausch (2004) • Pilzsaison (2003) **GARDEIN, UWE:** Die Stunde des Königs (2009) • Die letzte Hexe – Maria Anna Schwegelin (2008) **GARDENER, EVA B.:** Lebenshunger (2005) **GIBERT, MATTHIAS P.:** Eiszeit • Zirkusluft (2009) • Kammerflimmern (2008) • Nervenflattern (2007) **GRAF, EDI:** Leopardenjagd (2008) • Elefantengold (2006) • Löwenriss • Nashornfieber (2005) **GUDE, CHRISTIAN:** Homunculus (2009) • Binärcode (2008) • Mosquito (2007) **HAENNI, STEFAN:** Narrentod (2009) **HAUG, GUNTER:** Gössenjagd (2004) • Hüttenzauber (2003) • Tauberschwarz (2002) • Höllenfahrt (2001) • Sturmwarnung (2000) • Riffhaie (1999) • Tiefenrausch (1998) **HEIM, UTA-MARIA:** Wespennest (2009) • Das Rattenprinzip (2008) • Totschweigen (2007) • Dreckskind (2006) **HUNOLD-REIME, SIGRID:** Schattenmorellen (2009) • Frühstückspension (2008) **IMBSWEILER, MARCUS:** Altstadtfest (2009) • Schlussakt (2008) • Bergfriedhof (2007) **KARNANI, FRITJOF:** Notlandung (2008) • Turnaround (2007) • Takeover (2006) **KEISER, GABRIELE:** Gartenschläfer (2008) • Apollofalter (2006) **KEISER, GABRIELE / POLIFKA, WOLFGANG:** Puppenjäger (2006) **KLAUSNER, UWE:**

Wir machen's spannend

Alle Gmeiner-Autoren und ihre Krimis auf einen Blick

Pilger des Zorns • Walhalla-Code (2009) • Die Kiliansverschwörung (2008) • Die Pforten der Hölle (2007) **KLEWE, SABINE:** Die schwarzseidene Dame (2009) • Blutsonne (2008) • Wintermärchen (2007) • Kinderspiel (2005) • Schattenriss (2004) **KLÖSEL, MATTHIAS:** Tourneekoller (2008) **KLUGMANN, NORBERT:** Die Adler von Lübeck (2009) • Die Nacht des Narren (2008) • Die Tochter des Salzhändlers (2007) • Kabinettstück (2006) • Schlüsselgewalt (2004) • Rebenblut (2003) **KOHL, ERWIN:** Willenlos (2008) • Flatline (2007) • Grabtanz • Zugzwang (2006) **KÖHLER, MANFRED:** Tiefpunkt • Schreckensgletscher (2007) **KOPPITZ, RAINER C.**: Machtrausch (2005) **KRAMER, VERONIKA:** Todesgeheimnis (2006) • Rachesommer (2005) **KRONENBERG, SUSANNE:** Rheingrund (2009) • Weinrache (2007) • Kultopfer (2006) • Flammenpferd (2005) **KURELLA, FRANK:** Der Kodex des Bösen (2009) • Das Pergament des Todes (2007) **LASCAUX, PAUL:** Feuerwasser (2009) • Wursthimmel • Salztränen (2008) **LEBEK, HANS:** Karteileichen (2006) • Todesschläger (2005) **LEHMKUHL, KURT:** Nürburghölle (2009) • Raffgier (2008) **LEIX, BERND:** Fächertraum (2009) • Waldstadt (2007) • Hackschnitzel (2006) • Zuckerblut • Bucheckern (2005) **LOIBELSBERGER, GERHARD:** Die Naschmarkt-Morde (2009) **MADER, RAIMUND A.**: Glasberg (2008) **MAINKA, MARTINA:** Satanszeichen (2005) **MISKO, MONA:** Winzertochter • Kindsblut (2005) **MORF, ISABEL:** Schrottreif (2009) **MOTHWURF, ONO:** Taubendreck (2009) **OTT, PAUL:** Bodensee-Blues (2007) **PELTE, REINHARD:** Inselkoller (2009) **PUHLFÜRST, CLAUDIA:** Rachegöttin (2007) • Dunkelhaft (2006) • Eiseskälte • Leichenstarre (2005) **PUNDT, HARDY:** Deichbruch (2008) **PUSCHMANN, DOROTHEA:** Zwickmühle (2009) **SCHAEWEN, OLIVER VON:** Schillerhöhe (2009) **SCHMITZ, INGRID:** Mordsdeal (2007) • Sündenfälle (2006) **SCHMÖE, FRIEDERIKE:** Fliehganzleis • Schweigfeinstill (2009) • Spinnefeind • Pfeilgift (2008) • Januskopf • Schockstarre (2007) • Käfersterben • Fratzenmond (2006) • Kirchweihmord • Maskenspiel (2005) **SCHNEIDER, HARALD:** Erfindergeist • Schwarzkittel (2009) • Ernteopfer (2008) **SCHRÖDER, ANGELIKA:** Mordsgier (2006) • Mordswut (2005) • Mordsliebe (2004) **SCHUKER, KLAUS:** Brudernacht (2007) • Wasserpilz (2006) **SCHULZE, GINA:** Sintflut (2007) **SCHÜTZ, ERICH:** Judengold (2009) **SCHWAB, ELKE:** Angstfalle (2006) • Großeinsatz (2005) **SCHWARZ, MAREN:** Zwiespalt (2007) • Maienfrost • Dämonenspiel (2005) • Grabeskälte (2004) **SENF, JOCHEN:** Knochenspiel (2008) • Nichtwisser (2007) **SEYERLE, GUIDO:** Schweinekrieg (2007) **SPATZ, WILLIBALD:** Alpendöner (2009) **STEINHAUER, FRANZISKA:** Wortlos (2009) • Menschenfänger (2008) • Narrenspiel (2007) • Seelenqual • Racheakt (2006) **SZRAMA, BETTINA:** Die Giftmischerin (2009) **THÖMMES, GÜNTHER:** Das Erbe des Bierzauberers (2009) • Der Bierzauberer (2008) **THADEWALDT, ASTRID / BAUER, CARSTEN:** Blutblume (2007) • Kreuzkönig (2006) **VALDORF, LEO:** Großstadtsumpf (2006) **VERTACNIK, HANS-PETER:** Ultimo (2008) • Abfangjäger (2007) **WARK, PETER:** Epizentrum (2006) • Ballonglühen (2003) • Albtraum (2001) **WILKENLOH, WIMMER:** Poppenspäl (2009) • Feuermal (2006) • Hätschelkind (2005) **WYSS, VERENA:** Todesformel (2008) **ZANDER, WOLFGANG:** Hundeleben (2008)

Wir machen's spannend